有爱的青春陪伴者

亲手种容，多多关照

顾溪山 著

花山文艺出版社

河北·石家庄

图书在版编目（CIP）数据

新手租客，多多关照 / 顾溪山著. -- 石家庄 ：花山文艺出版社，2022.8
ISBN 978-7-5511-6119-0

Ⅰ．①新… Ⅱ．①顾… Ⅲ．①长篇小说－中国－当代
Ⅳ．①I247.5

中国版本图书馆CIP数据核字（2022）第050741号

书　　名：**新手租客，多多关照**
Xinshou Zuke,Duoduo Guanzhao
著　　者：顾溪山

责任编辑：卢水淹
特约编辑：娄　薇
责任校对：董　舸
封面设计：刘　艳
内文设计：孙欣瑞
封面绘制：燃北柒
美术责编：胡彤亮
出版发行：花山文艺出版社（邮政编码：050061）
　　　　　（河北省石家庄市友谊北大街330号）
销售热线：0311-88643221
传　　真：0311-88643225
印　　刷：长沙鸿发印务实业有限公司
经　　销：新华书店
开　　本：880mm×1230mm　1/32
印　　张：9.5
字　　数：283千字
版　　次：2022年8月第1版
　　　　　2022年8月第1次印刷
书　　号：ISBN 978-7-5511-6119-0
定　　价：42.80元

目 录

c o n t e n t s

目 录
c o n t e n t s

第一章
苏唐的闪亮登场

列车门开，八月湿热的风扑面而来，带着点海滨城市独有的咸味。

车上乘客拥下来，穿着白衬衫的少年默默地跟在人群后，从列车上把自己半人高的行李箱拖出来。

苏唐站在高高的月台上，避开人群，活动了一下身子。

他坐了五个小时的高铁，跨了一个省，来到这座海滨小城——港城。

在大夏天穿着长袖的，除了特别怕晒的女孩子，也就他一个了。

也不只是穿搭格格不入，就连白皙到在阳光下透着亮的脸颊也能看出来苏唐不属于这里。他眼角微微上挑，淡色的薄唇轻抿着，脸上写满了不适。

人看着秀气文弱，可眼神中的戾气很重。

他把两边袖子往上撸了撸，露出纤细的小臂，再次拉起自己的行李箱。

从他身边擦肩而过的人，大多步履匆匆，持着手机和人讲着"我到了"一类的话，只有他安安静静地慢慢走着。

在这里，他连个能报平安的人都没有。

到了出站口，一群被太阳晒得皮肤棕红的汉子迎了上来，嘴里叫嚷着："坐车不？坐车不？"

有人发现了这个拉着巨大行李箱的瘦弱少年，立马凑了过来："小哥儿，外地来的？坐车不，我这是滴滴！"

苏唐垂着眼睛，往车站广场的出租车停车点走去。

这边接活的一个黑车司机晒了一上午，被太阳烤得都疲了，见苏唐瘦高的一个人，清秀的模样长得比女孩都好看，上来就要抢苏唐的拉杆箱："哎，我给你拉着吧，你去哪儿……"

他手还没碰到苏唐的箱子，苏唐的手机就戳到了他的胸口，弄得他生疼。

"离我远点。"苏唐冷冷地看了那黑车司机一眼，语气淡淡的，却让那又黑又壮的汉子打了个寒战。

黑车司机看见男孩上挑的凤眼泛着凶光，眼神阴骘。

黑车司机退开两步，苏唐从他身前绕过去。

黑车司机一个人愣在原地，半天才反应过来，撒气一般往地上啐了一口："晦气！"

坐上正规的出租车，苏唐报了地名："翠园街。"

"小哥哪里来的啊，来旅游的？"出租车司机一边和对讲机里的同行聊着天，一边又和苏唐搭话。

车上的对讲机刺啦刺啦地响着，里面时不时传来有些粗犷的叫喊，听得苏唐轻轻皱起了眉头。

他从小跟着母亲在江南水乡生活，那边的人讲话腔调都柔柔的，到了北方海边，这儿的人就豪放多了。

苏唐觉得陌生不适应，甚至还有些害怕。

是那种漂着，没有避风港了的惶恐。

为了让自己尽快摆脱这种情绪，他得抓紧找到自己的父亲。

三个月前母亲去世后，他才开始寻找这个在他出生前就失踪了的父亲。

一周前，他在网上收到了关于他父亲的一些信息，是和这座城市有关的，他就来了。

给他提供信息的人也在这儿。

陈河从高铁站出来，远远就看见车站广场的花坛上蹲着个人，那脑袋跟探照灯似的左右晃着，瞅见美女，眼睛就移不开了。

"又练功呢？"陈河从后面过去，抬脚把苟六从花坛上踢下去。

苟六叫了一声，差点儿摔个狗啃地，愤怒道："哪个男的对美女不感兴趣啊？我看看又不犯法！"

陈河还真顺着苟六看的方向瞟了一眼，没看见什么美女，只看到了一个穿着白衬衫的男生，白净漂亮，身后拖着个大大的行李箱。

陈河多看了两眼，觉得跟他们这边的男生不一样，看着新鲜。

苟六目送走了美女，才回头看自己兄弟戴着个口罩，露出来的好看眉眼这会儿也是没精打采的，眼圈还红了。

"河儿，你这是咋了？是叔……"苟六说着，装模作样地就要掏手机，嘴上还一边念叨，"怪不得你去海南待了那么长时间，原来是……唉，好好一人，过年时还挺精神的呢，怎么说没就没了呢？"

"你没事给脑子上上弦吧，别天天净瞅美女，活得跟个傻子似的，行吗？"陈河真想把手边的拉杆箱砸苟六脑袋上，哑着嗓子道，"我感冒了听不出来吗？"

"你不是忧思过度？"苟六担忧道。

"我忧你个鬼的思。"陈河深吸一口气，自己去海南跟老爸一块过了个暑假，回来却发现身边的兄弟脑残程度更严重了怎么办？

到了停车场，陈河钻进后座，长长地舒了一口气，瘫在那里。苟六小心翼翼地上车，发动了车子。

"怎么就你一个啊？"等车开出去一会儿，陈河问道。

"呃……"苟六嘴角抽了抽，欲言又止的。

"戴子同他们也不回微信，难道他妈妈让他在家好好学习？"陈河纳闷道。

"河儿……"半天，苟六怯怯地开口。

陈河抬眼："有屁快放，这两天不舒服没劲收拾你。"

"那我可就说了。"苟六立马道。

于是，老实人苟六就把他们在陈河的酒吧团建了好几天，一直到现在都没打扫卫生，这俩月都是关门歇业的事一口气说了出来。他还告诉陈河，那些人之所以不来接陈河，是因为在酒吧打扫卫生。

"团建？好几天？"陈河语气听上去毫无波澜，却让人感觉到身边气压迅速升高。

"对，"偏偏苟六还不知死活地继续说着，"他们吃喝玩乐，鬼哭狼嚎的，疯玩了几天后直接关了门，也忘了打扫卫生。"

后座的人半天都没动静。

苟六把着方向盘往后视镜里瞅了一眼："兄弟，咋啦？"

他听见了一声清晰的磨牙声，紧接着是陈河阴沉低哑的声音："没事，想你们怎么个死法呢。"

车子开到陈河他们的街区，苟六去给他放行李，顺便从家里拿件长袖外套。陈河先去酒吧看一眼没打扫就锁了两个月的酒吧现场到底有多惨不忍睹。

这一条街的铺面，还有几套学区房都是陈河家的，都是他爸当年有远见盘下来的，现在他们家光是收租的收入都相当可观了。

有几间铺面留出来自己做生意，开了酒吧和网吧，陈河爸爸去海南做买卖后，这些都是陈河在管。

他一个高二的学生，讲义气也有头脑，跟街坊邻居的关系都处得很好，料理生意也有一手。

陈河蹲在酒吧门口，盯着酒吧名"金花酒吧"出神。酒吧里黑漆漆的，能听见里面的人一边打扫卫生，一边对骂的动静，还有理智一点儿的人说让他们跟陈河认错时态度诚恳点。

"我来了，我来了！"苟六拿着外套飞奔而来，敞开衣裳披在陈河肩上。

陈河歪头看了一眼："校服？"

"春晓姐说要换季了，提前把你长袖衣服都给洗了，就这件没洗，你凑合一下。"苟六哄道。

陈河感觉自己额角突突地跳着，强忍着心中的怒意。

给苏唐提供线索的人就在这片街区活动，这些线索都是苏唐花了几千块钱买来的。

苏唐先去早就订好的酒店放了行李，然后就来到提供线索的那人发朋友圈定位的酒吧。

这会儿是下午，酒吧还没营业，只不过门是开着的，门口还蹲着一个留着长头发的男的，黑色的口罩被拉到下巴。那人一身戾气，身上还披了件黑白的校服外套。

苏唐又多看了一眼，这人长得……还行，浓眉大眼的。

苏唐走近酒吧几步，那人开口道："没营业呢。"

陈河看这人眼熟，过了一会儿才想起来是在车站广场看到的那个白衬衫男生。

之前离得远，看不清，现在离近了，嗯，眼睛有点凤眼的感觉，眼角还有颗小痣，漂亮，白净秀气，一副小少爷、好学生的模样，没进过酒吧吧，来酒吧这儿晃悠是来长见识的？

苏唐确实没进过酒吧，既然那人说没营业呢，那他就在门口看一眼吧。刚走到门口，他就被里面一股相当复杂又丰富的恶臭味熏了出来。

怎么形容呢，这味辣眼睛啊。

苏唐被熏得五官都皱在了一起，往后退了好几步，正好又回到陈河的身边。

陈河抬头见这个好看的男生都被熏得"花容失色"了，没忍住勾起嘴角，指了指自己的鼻子，说："我感冒了，闻不出来，你给形容一下里面啥味道？"

苏唐缓了一下，才低头去看陈河，轻声道："能治好你感冒的那种味道。"

哎哟，这小声，柔柔的。

陈河生了逗逗这文弱男生的念头："你这说得不生动啊。"

苏唐愣了愣："像数不清的死老鼠一起死在里面几周的味道。"

没想到男生这么配合，陈河别过头去笑了一会儿，才又说道："那不能，我们家环境卫生绝对合格，有死人都不能有死老鼠。"

第二天一早，苏唐是被街道上飞驰而过、带着巨响的摩托声吵醒的。

他穿着成套的丝质睡衣倚在酒店双人床的床头，轻轻地叹了一口气。

从前生活的地方是南方的水乡小镇，那里日子过得很慢也很安静。最大的动静不过是巷子里卖糕点的吆喝声和老旧的自行车吱呀吱呀的声音罢了。

还没等他缓过神来，临街的酒店下就又响起了几声鸣笛。

苏唐彻底清醒了过来。

他趿着拖鞋去洗漱，用沾了水的手往上捋了一下头发，镜子里的他特别的冷酷。

不就是换个新环境嘛，谁怕谁。

他把自己的小被子叠好收进行李箱，一边叼着吸管喝着口服液，一边把今天要穿的衣服拿出来。这边早晚温差大，白天阳光强，短袖外面套个褂子比较方便。

其实也没什么可选的，大部分衣服都要等他找到长期住处后再快递过来，所以他现在要去看房子。

学籍还在原来的城市，苏唐是过来借读的。一开始手续是有一点儿麻烦，好在苏唐原来的班主任有大学同学在这座城市的高中任教，帮了他很大的忙。

苏唐临走前，原来的班主任还找他谈了一次话，想让他想清楚。

"我知道，你妈妈去世的事对你打击很大，"班主任是位五十多岁的老教师，面对刚刚失去至亲的苏唐充满了慈爱，"但是，苏唐，你是个很优秀的孩子，所有不能击垮你的事，只能让你变得更加强大。"

"老师尊重你的选择，到了那边之后也记得跟我常联系，一个人要照顾好自己，看你瘦的，好好吃饭啊……"班主任红了眼眶，摸了摸因为母亲去世瘦得快没人形了的苏唐的脸颊。

那天，苏唐第一次那么靠近自己的班主任，抬起手臂用力地抱了她一下，而后迈步出了办公室。

离开了自己生活了十六年的城市。

他要去找自己的父亲，那个在他出生前就消失了的男人，他凭着那人留下的一个不知真假的名字——唐穹，在网上找到了两个说是有他父亲消息的人。

苏唐没想太多，如果这里找不到，那就借读一年再换地方。只是卖消息的那两个人从他手里拿了不少钱，他不想被人当傻子耍。

这边早上九点太阳就很厉害了，苏唐把外套的帽子戴上，从酒店出来，沿着街道往自己借读的学校走去。

路上正好看见一家房产中介公司，他便走了进去，因为租房子的话也是租学校附近的。

房产中介刚刚开门，苏唐说明来意后，店里的一位年轻店员就拎了一串钥匙带他去看房。

"我们这边是幼儿园、小学、初高中都在一片，这块都是学区房，大部分人是为了孩子上学落户口买的，都是家电齐全的新房子，各种户型都有，你是先替你家大人来看看吗？"中介问道。

苏唐本来就年纪不大，再加上皮肤白、五官精致，看上去就更显小了。

"不是，我自己看，我自己住。"苏唐说道。

"哟，那可能有的房主会不放心把房子租给你一个小孩吧……"中介说着，开始翻自己的小笔记本。

苏唐听到别人叫自己小孩，嘴角往下耷拉着，没说话。

中介低头翻着笔记本，突然兴奋地说："有有有，有一个，我记得房主没什么要求，就是把房子租给在这儿上学的就行，你是哪个学校的？"

"海青一中。"苏唐说道，这是他要借读的学校。

"那行，咱俩先去看房，你觉得行的话我就给房东打电话。"中介说道。

这套房子离海青一中就一条马路的距离，是在一个名叫庭院蓝湾的高层住宅小区里，就在小区大门正对面的那栋的二十二楼，一层两户。听中介说二十二楼的另外一套也是这个房主的，也还没租出去。

房子客厅外面有一个大阳台，远远地还能看见大海，采光很好，宽敞明亮，家具电器也配备得齐全。

苏唐去每个房间都转了一下后，说道："可以。"

中介愣了一下："啊？"

"我租。"苏唐言简意赅道。

"噢，噢，行，"中介有些惊喜，没见过苏唐这么爽快的客户，"我这就给房主打电话！"

陈河是被手机振醒的，还以为是荀六他们打来的，直接就给挂了。结果这电话锲而不舍地一个接一个打来，陈河知道荀六他们不是这么不知死活的人，便接起了电话。

"喂……"他一张嘴自己都吓一跳，这嗓子哑得像破喇叭一样。

电话那头说："我是中介小陈。"

小陈兴冲冲地告诉陈河，他的房子有人租了，是海青一中的学生，符合他的要求，问他什么时候有空来签合同。

陈河听完嗯了一声："过两天。"

他现在难受得要死。

"哥，人家着急搬过来呢，这几天都住酒店，这不找到房子了还能省点酒店钱嘛！"小陈道。

陈河反正是不会马上爬起来去签合同的，不耐烦地说："着急就先搬进去得了。"

"哥，这不符合规定……"

"让他先住进去，回头我再给你电话。"说完，陈河就挂了电话，还把手机调成了静音模式。

那边小陈被挂了电话，有些无奈地看向苏唐："那个，房主说你可以先搬进来，合同他回头再跟你签……他可能是有事，不过也经常这样，他的房子基本都是我们店负责各种事项。"

闻言，苏唐扬扬眉毛，先搬过来也可以，反正他也没什么行李，先搬过来到时候有什么情况也不麻烦。本来他也不打算继续在那家酒店住了，挨着闹市区，早上有早市，晚上有广场舞，太吵了。

他嗯了一声："那就回头再签合同。"

小陈听了，猛点头，这个冷酷少年办事也很利落啊。

苏唐伏在阳台栏杆上，从二十二楼的高度俯瞰下去，能看到小得可怜的海青一中，只有两栋小楼和一个小操场，还可以看到远处和蓝天连在一起的大海。

住处的事暂时解决了，他该去会会从网上认识的说有他父亲消息的人了。

陈河一觉睡到下午，要不是苟六闯进他家掀他被子，他能睡死过去。

"陈河，起床啦——"

陈河被吓得一激灵，看清楚是苟六，刚要坐起来，脑袋就发晕，身子晃了一下。

"你咋啦？"荀六想凑近点。

"站那儿，别动。"陈河立马精神了，指着荀六，让他别再往前了。

"怎么了……"荀六莫名被嫌弃，有些委屈。

"我昨天做了一宿'酒吧惨案'的噩梦，"陈河闭着眼，鼻子里哼了一声，"你们几个都离我远点吧。"

"哎哟，"荀六一跺脚，"你别这样，我来接你去吃饭的！"

荀六上个月买的车，陈河还给他赞助了两万块钱，他现在每天就喜欢开车到处跑，接人都是他的活了。

"不吃，滚吧。"陈河说道。

"别啊，昨天都没好好给你接风，"荀六一拍大腿，"今天把金花收拾干净了，给你接个风！"

"别，哪是给我接风啊，这不是庆祝我的酒吧重获新生吗？"陈河抬手掐着眉心，觉得自己跟他们在一起久了都会少活好几十年，"说真的，我看了之后今天都想给它重新剪个彩。"

"那也行，"荀六配合道，"只要你来，想干啥都行。"

陈河骂了一句，下了床去换衣服。

夏天的衣服被杜春晓齐整地收在衣橱里，陈河因为心情不好，感觉穿哪件都不合适，便直接穿着明黄色的大裤衩和黑背心，外面披上校服，趿着人字拖就出门了。

晚上九点，夜生活的热身时间。

苏唐站在巷子阴影里，看着一个矮胖的男人跟别人勾肩搭背地晃悠进他昨天来过的金花酒吧，然后低头点开微信里那个备注"姜浩"的对话框。

SU：我父亲有消息了吗？

那边过了一会儿才回过来。

姜浩：你等等啊，我现在就在县里打听呢，这事不太容易，我都在这儿住了一周了，你上次给的钱也花得差不多了。

苏唐垂眼看着屏幕，荧光把他的脸庞映得有点瘆人。

只见他修长的手指又在屏幕上敲了两下。

SU：好，马上给你钱。

　　苏唐没进过酒吧，这里光线很暗，时不时扫过来的光束让人暂时看不清东西，音乐放得很大声，看得出来 DJ 台上的人是来凑数的，胡乱地拧着节奏。

　　他过去的时候，那个叫姜浩的矮胖男人正坐在吧台旁边跟身边的人大声说着什么，脸上还带着得意又放肆的笑，让苏唐恶心。

　　"对，我回头就说他爸是 MSS 的，执行秘密任务死了。兄弟，知道啥叫 MSS 吗，就是咱们国的……"

　　姜浩话还没说完，就感觉自己的头发被什么扯住，下一秒，他的额头就跟吧台台面来了个不太友好的亲密接触。

　　一声杀猪般的号叫传来。

　　刚才还听姜浩吹牛的人立马退开五六步。

　　姜浩肥胖又庞大的身躯在一个瘦高又文弱的男生手下竟然如此可怜弱小。

　　紧接着，一瓶洋酒在吧台上敲开，褐色的液体流淌出来，沾到姜浩脸上，半截锋利的酒瓶就抵在他层叠着肥肉的喉间。

　　苏唐凤眸微眯，声音像坠入冰窖一样冷。

　　"你给我讲讲，什么叫 MSS，嗯？"

第二章
武力值 MAX 的小哥哥

陈河坐在车上的时候就感觉头越来越晕了，摸摸脖子，好像和平时也没什么区别。他平时就是"火体"，身上哪儿都暖和。

他下车的时候晃了下神，人字拖卡排水井盖上了。

陈河骂了一句，回头瞪苟六："你看看你停的这破地方。"

苟六绕过来，看了看陈河的人字拖，又上下打量了陈河一番，说："河儿，有一说一，你今天穿得特别像某非法社团头目。"

"你见过穿校服的头目？"陈河拎了拎自己的校服领子，不知道怎么的，穿着长袖也感觉身上发冷。

"不是，这种头目的气质是由你自身散发出来的，跟你穿什么衣服没关系，就是穿麻袋，你也是能当老大的那种人！"苟六自以为拍了个多么无懈可击的马屁，很是得意扬扬。

陈河咳嗽两声，哑着嗓子开口："谢谢你抬举，有你们这帮脑残小弟，我要么被仇家干死，要么被你们气死。"

两人还在金花酒吧门口斗嘴，陈河的同班同学兼"脑残小弟"徐灿阳就从酒吧跑出来了，一见陈河来了，便大声叫道："打人了，打人了。"

这哥们儿在他们的小团体里充当的就是煽风点火、通风报信儿的角色，打架他不行，那边还没撸袖子他就已经跑了，是个为兄弟两肋插刀，为不挨打插兄弟一刀的人物。

这会儿酒吧里有人打架，他先跑出来也不新奇。

"怎么了，戴子同调戏别人女朋友被人打了？"陈河兴致缺缺地问道，心想，要是戴子同那自己就晚点进去，该让他长长教训了，省得他天天骚扰小姑娘。

"不是戴子同，"徐灿阳看着个高挺壮的，却相当不扛事，一脸惊慌，"是大炮，他被人拿酒瓶子把头都打破了！"

他们都管姜浩叫大炮。

"报警吗？"荀六问道。

"先进去看一眼吧。"陈河啧了一声，他现在这精神状态不想见到警察叔叔。

这回酒吧里灯光亮了一点儿，吧台一圈都围着人，见陈河进来，纷纷让开。

陈河看到一个站得笔直的身影，白色的外套发着亮——又是他。

只不过这回"小哥哥"一点儿也不文弱了，被敲掉半截的酒瓶子就抵在姜浩脖子上，吧台上液体混了一片，也不知道姜浩头到底破没破。

不过看那胖子模样肯定不好受，男孩手里的酒瓶子随便动动，他肥胖的身子就是一颤。

听见有人过来的动静，苏唐歪歪头看过去，是上次遇见过的，身上还穿着校服。

"这是，怎么了？"陈河咳两声，问道。

"找他问事。"苏唐看着陈河，冷声道。

陈河脑袋一点，往后退了一步："噢，那你问吧。"

然后，他又跟荀六道："接着放音乐，让别人都该干吗干吗去，这边我管。"

荀六领了命就招呼人都散了，只留下陈河一个人靠在吧台旁边，站在离苏唐不远的地方看着。

"有、有话好好说！"姜浩呼吸急促，"你到底是谁啊？"他坑蒙拐骗的没少得罪人，哪知道这个能一只手把自己摁住的少年是谁。

"我来给你送钱的。"苏唐道。

姜浩的汗大颗大颗地滚下来，也不知道是疼得还是吓得，听苏唐这么一说，立马反应过来了："噢，我知道了，你是找你父亲的那个。"

"你现在不是在县里吗？"苏唐晃了晃手里的酒瓶子。

"我、我、我刚回来，真的，弟弟，我刚回来，我这就准备给你回信儿的！"姜浩扒着酒吧台面，脸都白了。

"说。"苏唐把酒瓶子对着吧台戳下去，然后松开姜浩，退开一步，一边慢条斯理地从兜里抽出一张湿纸巾擦手，一边等着姜浩。

姜浩哆哆嗦嗦地爬起来，额头破了个口子，他一动，高浓度的洋酒就沾到伤口，疼得他又是一激灵。

"消息、消息在老枪那儿，就是那个李胜！我先回来的，他还在那儿等消息呢！"姜浩招摇撞骗这么多年还是有点胡说八道的本事的，这会儿直接把锅甩给了自己的同伴。

那边陈河听着都笑了。

苏唐抱着手臂，敲了敲自己手肘："定个时间。"

"三天，三天之后肯定给你信儿！"姜浩立马道。

苏唐听了，轻轻地点了点头，又往前一步，看着速速后退的姜浩，露出了来这儿之后的第一个笑容，笑得让人瘆得慌。

陈河正对着苏唐，他这会儿眼前发晕，看东西都模糊，看见人笑了，在心里想着，真好看。

"就三天，三天之后要么给我信儿，要么把钱还给我，"苏唐说着，抬手弹了弹那半截插进吧台面的酒瓶，"别想着跑，我最擅长找人了。"

姜浩点头哈腰地答应了。

"行了，看看脑袋去吧。"陈河从旁边走过来，指了指自己脑门，表情有些夸张。

的确，姜浩头上的口子还往外冒血呢。

"小陈哥。"姜浩怯怯地打了个招呼后就灰溜溜地走了。

目送胖子出了酒吧，陈河招呼人过来收拾吧台，看着插在那儿的酒瓶子，他笑了笑，抬手握住拔了一下，没拔动。

苏唐冷眼看着这个人，听见姜浩叫他"小陈哥"，这里的人也都认识他，应该是个有头有脸的……混混头子？

他看着这人又拽了一下酒瓶子。

"嗨，我感冒了，没什么劲……"陈河有些尴尬，后悔自己为什么非在这个一看就练过的男孩面前表现，现在丢人了。

苏唐没搭话，看着那帮人收拾吧台，问道："一共多少钱？"

还赔钱啊，那能微信转账啊，想到这里，陈河眼睛都亮了，让一直在旁边捂着嘴憋笑的荀六报个价。

荀六一直在看热闹，也没看清那瓶酒是啥酒，张嘴就说了个三百。

陈河一边掏手机，一边说："来，加个微……"

他话还没说完，这边三张红色钞票就被放到了吧台上。

苏唐转身要走，陈河刚要拦着，那只脆弱的人字拖突然断了带。陈河本就昏沉，身子一僵，就直挺挺地往苏唐身上倒过去了。

苏唐感觉身后有风，回身下意识地接住了陈河。

蹲在吧台后看热闹的一群人低呼一声。

"老大怎么倒别人怀里了，被人揍了？"刚从后厨出来，还不了解情况的蔡财问道。

"被人揍个鬼，这不是看人家长得好看想占便宜吗，比戴子同还不要脸。"荀六道。

戴子同不高兴了，骂道："你才不要脸。"

苏唐太阳穴突突直跳，看这人没了动静，也不知道是该推开还是怎样，只好说："你起来……"

话没说完，苏唐就感觉有点不对，用手背轻轻靠近那人脖颈，好烫……

"你发烧了。"苏唐说道。

陈河啊了一声，刚要直起身来，又是一阵天旋地转，这回他是往后仰的。

苏唐没伸手，因为陈河后面有吧台椅。

"哎哟，河儿怎么又往后倒了，这是占便宜把人家惹急了吧！"荀六道。

"他都倒在人家小哥哥怀里了，肯定得赶紧起来啊。"戴子同从吧台后面站起来说道。

苏唐看着吧台后面蹲着的五个人，冷冷地说："他发烧了。"

"啊？"

"哎哟！"

"不会吧！"

几个人有从吧台后面绕过来的，有直接撑着吧台翻出来的，一眨眼就都围在了陈河身边。

"河儿……"荀六拉起陈河的手，语气有些沉重。

"你们说，陈叔就他一个儿子，他要没了，酒吧还有网吧咋分？"

"我仨要网吧，把酒吧给你俩。"戴子同比画着自己和刘克洲、徐灿阳，他们三个都是陈河的同班同学，网吧离海青一中近；蔡财和荀六本来也来酒吧勤一点儿。

"我看行，那咱们别管他了，等他咽气吧。"徐灿阳点头道。

苏唐在一边听着觉得惊奇，但也懒得管，刚要走，一个瘦得跟麻秆一样的男生把他拦住了："哎，你不能走啊，刚才我们家河儿可是被你推开才晕了的！"

尖细得有点刻意的嗓音听得苏唐鸡皮疙瘩都起来了。

"对，"那边徐灿阳已经把陈河架起来了，"我们先去看看陈河到底能不能抢救一下，你别跑啊。"

"一块儿去吧，诊所就在隔壁。"荀六说道。

苏唐低头看了一眼自己的手，出了口气，心想，既然诊所就在隔壁，那姜浩应该也去那里处理伤口了，刚刚自己太生气了，下手有点重了。

想着，他也就跟了上去。

苏唐跟在他们身后，看着他们把人架出去。至于走在最前面的那人回头冲谁比了个"OK"的手势，苏唐也权当没看见。

这鬼地方盛产傻子。

他们说的那家小诊所就开在金花酒吧旁边的小巷子里，巷子幽深，社区诊所的灯牌泛着幽幽绿光。

"哟，小陈啊，这是咋了，让人打了？"诊所的大夫穿着有些发黄的白大褂，一见是陈河，立马把推到额头上的眼镜拉下来，凑上去看。

"您给看看，还有得救吗？"荀六撒开一步，给大夫让道。

徐灿阳把陈河放到小沙发上后，哥几个就一起坐到了旁边的病床上。

就大夫给陈河看病的工夫，几个人手机"timi"的动静就响起来了。

苏唐站在推拉门旁边，看到里间有大夫在给姜浩处理伤口，没缝针，看来伤得不严重。

等姜浩头上缠了一圈白纱布，骂骂咧咧地出来时，苏唐就躲进了另一边屋子，没跟他碰上。

陈河那边，大夫检查了一番之后，直起腰，问荀六他们："没什么大事，就是发烧了，输个液？"

"行啊，"不知道谁随便应了一声，愣了一下又喊道，"去他的李白，娜可露露谁啊？干他啊！"

大夫沉默一下，转身看到进来的苏唐，大概是看苏唐是这屋里最正常的一人了，就和他商量："输个液，退烧快点，行吗？"

苏唐看到病床上的那帮人打游戏打得火热，根本没人听到大夫在说什么，只好抿着嘴点了点头。

大夫给陈河挂上输液瓶之后就去外面看电视了。

苏唐都不知道自己当时怎么想的，搬过来一把看着是这里最干净，也是最古老的红棕色漆的方凳，坐在了陈河旁边。

陈河迷迷糊糊睁开眼，灯光昏暗，墙上映着几个人影，他身子都躺麻了，扭头看旁边，那五个人坐在小床上正非常投入地打游戏，没一个人抬头看他。

陈河有气无力地刚要开口骂他们，就感觉自己外套衣摆被什么压住了，一回头，就看到那个漂亮男孩枕着他的校服衣摆睡得正香。

荀六那边有人喊了一声"守塔"。

陈河弯身用没输液的那只手从地上捡了个他们喝完了的易拉罐，照着其中一个的脑袋就扔了过去。

脑袋被砸的声音相当响亮，比那几个人打游戏的动静都大，苏唐也被惊醒了。

陈河有些尴尬地把手收回来，讪笑道："你醒啦。"

苏唐本来不怎么困，可陈河身上有一股淡淡的橙子清香，跟苏唐妈妈身上的味道特别像，突然涌来的安全感让苏唐很快就睡着了。

想到本来还要帮这人看输液瓶，自己却睡着了……苏唐也多少有些尴尬。

苏唐看了眼这人的输液瓶，还剩四分之一，既然他醒了，那苏唐也就不用帮他看着了，说道："嗯，走了。"苏唐说着，起身整了整衣服就出了诊所。

等苏唐出了小诊所，陈河才发怒，从地上捡了三个易拉罐砸向他们五个人，骂道："你们是人吗，我在这输液，你们还玩得这么嗨？"

"没有，我还给你拍了几张照片，纪念一下陈河长这么大第一回输液。"戴子同举起手机。

陈河气得把手盖在脸上，叹了口气。

这帮人就像弹簧，你强他们弱；你弱，他们趁你病要你命。

"哎，河儿，刚才那小哥哥真不错，还帮你盯着输液瓶，他叫啥啊，你俩原先认识？"刘克洲端着手机来到陈河身边坐着，两条小细腿不住地晃悠。

"不认识。"陈河闷声道。

"不认识？不认识你俩说半天话，你还往人家身上倒？臭流氓！"戴子同义愤填膺。

"可不是嘛，他就是看人家长得好看！"徐灿阳一语中的。

陈河仰在沙发上，闭了眼又想起苏唐的模样，说："人家长得本来就好看，比你们都好看。"

"那你看上他啦？"刘克洲开玩笑道。

荀六喊了一声："看上个鬼，他就是那种颜控，别说人了，就是长得漂亮的狗他都喜欢看！"

"放屁。"陈河否认。

"我觉得六哥说得有道理，要不为什么你每次见我们家皮皮都绕着走生怕它蹭你，看到我家楼上那只萨摩耶就过去摸人家！"徐灿阳质问道。

陈河张了张嘴，徐灿阳家那只哈巴狗长得确实丑啊……

那帮人又开始七嘴八舌地声讨陈河，有些说得也有那么点鬼道理。

比如陈河确实喜欢模样好看的。

看着那帮无忧无虑的小傻子啥也不懂地开着自己和苏唐的玩笑，陈河在心里叹了口气。

这帮人大脑一马平川的，神经也粗得像定海神针。

不过从小陈河身边也没什么心思细腻的人。

他妈妈生他的时候大出血，陈河一出生就住进了医院的婴儿箱，一直到他爸爸处理完他妈妈的后事，才想起来自己有个儿子。

他爸爸叫陈天游，早年间是混社会的，之后带着手底下一帮小兄弟白手起家，给人拉大车、修管道，攒了钱才在街上盘下好多铺面。

那会时兴歌舞厅，陈天游就开了家金花歌舞厅，后来生意黄了，陈河接手后改成了金花酒吧。

别人私下里还开玩笑呢，说这金花是不是陈天游哪个妹妹的名字啊。

陈河知道，金花是他爸开饭店的时候养的一条高加索，在陈河五岁那年老死了。

他当时还觉得他爸冷血，直接把老狗埋了，也没掉眼泪。陈河后来听一个叔叔说："你爸好几次受了重伤都没哭过，你妈没的那天，他在病床前跪着哭，哭到天都黑了。他这辈子，就为你妈哭过。"

打那时起，陈河就立志成为一个像他爸那样的男人。

陈天游知道了陈河这个"远大志向"后，第二天就把自己在街上的生意散出去了。

后来，陈河说一次"我要当大哥"就被他爸拎着揍一回。

他最后也没当成大哥，大家为了给这个梦想破灭的孩子一点点尊重，都叫他小陈哥。

等他真懂事了之后，才知道自己当时的梦想有多么可笑，想想都觉得陈天游当时揍他揍得轻了。

陈天游看陈河真懂事了之后，反倒是把街上几个没出租的门面和一直开着的网吧，还有金花歌舞厅交给了陈河，自己去海南搞房地产去了。

陈河觉得他爸早就想离开这儿了，这么多年了天天睹物思人的。

陈河模样没的说，成绩也可以，身边一堆朋友，还有叔叔伯伯也都挺照顾他的，那就放他爸自由呗。

这次暑假，陈河还去海南跟他爸住了两个月，临走的时候，陈河热伤风了。陈天游把他送到车站入口，听见他吸鼻涕，还嘲笑他没出息。

"我这是感冒！"陈河怒道。

"行行行，"陈天游大掌用力拍了儿子后背一下，摘了墨镜露出跟陈河三分相似的浓眉大眼，这几年在海南做生意人晒得像染了色，但看着依旧精神，他冲儿子笑笑，"我知道你嘴硬，随我。"

陈河翻了个白眼。

"回去以后记得多运动运动啊，你看你这肚子摸着都不硬邦邦了。"陈天游用指关节敲了敲陈河腹部。

"这不是跟你天天吃这吃那吃的吗！"陈河不服气，伸手去摸他爹的肚子，竟然有腹肌！

"怎么样？"陈天游冲他扬扬眉毛。

"就那样吧……"陈河撇撇嘴，往身后看了一眼，"我走啦！"

"走呗，不然我还给你煽个情啊。"陈天游摆摆手。

"行吧，"陈河又吸了吸鼻子，"那你过年早点回来啊。"

陈河歪头靠在沙发上，把腿跷在了刚才苏唐坐的地方，看着那帮一边喝一边打游戏的人，叹了口气："你们别打游戏了，跟我说会儿话。那个姜……大炮，又干什么了？"

徐灿阳的"程咬金"刚好死了，他转过身来对着陈河说："他还能干啥，职业骗子。听说是那个小哥哥托他打听自己爸爸的消息吧，他能打听到什么，还不就是骗钱嘛，这回碰到了个狠人罢了。"

徐灿阳说着，比画了一下苏唐拿着酒瓶子的模样，咧了咧嘴。

"以后让他滚远点，省得溅我酒吧血。"陈河眯了眯眼睛，想起插在吧台上那半截自己拔不出来的酒瓶子，不由得打了个寒战。

苏唐这两天醒来，都有种不真切的感觉，想着自己因为一个不知真假的名字和当年留下的几张照片，又受了那两个满嘴跑火车的家伙的教唆，加上母亲的去世真的让他受了很大的刺激，脑袋一热，就从自己生活了十几年的地方跑到了这里。

租下来的精装房装修得就像家装设计的样板间一样精致，卧室铺着地毯，相当适合不爱穿鞋的苏唐。

他光着脚，到卫生间去洗漱。

早饭依旧吃不下去，苏唐还是开了瓶口服液喝。

之前班主任说他瘦了，苏唐还没感觉，那天骑了一回自行车，风从他领口和袖口往里灌着，他都有种风要把人吹跑的感觉。

苏唐去药店上了下秤，觉得不对，下来又再踩上去。

"这个秤是坏了吗？"苏唐到柜台，指着门口的那个秤问药店店员。

店员是位大姐，听说秤坏了，嘟囔了一句"不能吧"，然后就从柜台出来，自己上去试了试。

大姐下来，对苏唐说："没坏啊，这秤十几年了，可准了！"

苏唐默然，转身又买了两盒胶囊。

出了药店，苏唐深吸了一口气，瘦了十几斤，来阵大风就能给他吹散架。

喝完了口服液，他又塞了一个手指肚那么大的胶囊进嘴。

他一直盯着的快递今天显示在派送中了，九点刚过，就接到了快递的电话。

快递员把大车开到他租住的楼下，给他卸货的时候还纳闷呢，半人高的那种大纸箱子，竟然轻轻一抬就起来了，有些好奇地问："什么东西啊？这么大的箱子，还挺轻。"

"纸。"苏唐说道。

快递员帮他把五个箱子都卸下来，他自己就能搬进电梯。

那里面确实都是纸，是他的作品。

苏唐进了屋拆了箱子，从里面一件一件地把用纸做的零件拿出来，把它们都摆在地板上，摆了整个客厅。

苏唐是学美术的，小时候跟着他妈妈画，长大了和他妈妈走的路不一样了，就又专门去找了老师。他妈妈苏莹是位画家，靠着几幅水镇印象年少成名，后来的作品也有很多，不过最出名的还是那几幅水镇风光。

苏唐是设计、泥塑、雕刻都学，慢慢地自己能独立做一些作品出来，后面觉得纸好玩，就一门心思扑在了纸雕上。他学的东西杂，融会贯通之后，做出来的东西就有了他自己的风格。

现在寄过来的这些是苏唐做了快一年的纸雕作品，是他经过实地采风，参考了很多水镇，再结合母亲苏莹当年关于水镇的画作，设计出的纸雕版的水镇。

当时他决定做这个的时候，苏萤很期待。只是苏唐才做到一半，苏萤就猝死在了画室。

苏唐记得那天他终于做出来那个绊住他好久的全纸筒车，从工作室出来的时候天色阴沉，压得人喘不过气来。这时，他母亲的学生金子汇来找他。

那个成熟稳重的大哥哥见了苏唐，甩了车子不管不顾地冲了过来。

闷雷轰隆隆地响起，母亲突然离世的消息在苏唐脑袋里炸开。

因为处理母亲的后事，这个作品就搁置了好久。

苏唐来这里找到住所之后，就让金子汇帮他把东西寄了过来。

他还要继续做。

老师劝过他两次，说得挺隐晦的，但苏唐能听出来——大家都不希望他在这事上执念太深，他们都觉得苏唐是为了苏萤才做的这个作品。

其实不全是，苏唐把那个筒车轻轻拎起来，用手指拨弄着转了一圈，这就是他自己想做的，只是遗憾妈妈看不到了。

他把这些水镇的零件都按图纸编号摆好，离开学还有一段时间，他可以再做一点儿。开学之后再抽空做做，年底应该能完成，到时就可以拿出去参加 CIA 比赛了。

输完液后，陈河退了烧，只是还有点咳嗽。小诊所的大夫说，咳一阵就不咳了。

庸医，陈河一边咳嗽一边想着。

阳台上响起晾衣竿与晾衣架碰撞的声音，然后是噼里啪啦的拖鞋趿拉声，有人喊道："陈河，我进来啦？"

陈河下意识地看了一眼自己的衣服，还算穿得齐全，刚要张嘴，杜春晓就已经推门进来了，怀里抱着一堆陈河春秋时节的衣服。

"这都八月底了，你天天穿着那个大裤衩不冷啊？活该你感冒！"杜春晓看他穿得那么少，还坐在飘窗上吹风，嚷他。

"我这是在海南感冒的……"陈河无力地解释道。

"回来之前就感冒了，回来之后还不多穿点？"杜春晓又嚷。

陈河愣了一下，他没长袖长裤穿的原因是杜春晓一口气把它们都洗了，但他没说。

结果，杜春晓气哼哼地把衣服摔到陈河床上："衣服干了也不知道收。"

"姐……"陈河后面的话还没说出来，就被杜春晓一记眼刀瞪了回去。

"说了多少次了，别叫我姐。"杜春晓今年二十四，干模特的，身材高挑长得漂亮，说是陈河的妹妹都有人信。

"不叫你姐叫你啥，"陈河翻了个白眼，"我爸就是把你当闺女，你怎么还不死心？"

杜春晓十八岁开始当模特，工作时被占了便宜后，常常在夜里自己买醉。一天半夜回家的时候路遇流氓，那会儿杜春晓的脾气就挺暴的，钱难挣被占便宜她也就忍了，可那种社会渣滓她忍不了。

还没等她爆发，就听见巷口传来一声低喝："干吗呢？"

她越过流氓往那边看去，陈天游一袭风衣，叼着烟站在路灯的光晕下，帅得没边了。

杜春晓一眼就相中了儿子都十几岁了的陈天游。

陈天游倒没那种心思，打听了杜春晓家的情况还有她现在的工作后，让她把工作辞了老老实实回去念书，又拿了一笔钱给她爸看病。

陈天游把买卖散了之后没什么事干，帮杜春晓就当积德，却没想到这个比他小了两轮的丫头竟然看上了自己。

陈河还打趣他爹呢，曾经问陈天游去海南是不是为了躲杜春晓，让陈天游一顿打。打完了，陈天游点了支烟，悠悠地说道："她现在见过什么好男人啊，以后遇见了也就忘了我了。"

但不管怎么样，现在杜春晓肯定还惦记着陈天游呢，说话这么冲，八成是因为陈天游不回她微信。

"死什么心，你懂什么叫喜欢吗？"杜春晓也跟他翻了个大白眼，"天天咳咳咳的，柜子里有感冒冲剂和板蓝根，我新买的，你该喝啥喝啥，管好你自己！"

"哎，好嘞，"陈河歪头靠在窗户上，"谢谢……""姐"的音儿还没出去，杜春晓的眼睛就瞪了过来。

杜春晓给他做了晚饭就走了，一锅的叉烧肉。杜春晓她爸是个厨子，手艺也传给杜春晓了，做饭没的说。

陈河一不小心就又吃多了。

荀六叫他去吃烧烤他都没去，这会儿什么东西都咽不下去，拎了校服外套就出门消食去了。

陈河一边走一边穿，穿上了才反应过来："又穿你出门了！"这几天就可着这一件衣服穿，都习惯了。

天快黑了，陈河在小区旁边的广场里甩着胳膊活动着，路上还跟认识的爷爷奶奶打着招呼。

喷泉那边，已经聚了十来个人了，领头的在调音响。

陈河只是路过，就被人看见了。

"呀，小陈来啦！"有阿姨叫了一声。

"是啊，好久没看见你啦！"快俩月没见这个舞跳得比领舞都好的浓眉大眼的小帅哥了，阿姨们都怪想他的。

本来陈河就是想散散步，结果盛情难却，被拉进了阿姨们的广场舞方阵里。

苏唐在屋里闷了一天，到了晚上也没收到姜浩他们的消息。听见小区旁边的广场上很热闹，愣了片刻，决定出门转转。

广场上有三四处跳广场舞的，低音炮响得热闹，其间还穿插着大爷们甩鞭子打陀螺的啪啪声响。在暮色里，让苏唐突然感觉到了一丝真切。

今天是工作日，广场的喷泉不开，苏唐绕过去，就看见了一群跳广场舞的阿姨。

放的音乐苏唐没听过，一会儿快一会儿慢的，阿姨们跟着节奏跳着，这好像是只用跳脚下的步子，上身跟着随便晃晃就行。

要不是看见领舞脚下步子踩着点有技巧，跟阿姨们跳得截然不同，跟不是一个舞似的，苏唐还以为这就是什么健身操呢。

人群中有人穿着明黄色的大裤衩特别显眼，露出的腿很长，挺好看的，跟着节奏跳着步子，有点网上土味视频里鬼步舞的感觉，但这人跳得有种清新脱俗的感觉，比视频里的高级点似的。

只是这人穿的衣服怎么那么眼熟……像件校服。

苏唐又多看了一眼，这……不是那天在酒吧晕倒的那人吗？他怎么也在这儿？

还跳广场舞？

他站在暗处多看了两眼，兜里的手机振了下。

他拿出来，是那个叫李胜的人发来的信息，和姜浩一起的。

"小子，不是要你爸的消息吗，先把我兄弟的医药费转过来，十万。"

苏唐全身都充满着寒意。

胃里空荡荡的，这会儿正狠命地绞痛着。

妈妈在时，他偷偷找过父亲，妈妈不在了，他就从父亲留下的照片和一些摘抄笔记中挖掘线索，一头扎进人潮里，非要在十几亿人里找到一个连是死是活都不知晓的人。

来到这里，还被两个骗子耍得团团转。

苏唐现在看谁都不像好人，他不可能会老老实实地给骗子送钱。

他小时候长得白，他妈妈带着他到处采风也顾不上给他剪头发，就老有人说他是小女孩，苏唐一气之下就把头发剃了，又给自己报了个武术搏击班，要强身健体，让自己男子气概充沛一点儿。

他没事就去练，几年下来，散打、泰拳都多多少少的会一点儿，就是遗憾没练成他小时候梦想的史泰龙那样的身材，还是白净精瘦的。

苏唐就在广场的一处无人角落蹲下去，用小臂抵住自己的腹部，这样会稍微好受一点儿，另一只手抬起来攥了攥，想着那天还是下手轻了。

第二天从早上开始，苏唐的手机就响个不停，都是那个叫李胜的男人催他打钱。其间还穿插着姜浩的一两个电话，好像跟有人给他撑腰了一样，骂骂咧咧的。

好像那天被苏唐一只手摁着，趴在吧台上龇牙咧嘴的人不是他了一样。

苏唐索性把手机设了静音，静下心来先做了一组小宅院的外墙。

他用了三层纸，外面是轻薄的白纸，打上灯光就透亮了，里面是彩纸，是他自己染的，浅粉、天蓝、奶黄一类梦幻浪漫的色彩晕染开，被夹在了中间。

放在拷贝台上，关了灯是水墨风的灰白墙面与黑色屋檐，开了灯，光从白纸穿透出来，就映出了中间那层变幻的甜美颜色。

这就是苏唐的设计，都完成后，正常光线下是水墨风的古朴水镇，一砖一瓦都清新有韵味。当底盘的灯光亮起时，内层的彩色就会展现出来，让本古朴的水镇焕发童话般的色彩。

做好外墙，他又把图纸按照编号放好，从地上爬起来，到卧室去换衣服。

午后，姜浩趿拉着破拖鞋从自家小区里晃晃悠悠地走出来，脑门儿上还缠着一块白纱布，离远了看也显眼。

他今天心情不错，一路上到处跟人打招呼。大家都认识他，知道他不是什么好人，看他脑门儿上还带着伤，就更不想理他了，纷纷躲远了。

他也不在意，扭着肥胖的身子走着，身后不知什么时候就稍稍跟上了个戴着兜帽的人。

那天在诊所，姜浩把自己装着医保卡的钱包放在了柜台上，他去里间缝针的时候，苏唐就打开了他只有几张零钱的钱包，抽出他的身份证，扫了一眼上面的地址，记了下来。

这人出门都随身带着医保卡，得多欠啊。

苏唐又往下扯了扯自己的帽子，跟在姜浩身后，始终和他保持了一段距离。

路上，姜浩还打了个电话，接电话的时候人站在原地。苏唐就离他近了点，背过身去对着便利店门口的饮料柜。

"喂，胜哥，我刚从家里出来……"也不知道电话里的人说了点什么，姜浩喜笑颜开的，"对对对，你说得对，咱怕那小崽子干什么，他在陈河的酒吧里闹了事，陈河肯定得收拾他！到时候他没准还得求着咱们帮他平事呢！"

陈河？是那个穿校服的小子？

"行，我这就走到啦，见面说！"姜浩要跟李胜见面，和苏唐想的一样。

从饮料柜门反光看见姜浩迈步走了，苏唐又跟了上去。

他跟着姜浩走到了一家网吧，上面的门头一看就是新做的，在阳光底下还发着光，叫风云电竞馆。

好名字。

不知道的还以为这是哪家在各大联盟赛事上叱咤风云的电竞俱乐部呢。

殊不知电竞馆的前身就是网咖，网咖的前身就是网吧。

陈河的感冒彻底好了，还多亏了昨天的广场舞，虽然是随便跳跳，但也是裹着长袖外套蹦跶了俩小时，出了一身的汗。

今天醒了就不怎么咳嗽了。

戴子同他们几个闻此喜讯，非要庆祝一番。

"给我接风你们喝酒，庆祝我第一次输液你们也喝酒，我感冒好了你们还喝，"陈河从家出来正往网吧走呢，回来这么多天了一次都没去过，边走边在群里发语音，"想喝就喝呗，老拿我说什么事，不知道的还以为我是什么下酒菜呢。"

他说他去网吧，徐灿阳立马回复，说自己就在电竞馆呢。

"什么电竞馆，别说得那么高级行吗？"

陈河翻了个白眼，这名字是这群一天到晚闲得不好好写暑假作业的人趁他去海南改的，聊天的时候就一口一个"电竞馆"，搞得陈河都快以为哪家俱乐部这么博爱，招三个手残过去守饮水机呢。

"在键盘上撒把米，鸡打得都比你好。"陈河如实说道。

过了一会儿，徐灿阳怒发语音："我在网吧门口蹲着呢，行了吧！"

陈河满意地收了手机，顺势揣进外套兜里，然后才反应过来自己又穿校服出门了。

这衣服放得可太顺手了，每天回家甩在沙发上，出门就拎起来直接穿，比上学的时候穿得还自在。陈河抓了抓自己已经长得没了型的头发，叹了口气。

他到的时候徐灿阳正在网吧门口蹲着，那姿势和荀六一个培训机构出来的似的，把地痞流氓的气质拿捏得死死的。

陈河恨铁不成钢地在徐灿阳屁股后面来了一脚："作业写完了吗？就天天在这儿瞎晃悠。"

"没有啊，这不等你呢吗！"徐灿阳捂着屁股跳起来，说得理直气壮。

"长得丑，想得还挺美。"陈河又是一脚。

踢完了，徐灿阳保证自己回家好好写作业重新做人后，陈河才两手插兜，往网吧里面看了一眼，问道："你什么时候来的，没什么事吧？"

"没事啊，"徐灿阳又想蹲下，但是屁股还疼着呢，就只能站着，"这会儿没啥人，都在家睡觉呢……噢，那谁，老枪来了。"

陈河沉默了一会儿后，说道："你直接说名字行吗？老枪大炮的我还得记他们的称号，超级英雄啊他们。"

"李胜！"徐灿阳道。

陈河知道这人，他们这儿出了名的社会渣滓，成天在街上招摇撞骗的，仗着自己一脸凶相还能唬住不少人。

"你在这儿看门有什么用，什么人都往里请！"陈河最烦他们那种人。

"那他要进我也不能拦着啊，他来了没一会儿那个大……姜浩也来了。"

陈河深吸一口气，问道："还有谁？"

"你怎么知道还有人！"徐灿阳有些惊喜，"你肯定想不到，那个小哥哥也来了！"

不容陈河反思自己交友不慎，听到那个小孩也来了，他只觉不好，转头就往网吧里冲。

他刚走进去，就听见二楼有重物倒地的声音，紧接着是一阵摔打键盘的动静，一副耳机从二楼栏杆处飞出来，连着线挂在那里晃荡。

二楼，苏唐一记鞭腿踹翻了姜浩，回身又把带滚轮的沉重沙发掀到那人身上，随即又扯着键盘狠狠地抽在了干瘦、一脸凶相长得跟格格巫似的李胜脸上。

"不是要钱吗？医药费可以，我先打五万的。"

陈河两步冲上来，就见到了这样的场面——姜浩肥胖的身躯被沙发椅压得快喘不过气了，那边李胜鼻青脸肿地跪在键盘上。

只见苏唐抿着嘴，神情凌厉得一拳就要落下，陈河上前，一手接下了本该落在李胜脸上的那一拳。

陈河的掌心很暖，他的突然出现让苏唐皱起眉头："让开，和你没关系。"

见鬼了，他竟然挣脱不开陈河的手。

"先在我酒吧闹事，又来砸我的网吧。"陈河攥着苏唐的手，把人扯到自己近前，两个人鼻尖几乎碰到一起。

苏唐有一瞬间的晃神。

陈河眯起眼，带着些警告意味，手下力道又重了几分，在惩罚这无法无天的疯小孩。

"和我没关系，嗯？"

苏唐耳根子泛着红，一路烧到脸颊，突然被人离这么近管教，刚才面对那俩骗子时冷酷无情的煞气全都散了。

"放开。"苏唐又挣了一下，见陈河不松手，就用了练擒拿时的技巧，送手出去，借着身子灵活矮身扭过陈河的胳膊，才逼得陈河松了手。

一挣脱，苏唐立马往后退开，脚下慌乱，脸上的红晕还没散去。

目睹了刚才二楼的打打杀杀，一直给群里人现场直播的徐灿阳突然觉得"风云"这名一下就贴切了起来。

陈河扫了一眼缩在一边的李胜，又点了点旁边猫在沙发后面的姜浩，冷冷地说道："聊聊？"

第三章
港城风云

夏日午后，风云电竞馆里顾客很少，空调也不知道调到了多少度，冷气十足。

陈河把撸起来的校服袖子放下，摸摸鼻子，看到那边一胖一瘦俩骗子满头大汗，腿绞在一起，坐立难安。

另一旁，那个高瘦的男孩靠着栏杆站着，神情冷漠。

"小、小兄弟，你看这样，我们把你的钱都还给你，咱们就两清了，行吗？"李胜搓着手，一脸惶恐。

苏唐抬头看他："我要的消息呢？"

四周一下子就安静下来，大家都沉默了，只能听到楼下噼里啪啦敲键盘的声音。

苏唐站直了身子，不太顺畅地喘了一口气，而后把左右衣袖往上挽了挽。

"所以说，你们根本没有我爸的消息。"

不是疑问，是肯定。这句话语气极轻，带着隐隐寒意，听得人不禁打了个寒战。

李胜和姜浩一块咽了咽口水。

陈河迎了上来。

"让开，不然连你一起揍。"苏唐攥着拳头咯咯作响，他有多愤怒可想而知。

陈河还想再说什么，苏唐的拳头已经砸了过来。

苏唐现在什么都顾不上了，从小跟着一群安安静静搞艺术的人也没熏陶出他宁静致远的性子，而且以前也没人欺负他。妈妈不在了，苏唐根本不想去想除了动手之外还有什么解决办法。

"你这样不能解决问题！"陈河接下苏唐一拳，咬了咬牙，厉声道。

"那我就先解决他们——"苏唐身子极软，手被压得那么低，他竟然能旋着身子踹一记鞭腿过来。

陈河被扫开，歪过头去啧了一声。

还没等苏唐到李胜他们近前，就被陈河拉住手腕摁到了沙发椅里，紧接着，陈河借着在上面好发力，把他压住了。

苏唐摔进沙发里，顿时一阵眩晕感袭来，再加上几天没有好好吃饭休息，根本撼动不了陈河半分。

"你——"苏唐手就抵在陈河胸口，皮包骨的纤细手腕看着相当柔弱，他这会儿已经气得说不出话来了，用尽全力才能让陈河和自己保持着三十厘米的距离。

可陈河身上那股让他熟悉的橙子清香再次袭来。

在这么剑拔弩张的时刻，苏唐突然好想他妈妈。

陈河不知道自己做了什么，身下的人竟然红了眼圈，他下意识就松了手。

苏唐被放开，立马就一脚把陈河踹了出去。

苏唐有些狼狈地从沙发里站起来，又看了李胜和姜浩一眼，狠狠地说："再敢耍我，我就把你们两个扔到海里去……"

苏唐后面的话还没说完，就被陈河拉住从二楼带了下去。

网吧里光线昏暗，突然回到阳光下，有一种恍如隔世的感觉。苏唐稍微冷静了一点儿。

"从哪儿学来的台词啊，我爸他们当年都不这么说，"陈河抬手把苏唐的袖子拽下来，又揉了揉自己被蹬得生疼的胸膛，"我叫陈河，你呢？"

苏唐低着头不说话。

陈河低笑两声，抬手勾了勾苏唐下巴："你先在我的酒吧大闹一场，今天又砸了我的网吧，我问你个名儿，不过分吧？"

苏唐不可置信地瞪大了眼睛，要不是下巴被人搔弄的感觉还在，他都以为是自己疯了。

没人敢这么逗他，要不是陈河手指缩回去得快，苏唐肯定给他掰断了。

不过，他也听清陈河说的什么了，之前的金花酒吧，还有这个风云电竞馆，都是陈河的。

苏唐脸皮薄，这会儿冷静一点儿了，也觉得不好意思起来，半天，才从嘴巴里挤出来自己的名字："苏唐。"

"苏唐？是大虾酥的酥糖吗？"陈河听着这么甜的名字，挑起眉毛，本尊看着可没那么甜。

"什么？"苏唐不知道陈河说的是什么，好看的眉头轻蹙着，"是苏州的苏，唐朝的唐。"

"噢，知道了，酥糖嘛。"陈河故意道。

苏唐看着陈河，他觉得那人说的肯定不是他的名字。

"他们骗了你多少钱？"陈河大拇指往后面指了指，问道。

苏唐之前算过自己前前后后给那两个骗子转的钱，心里又想着这人不光是这两家店的老板，还是这街上的小头目，姜浩都管他叫小陈哥，于是如实说道："三万多……三万零一千六百五十。"

"行了，我让他们还你钱，这事就了了，行吗？"陈河一副平事的模样。

苏唐眉头越皱越紧。

如果不是那两个骗子一直诓骗他，特别笃定地说他父亲就在这里，他是不可能从家乡跑出来的。他被人骗到这个北方的海滨小城，人生地不熟的又被他们三番五次地耍。

这事只是还钱就算了吗？凭什么？

他要找的人呢？

那个人是死是活，在国内还是国外，住在哪里，在做什么工作，有没有自己的家庭……苏唐一丁点的消息也没有得到。

他就这么被甩在这个陌生又惹人厌的地方了。

"你看，你把那俩揍成那样，他们还了钱，最多再跟你道个歉，也没有什么别的处理方式了，"陈河说完，反应过来这个小酥糖可能是大城市来的没见过这种事情，又解释了一下，"就算报警，他们把钱还上，拘留一阵也就放出来了……"

"你根本不懂。"苏唐突然打断他。

陈河看着男孩深深地低着头，抬起手捂住了嘴，单薄的肩膀抖了两下。

"你……"陈河刚想说什么，苏唐另一只手臂抬起来，止住了他靠近的身体，也是示意他闭嘴。

"你根本不懂，我只是想找到我爸爸……"

苏唐抬起头那一瞬间，陈河看到男孩哭花了的脸颊，眼圈泛着红晕，让人心疼。

苏唐哭得好难过。

不知道为什么，陈河自己的心情也瞬间变得糟透了。

二楼，姜浩和李胜两个人正龇牙咧嘴地查看对方的伤情呢，一见陈河上来，都竞相卖着惨，控诉苏唐的无法无天，竟然敢在小陈哥的地界撒野。

"如果我没记错的话，这两回都是你俩把人领过来的吧，"陈河掸了掸沙发椅坐下来，修长的腿交叠，手搭在膝盖上，眯起眼，"你俩和我有仇？"

"啊，没有，没有！"两人连忙摆手。

"既然没仇，"陈河顿了一下，随即勾起嘴角，好像是和他们商量似的，"那我就当你们不是故意的啦，我的损失也不用你们赔了。就是大家都在这片混的，抬头不见低头见，给我个面子，钱赶紧还人家，以后也别找他麻烦了。"

两人愣住了。

"有什么问题吗？"陈河笑眯眯的，一副平易近人的样子。

姜浩看了李胜一眼，李胜脸色有些凝重地点了头。

陈河的一些事，李胜听说过。

一开始大家只是顾忌到他是陈天游的儿子，便对他客客气气的，也没太把他当回事。后来陈哥走了，街上的人都以为陈哥会把手上的买卖分干净，没想到是十五岁的陈河接手了。

大家都当个笑话讲，也没人服陈河，直到后来那件事出了，人们才不敢只拿他当陈天游的儿子看。

哪怕是李胜这种跟他们仨不混一路的人，也忌惮这个看着开朗跟个大男孩似的少年，知道这小子狠起来比他老爹还厉害。

陈河出面平事，这面子得给。

陈河把人送走，就招呼一直看热闹的徐灿阳把这满地的键盘鼠标耳机收拾了，再看看电脑有没有坏。

"你怎么不收拾，挨了小哥哥两下就废了？这么不行？"徐灿阳动作麻利地收拾，嘴上还非得踩陈河两句。

"呵，有机会你也体验一下。"陈河又揉了揉自己胸口，嘶了一声。

那种被人在心上端了一脚的感觉。

放暑假俩月，戴子同他们仨跟苟六、蔡财厮混得都快忘了自己还是高中生了，晚上还要出来鬼混吃烧烤，被陈河在群里拿成绩狠狠地羞辱了一番就消停了。

有苟六跟蔡财在酒吧帮忙，陈河就乐得清闲，准备到海滨栈道去吹吹风。

夏夜的风很轻柔，带着点凉意，这边刚开发出来，车少行人少，连路灯都是零星安装的。

一时间，到处都安安静静的，只有海浪不时悄悄地翻涌一下。周围的环境昏暗，深色的海水映着月光与缥缈的点点星光。

陈河伏在栈道栏杆上，看着深深夜色，突然觉得和自己人设好不搭啊。

没想到吧，小陈哥也会一个人在夜里看海。

他歪了歪头，看见旁边还有一个人。这人坐在栏杆上，手里像拿了什么，仰着头看向远方。陈河觉得这人衣着打扮眼熟，下午那会儿，小酥糖就这么穿的……

苏唐回了住的房子，缓了一会儿，想着自己不能自暴自弃，不就是找个人吗，只要知道他还活着，自己就一定可以找到他。

他又翻出爸爸留下的照片看了看，按着照片上的背景，找到了这个海滨栈道。虽然天黑看不太清，但比着照片，近处的岩石都能对上。

突然，他听见了什么动静。

只见一个人，像只大狗一样，从夜色中蹿出来。

那人来得飞快，苏唐坐在栏杆上，退无可退，直接被人拦腰抱了下来。

借着清冷微弱的月光，苏唐看清了来人——

那个穿着校服的长头发混子，陈河。

"你到底怎么了，有什么想不开的？"

还没等苏唐感慨这见鬼的缘分，就被陈河一嗓子喊愣了。

苏唐怔怔地看着陈河，看他极其认真的神情，甚至有些愤怒得红了眼。

"我……"苏唐想解释，可陈河根本不给他这个机会。

"你才多大啊，什么事情非要走到这一步啊，你不是还要找你爸吗，你死了怎么找？"陈河目眦欲裂，揪着苏唐的衣领质问着。

等陈河不说话了，听着他剧烈的喘息声，苏唐才艰难地换了口气。

"你能先起来吗？"苏唐被摁在地上，骨头硌得生疼。

"不能，你保证不跳海我再松开你。"陈河急道。

苏唐闭了闭眼："我本来也没想跳海……"

"啊？"陈河愣了一下，一个晃神的工夫，胸口同一个位置就又挨了一脚。

"你是有什么毛病吗，为什么哪儿都有你？"苏唐跳起来，咬牙道。

"你好端端的为什么在这么危险的地方坐着？"陈河一手捂着胸口，一手指向刚才苏唐坐的地方，那细栏杆，还有苏唐那小身板，让人看着就觉得一阵风过都能给他吹下去。

"我画画经常坐在这种地方，从来都没出过事，也没人像你一样！"苏唐从来都是能动手就不吵架的，结果跟陈河在海边上对着嚷了两嗓子之后心情好多了，他决定和陈河吵一架。

"那是没人管你！我看见了，就不能让你坐那么危险的地方！"陈河没想到苏唐看着那么秀气的人，也会和他扯着嗓子吵架，他听着这个不懂事的小孩说话忒气人。

"你谁啊你管我？我妈都……"苏唐的话戛然而止，陈河等了半天，看见本来梗着脖子喊得脸都红了的苏唐一下子蔫了，咬着嘴唇，好一会儿才小声说了句，"我妈以后都管不了我了。"

从前苏莹心大，就没怎么管过苏唐，以后也管不了了。

"没事吧，你又要哭啊……"陈河一见人哭就腿软，他从兜里掏出一包纸巾递过来，"你要哭就先哭会儿，哭完了你想聊聊的话，我可以陪着，咱们这也算认识了。"

苏唐看着那包心相印的纸巾，半天才接过来，从里面抽了一张出来，展开，背过身去擤了一下鼻涕，然后红着鼻子转过头来，说："我好了。"

陈河看他耷着眉眼，小鼻头红彤彤的，还挺可爱。

"你刚才真不是想跳海？"陈河问。

"当然不是，我就是想坐得高一点儿，看清楚一点儿。"苏唐说着，把手里一直捏着，刚才被陈河扑倒也没撒手的照片递给他。

"这是……好多年以前的吧？"陈河看了一眼。

"嗯，起码是十八年以前的。"苏唐点点头。

"十八年以前，还没我呢。"确认了苏唐真不是想跳海，陈河松了一口气，在栈道的长椅上坐了下来。

苏唐听了有些讶异，他没想到陈河还不到十八岁，这是该上学的年纪啊，这么小就出来混社会了……苏唐想了想，嘴里蹦出来一句："那你也挺不容易的。"

陈河扬扬眉毛，没太听明白，想起苏唐一直要找他父亲，便问道："你来这儿就为了找你父亲？"

"嗯，他留下的照片都是关于这里的，我在这儿办了借读，一边上学一边找他。"苏唐说道。

"哪个学校的啊，高中吗？"陈河问道。

"海青一中，开学高二。"苏唐答道。

陈河下意识吹了个口哨，真是有缘了。

"那要没找到呢？"他又问。

苏唐看了眼远处的大海，过了一会儿才轻轻开口："没找到就继续找啊，只要他还活着，我就一定可以找到他的。"

少年瘦弱的身子在海风中挺立着，身影那么倔强又孤独。

陈河咳了一声。苏唐回神，想起这几天自己干的蠢事，陈河也算个受害者，他有点不好意思地说："那个，你的酒吧和网吧……多少损失，我赔你。"说着，就要掏钱包。

"不用了。"陈河摆摆手，吧台把酒瓶子拔了，黑灯瞎火的也看不出什么，网吧电脑也都没坏。

"哦，那行，"苏唐点了点头，又看了陈河一眼，"那再见。"

还没等陈河说什么，他转身就走。

"哎，等会儿。"陈河追过去。

"我真不跳海，"苏唐回头，"别跟着我了。"

"不是，我是问你，"陈河顿了一下，"一块吃个饭？"

吃饭？苏唐下意识看了眼手机，晚上九点了。

"我不饿。"苏唐没吃夜宵的习惯，刚清冷地拒绝完，肚子就响起响亮的咕噜咕噜声。

这不争气的东西，苏唐狠狠地骂了自己肚子一声。

陈河忍着笑，抬手捂住自己的胸口，龇了龇牙："哎，你踹我那两脚现在还疼着呢，哎哟，疼……"

苏唐狐疑地看着他。

"真疼，"陈河真诚道，"这样，你补偿我，请我吃个饭，或者，你赏个脸，我请你吃饭也行。"

反正今天晚上就得一块吃个饭呗，苏唐翻了个白眼："我晚上不吃东西。"

"嘿，我带你去个特别好吃的地方，你光闻着味就想吃两大碗了！走走走。"

苏唐被陈河带去了一家大排档。

白天海鲜炒菜，晚上海鲜烧烤，九点多了，生意火爆。前面爆炒海鲜一锅接一锅的，就没空当；另一边烧烤，烤炉边盛串的盘子都摞了三摞了。

一见陈河来，老板跟服务员一块招呼道："小陈哥来啦！"

老板刚手脚麻利给他收拾出来一个大桌子，就看见陈河身后只跟了一个陌生面孔。

"今天就俩人啊？"老板看了一眼，"那坐旁边的小桌子行吗？"平时陈河他们一来都五六个，都是坐的大桌子。

"行啊，您忙呗，不用管我，我一会儿写好了给您拿过去。"陈河摆摆手，大大咧咧地坐下。

苏唐看着这家生意火爆但真心不那么干净讲究的大排档，皱了皱眉头，抽了两张纸巾擦了擦小板凳才坐下。

"环境确实一般啊，"陈河想着苏唐是南方城市来的，那边人估计都讲究点，就又打着包票，"但味道真心赞，不好吃的话……戴子同的头给你当球踢。"

苏唐不明所以地看着他。

"噢，戴子同，一猥琐男，你那天在酒吧见过了，娘唧唧的那个是刘克洲，今天网吧那个大高个是徐灿阳，"陈河比画着介绍道，"他们跟你一个学校的，都是海青一中的。"

苏唐听着，有些唏嘘，陈河这样的社会人士和高中生玩，是不是其实很向往校园生活呢？

他看着陈河在手撕出来的小纸片上飞快地写了几道菜名。陈河的手骨节分明，手指修长，很好看，写出来的字流畅飘逸，虽然不是那么工整但也是有点风格的。

"你练过字？"苏唐问道。

"嗯？"陈河顿了下笔，"没有，写得多了就这样了。"他所读的初中就是市里出了名的卷子论斤称的学校，高中也是两天一支笔那种，写得多了，陈河的字慢慢地就还挺好看了。

苏唐点了点头，心想，陈河还是对学习有渴望的，没事的时候还自己写点东西。

看着陈河披着高中校服认真写字的模样，苏唐觉得自己不应该那么想陈河，他可能是真的热爱学习，但是没有条件不能去念书……

想到这儿，苏唐就放松了一点儿，陈河不是坏人，也没那么讨厌，他不应该表现得很戒备，伤人家的心。

陈河点的东西很快就端了上来，两盘烤串、几个烤扇贝、一锅砂锅海鲜粥，老板看他带朋友来还送了一盘爆炒蛤蜊。

"你晚上要是不吃东西那就喝点粥吧，吹了一晚上的风，暖暖胃，"陈河说着，给苏唐盛了一碗粥，又把葱花和香菜末推过来，"吃就自己加，刚才怕你不吃就没让放粥里。"

苏唐愣了一下，点了点头，拿起小勺，舀了点香菜末。

海鲜粥很香，在砂锅里还冒着泡，苏唐嗅了嗅，舀了一勺，低头吹了吹，才小小地喝了一口。

"怎么样，好喝吧？"对面的陈河支着下巴看着他，眼睛亮晶晶的，兴奋地等着苏唐的反馈。

苏唐点了点头："好吃。"

他很给陈河面子地吃了半碗，然后胃里就泛起阵阵恶心。

"我……出去下。"苏唐说完，径直出了大排档，扶着一棵树蹲下，呕了起来。

陈河跟出来，看苏唐干呕得眼睛都红了，连忙递过纸来："你有没有事？真这么难吃吗？咱们南北方差异这么大？"

"不是……"苏唐缓了一下，"我胃不太好，和粥没关系，粥很好喝，是我吃什么都会吐。"

陈河皱起眉头："不好意思啊，早知道就不带你来吃东西了。"

苏唐摇了摇头，脸色有些发白地勉强笑了一下。

坐回椅子上后，苏唐就默默地看着陈河吃，看了一会儿，苏唐突然犹犹豫豫地开口："其实，你要是真的很喜欢学习的话，也可以去学校念书的吧……"

正咬串的陈河一口咬在了铁签子上："啊？"

苏唐再一次梦到了妈妈去世的那一天，醒过来的时候，枕头都哭湿了。

他坐在床上缓了缓。

昨天晚上，他看着陈河吃完了烧烤又喝了两碗粥，他要结账，老板忙着做生意也不应他。他站了一会儿，就被陈河拉出来了。

"我在这儿记着账呢。"陈河叼着牙签，笑起来，眼睛弯弯的。

陈河又说道："荀六那群人知道我出来了，要我去他那边，你自己回去行吗？"

苏唐点了点头，也没和陈河说自己就住在路口上坡那儿的庭院蓝湾，两个人就分开走了。

苏唐晚上太困了就只冲了个澡，第二天醒了还能闻见头发上极重的烧烤油烟味。苏唐揉着眼睛去浴室，一边解睡衣扣子一边放热水，等衣服脱完了摸摸水，还是冰凉的。

他去看了一眼热水器的开关，是开着的。

又等了半个小时，水还是凉的。

他给中介打了电话。

小陈好像正在带客户看房子，这会儿也抽不开身来，听他挺着急的，便说道："这样，小兄弟，我先给房主打个电话，看看他有没有时间去给你看看，这样要是有什么故障了他也好给你修。你要着急，可以去澡堂啊，从南门出去十米吧，就有个洗浴中心！"

闻言，苏唐眼角抽了抽："你先联系房东吧。"

大清早的手机振动个没完，陈河闭着眼睛想这又是哪个……中介小陈……本家的就是不客气啊。

"喂。"陈河烦躁地接了电话，语气相当不好。

"不好意思啊哥，吵醒你了，是这样，我上次说租了庭院蓝湾4栋2202的那位租客今天给我打电话说家里热水器坏了，您去看看吧，要是需要维修你们商量着来？"小陈也不太清楚陈河是什么人物，知道自己大清早打扰了人清梦了，说话客客气气的。

"让他去澡堂子洗啊，大老爷们磨叽什么……"陈河不耐烦道。

"我是跟他说了附近有洗浴中心，但他的意思还是先让你去看看。"小陈道。

陈河咬了咬牙，坐起来："行了，我知道了，我这就过去。"

陈河挂了电话看了眼手机，还不到九点。

没几天就要开学了，睡懒觉的日子过一天少一天，这又被矫情租客耽误一天。

好在这套房子离他不远，都一个小区，从一栋走到四栋也就三分钟吧，陈河还去门口包子铺买了两个鲜汤肉包，左右手换着，一边吹一边把喷香的热包子塞进嘴里，然后插上吸管吸着豆浆进了四栋。

门被砰砰敲响的时候，苏唐还在浴室调水温，听见门响，他把身上的浴衣带子又系了系才过去开门。

门一开，屋里屋外的人都愣了。

"哪儿坏了？我看……看。"陈河语气还有点烦躁，一抬头，对上苏唐白皙的小脸。

"怎么是你？"苏唐也有些惊讶，看着陈河一直盯着自己领口看，有些羞愤地扯住领口，大清早起来洗不了澡的苏唐也很烦躁好吗。

一见是苏唐，陈河立马没了脾气，看着苏唐湿漉漉的眼睛，陈河笑起来："怎么不能是我，不是你哭着喊着要我来的吗？"

"我没……"苏唐刚要否认，突然反应过来，"你是房东？"

陈河摊摊手，说："房主是我爸，他在海南，所以现在都是我管着的。怎么，我看着不像有很多房的人？"

苏唐上下打量着陈河，乱糟糟的长头发，跨栏背心大裤衩，还有那踩得噼里啪啦作响的人字拖，再好看的脸也架不住这么充盈的痞子气质。

苏唐遵从本心地摇了摇头。

"你真没眼光。"陈河说道。

苏唐不想穿着浴衣站在门口继续和他浪费口舌了，于是让陈河进来。

陈河带上门，一扭头就看见一地的零碎纸片，还有各种画笔工具，好奇地问："你这是干什么呢，铺这么多雷？"

"做东西，"苏唐淡淡地说道，"你看着点。"

陈河小心翼翼地在房间里穿行着，看苏唐大步自如地走着，心想，苏唐这是习惯了啊，一看就是专业的扫雷兵啊。

"我开了热水器了，但是它一直没有热水。"苏唐指了指热水器的开关，皱着眉头道。

陈河抬头看了一眼，说："昨天夜里停了一会儿电，所以你今天要是开热水器的话，得先把总闸开开。"他说着，去了门口，把总闸拉开，然后又回到浴室，这回热水器上面的灯才亮起来。

"你住了这么多天，都没发现热水器烧水的时候会亮灯吗？"陈河纳闷道。

"没有。"苏唐摇头。

"你不知道有总闸这么一说？也没用过厨房？"陈河又问。

苏唐继续摇头。

"那你，"陈河看着他，"这么多天都是怎么过来的啊，不吃饭啊？"

"吃啊，"苏唐说着，从冰箱里拿出两瓶口服液，插上吸管喝起来，吸管很细也不影响他说话，"不出门的时候就喝这个，吃胶囊，出门有时候会买煮玉米吃。"

楼下那家包子铺卖的水果玉米又香又甜，苏唐一根可以啃一天，一粒一粒地吃，这样就不会吐。

"你真是……"陈河不知道怎么说，"是因为胃的原因，还是来这之后才这样的，水土不服？"

"不是水土不服吧，可能也有点，我妈妈去世之后我就不太吃得下去东西。"苏唐叼着吸管眨了眨眼睛。

陈河听着，喉间一窒。

苏唐喝完了口服液，要去找胶囊的时候突然被人抱住了，陷入一个温暖的怀抱里。

陈河没多想，就是突然想抱抱苏唐，然后就这么做了。

"我不太会安慰人，就抱抱你吧。"陈河说着，轻轻拍了拍苏唐后背。

直到苏唐感觉手脚都暖和起来了，陈河才放开他。

"加个微信吧，"陈河把二维码递过来，"以后再有什么坏了都可以找我，晚上一个人睡觉害怕也可以找我。"

听了最后一句话，苏唐点开扫一扫的手指顿了一下。

"你都不发朋友圈吗？"苏唐的微信名就是他的本名，朋友圈里干净得让陈河以为他把自己屏蔽了。

"没什么可发的。"之前有，苏萤去世后他就都删了，没什么能让他热爱生活了。

陈河的朋友圈就不一样了。苏唐手指一划总能往下刷新出各种各样的日常，看着很热爱生活。

加了微信后，陈河就准备离开了，说自己还没睡足就来给苏唐看热水器了，出门的时候又说了句："但是下回你找我我肯定来，怎么样都来，腿折了都爬着来，你叫我就行。"

下午的时候，陈河在微信上找苏唐，说带苏唐去看看胃。

苏唐想拒绝，可胃确实很不舒服，听着陈河把那个中医吹得天花乱坠的，苏唐还是放下了手头的活，换了衣服出去。

一辆别克商务车停在小区门口，车窗放下来，一张尖瘦的雷公脸探出来，冲他招了招手。

等苏唐钻进后排，副驾驶的陈河介绍道："这是苟六，专职司机。"

"对，以后用车就叫我。"苟六冲苏唐打了个招呼。

陈河带苏唐去看的那个中医是他们这儿相当有名、德高望重的老大夫，平时小诊所里都挤满了人。这回还是因为陈天游跟老中医有点交情，给陈河安排了个下午的时间呢。

陈河没跟着进去，就在门口等着。

"快开学了吧？"苟六说了句。

"下周。"陈河看着诊所里面，说道。

"我说呢，昨天徐灿阳跪着求我帮他写两本作业。"苟六夸张了一点儿，事实上徐灿阳给他微信发了五十块钱红包。

"别帮他。"陈河道。

"那是，我能干那种事吗！"苟六一脸正气。

实际上，他收了红包后看了看徐灿阳的作业，文综方面主观题答案上的字他都认不全，苟六怒给徐灿阳转回去一百，让徐灿阳好好学习，重新做人。

过了十几分钟，老中医带着苏唐出来，陈河迎了上去，问道："老爷子，他这是怎么回事啊，用去医院吗？"

老中医看了陈河一眼，慢慢地说："他这就是有点焦虑，肝郁气滞，郁火扰心。调整好心态，少生气，少熬夜，规律饮食，忌辛辣刺激性食物，没事多运动运动，多喝水。"

"那他吃东西吐怎么办？"陈河又问。

"那也得吃啊，不吃人不就垮了，"老中医把药方单子递给来拿的人，"给他抓服药，调理调理，饭该吃还得吃。"

陈河看了看苏唐，点了点头，好像老爷子说的这些还挺容易做到的。

"这是你爸新认的干儿子？"老中医问道。

"啊？不是，我朋友。"陈河道。

"噢，看你这么上心，我还以为是你家里人呢，以后盯着他好好吃饭吧，"说着，老爷子又拍了拍苏唐肩膀，指着陈河，"小伙子，后面的日子还长着呢，没什么过不去的。你看这小子，受过的罪多着呢，这不也活蹦乱跳的？"

苏唐点了点头。

陈河是混社会的，以前一定吃过很多苦吧，苏唐想着。

老中医回了屋，他们等着拿药，陈河学着老中医刚才那样拍了拍苏唐："小伙子，热爱生活吧，你没几天好日子了。"

苏唐懵懵懂懂地看着他。

陈河便解释道："你要开学了。"

很明显，苏唐对海青一中的作业量一无所知。

第四章
开学快乐

开学前一天，苏唐还特意去剪了头发。这家小店的托尼和大部分托尼一样都不太明白什么叫稍微修修，还好苏唐这段时间颓废闭关，头发长得长。

开学这天，苏唐看着镜子里的清冷面孔，又摸了摸自己眼角的痣，转身去换衣服。

他还没有校服，就简单地穿了一件白色卫衣和一条黑色白杠的运动裤，背起只装了一个笔记本和几支笔的明红色书包，出了门，去新学校报到。

庭院蓝湾就在海青一中的对面，一路上苏唐看见不少穿着黑白校服的同学，好像和之前陈河穿的校服外套一样。苏唐想着，可能是陈河从他手下小弟手里抢来的吧。

海青一中是这里的市重点高中，老学校，很小很旧，一部分建筑还是当年的小行宫分出来的。教学楼只有两栋，高一高二一栋，后面高三一栋，还有个小院子。

和之前约好的一样，他的新班主任就在教学楼下的大门口等着他。

像是远远地就看到苏唐一个没穿校服的学生，站在大门口穿着格子衫、戴眼镜的中年男人冲他招了招手。

苏唐走过去："老师好，我是苏唐。"

"你好、你好，"男人看着三十多岁，额前锃亮，有点地中海脱发的前兆，脸上挂着笑，看着挺和蔼亲切的，"我叫杜明，米老师和你说了我吧，我俩之前一个师范出来的，我是教语文的，他们都爱叫我老杜。"

杜明带着苏唐上了三楼，三四楼都是文科班，一路上杜明一直给苏唐介绍学校，还有他们这边的教育风格，希望苏唐能够尽快适应，有什么问题可以随时找他。

原来的班主任应该是和新班主任说了自己的情况了，他听着杜明说话也很注意。

这老师挺好的，也没什么架子。

可能是太没架子了，一路上来到文科三班，苏唐就想起老师们总爱说的那句话，整栋楼就这个班最乱……

还没等他们走到门口，就听见里面一声怒吼："这道题就是选C！"

杜明有些不好意思地冲苏唐笑笑："我们班的特色就是同学们都很活泼，但都挺爱学习的。"

他跟在杜明身后进去，就看见第一排的一个男生和第二排的一个女生差点儿因为暑假作业的一道逻辑题打起来。

那男生还挺眼熟。

"刘克洲，蓝多多！你们俩干吗呢？开学第一天就掐架！都给我坐好了！精神点儿！"杜明进来喊了一嗓子。

这些学生倒也听话，趴着的都坐直了，刘克洲哼了一声，跟个小姑娘似的扭回了身子，第二排的短头发娃娃脸女生在他背后做了个鬼脸。

"来，我来介绍一下这学期的新同学啊，"杜明看了眼身边的苏唐，"要不，还是让新同学自己介绍好了！"

苏唐张了张嘴，目光在班里四十多张面孔上飘过，有好几个见过的……

下面，最后一排的徐灿阳和戴子同都朝他挥着手，坐在第一排的刘克洲也冲他挤眉弄眼的。

"我叫苏唐，苏州的苏，唐朝的唐……大家好。"

苏唐说完，杜明又看了眼苏唐的个子，嘴里嘟囔着："你这个头也不矮啊，视力怎么样？"

"两只眼睛都一点五。"苏唐道。

"那行，那你……正好，最后一排靠窗那儿有空位。陈河又迟到了？"杜明看过去，发现那两桌都没人，皱起眉头。

谁？苏唐下意识以为是同名。

"报告！"一声清亮的男声响起，苏唐猛然转过头，陈河正扒着门框，冲他笑得张扬。

"咧着个大白牙笑什么呢，迟到了不知道吗？"杜明指指苏唐，"正好，带你的新同桌去座位上吧。"

"好嘞，"陈河闭上嘴笑，"跟我来吧，新同桌。"

陈河靠窗坐下，苏唐就坐在他的旁边。陈河把书包放进桌肚里后，歪歪头看见苏唐眉头还皱着。

杜明讲了几句开学快乐的场面话，各科课代表就在学习委员的组织下开始收暑假作业了，教室里又热闹起来。

陈河趁着乱，问苏唐："怎么了，胃不舒服？"

苏唐看着陈河一科接着一科不慌不忙地交着作业，觉得自己又被耍了，问道："你是学生？"

"不然呢？"陈河扬扬眉毛，天天穿着校服，他不是学生还能是什么？

"你不是……我以为……你是……混混。"苏唐说道。

陈河怔了一下，笑得有些无奈："我从头到脚，哪里像混混啊？"

苏唐认真回答："你从头到脚，哪里都像。"

收完了作业，大半节课就过去了，班主任杜明的语文课也耽误了，他便没让大家掏课本，跟聊天似的问了问大家出行游记都写了哪些地方，说他回头要挑好的读给大家听，又唠了两句，就打了下课铃，但是杜明没走，反倒是来到教室后面。

"陈河，大课间的时候带着苏唐去教务处买套校服，再去文印室给他领这学期的课本，记住了吗？"杜明说道。

"记住了。"陈河点点头。

一旁的苏唐看得有些意外，陈河……竟然这么乖。

"还有你这头发，长这么长了，什么审美啊，赶紧给我剪了去，上学要有个学生样！"杜明又指了指陈河的头发。

"嘿，这是今年流行的鲻鱼头，您不懂时尚，"陈河说着，看了苏唐一眼，"不过您是第二个觉得我留这发型不像样的，说什么我都得剪了啊。"

"什么紫鱼头，听着名字就不好吃，"杜明嘟囔着，"别忘了苏唐的校服和课本啊！"

"放心吧。"陈河冲杜明挥挥手。

下节课是数学，老师叫李培文，也是戴眼镜，穿格子衫，只不过下身是条到膝盖的大短裤，洞洞鞋。

苏唐看了眼陈河，有些人的地痞气质就是由内而外的，不受衣着打扮影响。就比如这位数学老师，打扮得虽然过于随便，但正在讲台上侃侃而谈玄武门事变。

"这节课是数学吧。"苏唐小声确认了一下。

"嗯，是，他喜欢历史。"陈河道。

高二开学第一天，老师们都没什么紧迫感，上课多少都有点划水，底下的同学也就是随便听听，看那一直埋着头奋笔疾书的，就是在补暑假作业。

杜明说了，语文可以放过他们，但别的科够呛。殊不知这些人也根本没想着跟他客气，从一开始就没写语文。

要换平时，如果陈河身边突然多了个人，戴子同早就凑过来了。可他这会儿抄作业抄得笔都快冒火星子了，根本顾不上陈河。徐灿阳也没比戴子同好到哪儿去，而且他亲眼看过苏唐的小细胳膊把姜浩那大胖子掀翻，也不太想过来凑热闹。

倒是刘克洲过来和苏唐打了个招呼，然后又跑回去跟后桌那个叫蓝多多的女生吵架去了。

大课间，陈河带着苏唐去买校服、领课本，一路上有人跟陈河打招呼，也有人偷偷地看着陈河小声议论。

"没想到我这么有名吧？"陈河冲苏唐笑笑。

苏唐却摇了摇头："应该的。"

回了教室，陈河被叫到办公室去了，苏唐一个人坐回去。前桌是个有点小胖的男生，他把头扭过来问道："你是不是和陈河认识啊？

我看你们俩很熟嘛！"

"认识，不熟。"苏唐说道。

"我叫郭曙梁，国家的明日曙光、栋梁之材的意思！我是纪律委员！"郭曙梁自我介绍道。

苏唐点了点头。

"你认识陈河，那你也认识'港城三杰'喽？"郭曙梁又问。

苏唐摇了摇头。

"怎么会？"郭曙梁叫起来，"刚才刘克洲还来和你打了招呼呢，铁骨铮铮刘克洲，一身正气戴子同，义薄云天徐灿阳啊！"

这形容绝了。

"他们自己给自己封的，"陈河回来了，坐下，"刚老杜又把我叫过去一趟，说年级主任刚才瞅着我的头发了，让我赶紧剪了。"

"我觉得你这发型不错。"郭曙梁夸张地叫道。

"这是你一个纪律委员该说的话吗，一点儿都不为校风校纪考虑，怎么当明日曙光、栋梁之材！"陈河义愤填膺地指责道。

中午放学，陈河和苏唐一起走到学校门口，陈河突然想起来什么，从书包里掏出一个五彩缤纷的包装袋，上面写着英文。

"瑞士的糖，我前两天从代购那儿买的，刚到，"陈河把糖递给苏唐，"好好喝药，苦就喝完了含块糖。"

苏唐愣愣地接过，"谢"字刚说出口，陈河就挥着手走了。

苏唐低头看着怀里的糖，眼眸被糖纸映得泛着彩色的光，眼角的小痣也带着点甜滋滋的感觉。苏唐好久没有这种开心的感觉了。

下午，他的同桌又"不负众望"地迟到了。

陈河踩着上课铃进教室，戴子同先看见了，吹了个口哨。苏唐抬头，看见个理着碎盖，眉眼明朗的男生向自己这边走来，笑起来，眼睛弯弯的。

趁老师还没来的工夫，陈河凑过来问苏唐："你看看，看看我现在还像地痞吗？"

苏唐来新班级几天了，每天和其他同学的交流最多就是收作业时把自己的作业递给课代表。

前桌郭曙梁天天扭过头来和苏唐说话，喋喋不休的样子让人觉得他能当上纪律委员一定是杜明被他骚扰得烦死了才让他当的。

这个班也是这学期分文理才分到一起的，大家也都说不上有多熟悉，还是认识的一起玩，而且苏唐也能感觉出来有一部分人很忾陈河。

只有郭曙梁，陈河能给他个回应他就高兴得不得了。

也不知道陈河到底有什么人格魅力，难道郭曙梁是古惑仔看多了？

苏唐发现自己的同桌很喜欢做数学卷子，每天留下来的作业，在自习课的时候陈河都是先翻出来数学作业做。

苏唐在一边粗略看了一眼，正确与否不知道，但是陈河做题很有条理性，不像前桌郭曙梁，东算一下西算一下，最后还得对着答案改。

"你怎么不学理？"苏唐看陈河又掏出了数学卷子，问道。

"高一的时候就分到老杜这班了，后来就懒得去理科班了，"陈河说道，抬头看着杜明走进教室，一、二节课是语文连排，"听老杜上课舒服。"

苏唐就眼睁睁地看着陈河把课本练习册都堆在了书桌上，垒得跟个碉堡一样，然后又扭头看着苏唐笑了一下："晚安。"

所谓舒服，就是指在这让人昏昏欲睡的清晨上一节催眠效果一级棒的语文课。

杜明讲话有口头禅，特别爱说"咱们说""咱们看"。

刚分了文理班的时候，新同学听他上课，还专门数了老杜两节课说了一百七十二个"咱们说"。后来大家都习惯了，听着杜明低沉带点陕西口音的语调，就觉得有点上头了。

老杜出征，寸草不生。

这句话真不是吹的，前半节课做卷子，教室里还有窸窸窣窣的写字声。老杜一开口，教室里就又安静了几分。到第一节课下课，教室里几乎没有抬着头的了。

苏唐见识了一下这场面，就低下头去画图纸。

身边的陈河其实也没睡着，就是眯着眼睛找了个舒服的姿势趴着而已。他听见铅笔轻轻在纸张上扫动的声音，就把身子往苏唐那边挪了挪，问道："画什么呢？"

"图纸。"苏唐垂着眼眸，白皙修长的手指轻握着铅笔笔杆，纸上描绘出来的小镇构造逐渐细化清晰。

"这就是你在家做的那个东西？那一地零碎拼好了就是这样的？"陈河比画着，上次去苏唐家他每走一步都小心翼翼的。

"嗯，差不多吧，比这个更丰富一些。"苏唐点了点头。

这只不过是一个缩略图，里面省去了很多细节，也算是自己创作过程中的步骤，保留下来可以做参考。

"哇，苏唐，你这么厉害啊！"前桌郭曙梁听到苏唐在后面画画，立马把身子转了过来，"你是美术生吗？"

"算是吧。"苏唐说道。

其实苏唐单凭文化成绩上个好一点儿的大学问题也不大，但他想去的艺术院校还是需要参加艺考的。

"这么好，那你文化成绩只考二百多分就能上大学了，你们艺术生好轻松啊！"郭曙梁羡慕道。

他话音落下，空气都安静了，半天，陈河才开口："闭嘴吧，你以为人家好的大学只看专业啊，文化成绩也很重要的好不好，他们专业文化都要学，比你辛苦多了。"

郭曙梁又缠着他们唠嗑了一会儿，直到打铃才恋恋不舍地扭回头去。

陈河出了一口气，在苏唐耳边小声说着："他就是脑子转不过弯，心直口快的，你别跟他一般见识。"

苏唐没说话，算是应了。

陈河突然笑了两声："刚才吓死我了，我还以为你得给他一顿暴扣让他为他的无知付出代价呢，我都准备给他收尸了。"

听了这话，苏唐扭头过去，冷冷地问道："你觉得我有暴力倾向？"

"呃……"场面一度十分尴尬。

苏唐不再理他，继续画画。

下午放学的时候，郭曙梁一边收拾书包，一边提醒陈河晚上别忘了把作业发群里让他们对答案。

"写完了就发。"陈河道。

"没事，多晚我都等你！"郭曙梁给陈河比了个心。

苏唐冷眼看着，不知道他们为什么要抄陈河的作业。这人上课睡觉，醒了就玩手机，自习课写两笔作业……苏唐之前觉得陈河是向往学校、热爱学习的，现在看来，陈河在学校也是混日子。

看苏唐在一边站着，郭曙梁冲他眨眨眼："苏唐，你要不要加我们的群，咱们一起学习！"

"不了。"苏唐拒绝道，心想，抄作业还要一起？

"对，他不用，"陈河从后边搭住苏唐肩膀，"我们两个住一块，他直接看我的就可以。"

"你们住一起？"郭曙梁激动得跟什么似的。

"一个小区。"苏唐咬牙解释。

之前听中介介绍房东家在庭院蓝湾有几套房子出租，但没想到自己的房东就是陈河，更没想到陈河也住这儿。不过他们只放学一起走回去过，陈河天天早上迟到，早上苏唐不会等他。

他们进了小区，陈河停下，问道："你还习惯一中这么上课吗，要不要和我一起写作业？"

苏唐看了他一眼："我江苏的。"

"好的，您慢走。"陈河了然，挥手致意。

在海青一中这儿，江苏题是可以跳过的，他们的难度也比苏唐原来的学校小很多。虽然作业量大，但都不难，苏唐写字快，自习课写了一节课，晚上回来写到八点多就都写完了。

苏唐站起来活动活动准备继续做他的江南水镇的时候，手机响了起来。陈河拉他进了"高二文三"的微信班级群，里面都在抱怨刚开学作业这么多不适应，穿插着问候晚上吃了点啥，还有人看见了在欢迎苏唐的。

苏唐看着一条接一条的"欢迎"，多少有些尴尬，过了一会儿，还是发了个"谢谢"。

很快，后面继续吐槽作业的聊天就把他的回复顶没了。

苏唐没再看，放下手机准备去做纸雕，手机又响了一下，是"爸爸又是第一"。

"记得吃药。"那人说。

苏唐这才想起来那一包包都熬好了的药汤就放在冰箱里，陈河提醒一次他才喝一次，陈河不提醒他便忘了喝。

把药包放在煮开的水里热了一下后，苏唐直接咬了个口把黑药汤当酸奶那样喝了。喝完后，他苦得脸都皱在一起才满屋子找陈河给他的糖。

五彩斑斓的糖纸包的是各种不同口味的糖果，在放进嘴里之前谁都不知道那是什么味的。苏唐咬开一颗，橘子味。

没有糖精的味道，是带着微凉的薄荷口感的清新水果糖，橘子味很浓，就像在吃他们那边秋天时节汁水饱满、黄澄澄的大橘子。

他咬着糖，给陈河回了个"收到"。

自从知道陈河和苏唐住一个小区之后，郭曙梁就缠上了苏唐，接连两天都分外热情，早上来了问苏唐吃没吃早饭，自习课后问苏唐要不要抄答案，放学还拉着苏唐跟他再对一遍作业。

周五的时候，苏唐忍不了了，在郭曙梁还想凑过来看他画画时，把人用书顶在了半米开外，冷冷地说："有话就说。"

郭曙梁看了看陈河空着的座位，顿时有些兴奋，神秘兮兮地问："我是想问问你，你和他住在一个小区，那你有没有看过他的后背啊？"

苏唐眯起眼睛。

"我听他们说，陈河后背文着一条龙。"郭曙梁眼里仿佛有一种追星的狂热。

苏唐看着郭曙梁，问道："你怎么不问戴子同他们？"他们三个跟陈河认识的时间更久，而且比他和陈河的关系好多了。

"我问了！他们都说没有！"郭曙梁拍着桌子。

"那就是没有。"苏唐说道。

"不可能，我才不信他们说的呢，"郭曙梁的小胖脸气鼓鼓的，"一定是陈河吩咐他们那么说的，是陈河自己想低调。"

苏唐有点无语。

郭曙梁嘴里念念有词："真的，你不知道，陈河是我们这儿的传说，我就是为他才选的文科，命运把我安排在了他的前桌。"

苏唐听得都为这位"脑残粉"感动了。

"所以，他后背到底有没有文身！"郭曙梁问。

"有，"苏唐从善如流，"我见过。"

短短一个课间，苏唐就给郭曙梁讲了一个陈河一出生就背负青龙的传奇故事，听得郭曙梁都呆了。而且，苏唐跟郭曙梁保证，如果郭曙梁不再在课间缠着他，他会让郭曙梁瞻仰一下天命之子的青龙。

郭曙梁满口答应，在看见从外面回来的陈河时，眼睛都冒着绿光。

"怎么了，都看着我干吗？"陈河不明所以。

"没什么。"苏唐怎么会告诉陈河他又多了一个私生饭的事呢？

放学时，苏唐接到了母亲的学生金子汇的电话。

房间昏暗，月色从窗子洒进来，沾染到客厅散落一地的纸房子上。

苏唐就坐在地上，听着金子汇在那边说。

从苏唐有记忆以来，苏萤的生命里就只有两件事——苏唐和画画。她二十出头就怀了苏唐，那时候那个叫唐穹的男人就已经消失了。除了画画什么也不会的苏萤也还是个没长大的孩子，可她偏要把苏唐生下来。

她说，只有苏唐在，才能证明她和唐穹相爱过。

多么浪漫又自私的想法啊，苏唐是实实在在的爱情结晶。

可苏萤不会生活，照顾不好自己，更别提照顾苏唐，他们娘俩基本就是靠着邻居送的做好了的饭菜过活，没人送饭的时候就饿着。

直到金子汇的出现。

苏萤从来不收学生，金子汇那会儿刚上高中，天天跑到苏唐家给他们娘俩做饭，就这样才跟着苏萤学画画。

金子汇陪伴了他们许多年。

苏唐和金子汇关系不算亲近，只是跟着妈妈一起吃他做的饭，平时也很少有交流。

苏萤去世后，金子汇比谁都冷静，操办着苏萤的后事，把人送走之后，他跟一夜老了十岁似的，白发丛生。

苏唐要走，金子汇没说什么，只嘱咐苏唐照顾好自己。等苏唐到了这边，才听说金子汇大病一场，整个人都颓了。

这次是苏唐来港城后金子汇第一次联系他。

是为了苏萤生前的作品。

苏萤一去世，她的画一时间炒到了很高的价格，尤其是那几幅江南水镇，价值千万。

金子汇打电话来，是有人想买苏萤的画作，问金子汇要苏唐的联系方式。

"苏唐，你在那边怎么样，缺钱的话我这里还有……"金子汇声音沙哑，没什么底气，充满了担心。

苏唐知道，金子汇不想让他把苏萤的画卖掉。

"我的钱够，你不用担心，"苏唐语气平淡，"那些画我不卖。"

"一幅都不卖？"金子汇声音发颤，很激动的样子。

"嗯，一幅都不卖。"苏唐沉声道。

电话那边久久没有声音，过了一会儿，苏唐听到了低低的哭声，是男人极力抑制、从喉咙里发出的悲鸣声。

苏唐深深吸了一口气："你，多保重。"

苏唐挂了电话，把头仰在沙发上，抬手遮住了眼睛。

他做主，把那些名义上属于他的画留给了金子汇，因为金子汇愿意守着它们过一辈子。

不算那些画，苏唐其实没什么钱，算得上是个穷学生，所以也得想想生计的事了。

苏唐了解到开发新区里有一个文化创意产业园区，听说以后的市政府机关、高校都会搬到开发新区里边来。

周六，苏唐起了个大早，在市中心坐公交车过去，公交车一路上摇摇晃晃，他听旁边的两位大姐聊天，从新区开发聊到老城区改造，其实都还是些没影的事。

好不容易她俩下去了，苏唐才落个清静。

园区这边的负责人杨哲出来接人的时候，就看见一个穿着白衬衫和水洗牛仔裤的清瘦少年，单肩背着个鲜亮的红书包，背着光站在门口，有些发黄的短发在太阳底下闪着光。

"是苏唐吗？"杨哲叫他。

苏唐回过头来，看着这个留着长头发、蓄着络腮胡子的男人，点了点头。

"我是杨哲，咱俩微信上聊过，"杨哲也就三十出头，是造型显得老而已，他摸着后脑勺笑了笑，"我知道你是高中生，却没想到看着这么显小。"

"还行。"苏唐不知道说什么，就应了一声。

不过杨哲是那种自己一个人也能说半天的话痨，带着苏唐从园区大门走到他们的工作室，一路上嘴巴没闲着，又从他们工作室讲到园区发展，还和苏唐构想了一下他们工作室的蓝图，誓和港城新区一起做大做强。

苏唐默默地听着，杨哲说的和他们在微信上聊的内容差不多。

他们的工作室做得比较杂，绘画和设计都涉及，在一栋三层小楼里，一层是画廊和展柜，做作品展示售卖用的；二楼是他们这儿的画家创作的画室；三楼是两个大教室，其中一个还连通了顶上的平台。

整体装潢做得很有设计感，估计是这帮搞艺术的口味实在难以统一的原因，可以说是十步一景，一个空间一种风格。

苏唐跟着杨哲楼上楼下转了一圈后，被分配了工作——每周末来工作室带班，包午餐，有底薪有提成。

苏唐也了解过，这边报绘画班的学生大多都是家庭条件比较优渥的，学水彩、油画都只是单纯地为了兴趣爱好，或者是陶冶情操，家长们自身素质也较高。这样很好，毕竟市里的那些速成兴趣班免不了和急于望子成龙的家长们打交道，苏唐搞不来。这里除了工作地点有些远以外，其他都还好。

"我们这儿之前的油画老师在市里买了房子就在自己家办班了，学生大部分都跟着走了，现在只剩一个女孩了。"杨哲带苏唐到三楼，从玻璃门往里看，宽敞明亮的大教室里，就只有一个十三四岁的女孩，穿着漂亮的小洋裙，一个人画得正起劲。

"她妈妈是市博物馆的馆长，平时就在隔壁工作，她也就每周末来这边，就算没有老师了也自己画，"杨哲说着，刚想拍苏唐肩膀，就对上苏唐有些漠然又疏离的目光，他手就顿住了，抓了抓自己头发，笑道，"怎么样，就教她一个，工作轻松吧？"

"嗯。"苏唐点点头。

杨哲又嘱咐了两句，说这小女孩就是来画个高兴的，让苏唐别太严厉。苏唐应了，杨哲就让他先试试，然后就下楼去了。

苏唐站在教室门口深呼吸一下，然后推开门走了进去。

教室里，那个女孩戴着耳机，在临摹一张胡杨林的风景画。

苏唐绕到她的画板前，女孩才抬起了头，刘海往两边分散开，露出光洁额头和明媚笑颜，问道："你是新老师吗？"

还没等苏唐说话，女孩又皱起小眉头，有些纠结的样子，说："我看不像哎，你像是学生。"

她摘下耳机，丝毫不介意油彩蹭在她的白裙子上，大方地说："我叫唐嘉昕，你呢？"

苏唐看到女孩的面容，愣了一下，觉得有种说不出的熟悉感。过了一会儿，他才慢慢说道："我叫苏唐，是你的新老师。"

"啊，你真的是老师吗，看着你和我一样大呀，"唐嘉昕有些惊讶，手挥了一下，就又在白裙子上画了一道，"以后就是我们两个一起画画了吗？"

苏唐点点头，低头看着女孩沾染了油彩的白裙子。

"没关系的，"唐嘉昕笑起来，"你不觉得这样特别酷吗？我也没有浪费衣服哦，我每次来画画都穿这一件的！"

苏唐看着唐嘉昕笑着的样子，总觉得有一种莫名的熟悉感。

苏唐带着唐嘉昕画了几笔，发现这个小女孩比较三心二意，不听歌了就一直和苏唐说话，苏唐一开始还嗯嗯两声应她，后来也不出声了，想唐嘉昕能自己闭嘴，结果她就自己一个人说。

说自己十四岁了，在上初中，妈妈就在隔壁博物馆上班，苏唐下了课可以和她一起过去玩之类的。

苏唐没吭声，过了一会儿她又自己哼起了歌。

苏唐无声地出了口气，搬了把椅子坐在一边，每次唐嘉昕画错了，他就敲敲椅子，唐嘉昕就把笔递给他，他改完了，唐嘉昕继续画。

之前唐嘉昕只有一个上午的课，这回也不知道怎么回事，一天都赖在这里，缠着苏唐教他。她下楼喝水的工夫，还和杨哲夸苏唐教得好。

"是长得帅还是教得好？"杨哲笑着问她。

"长得好看也是个人能力的一部分啊。"唐嘉昕眨眨眼。

以前两三个周末才能画完的画，这回一天就画完了。唐嘉昕对颜色有着自己的一些想法，整体的色调比原画的鲜亮了许多，乍一看，还挺好看。

唐嘉昕捧着自己的画让楼里的人挨个看一遍，最后问苏唐，自己的画是不是也能摆在下面卖了。

苏唐收拾着背包，头也不抬，说："现实一点儿。"

杨哲刚想说苏唐说话太直，别让唐嘉昕受打击，结果小姑娘愣了一下，突然哇了一声："我就喜欢你这么酷的样子！"

杨哲："Ok."

苏唐赶上了倒数第二班回市区的公交车，看着窗外车流穿梭，光影浮动，又从自己的背包里拿出耳机，戴上，里面放着的是钢琴曲。

公交车停靠进站，苏唐从车上下来，往小区走着。手机振了两下，是陈河，问他在哪儿。

苏唐拉下耳机，刚准备回复，脚下就踩上了一个人的影子，他抬头，刚巧对上陈河回过头来的目光。

"怎么回来这么晚？"陈河看了看他，衣衫整洁，说明没去打架。

"有事？"苏唐问。

陈河扬了扬手里的打印纸，说："找你签合同啊，我的租客。"

第五章
我偏要一个圆满

　　"中介要不说，我都忘了咱俩还没签合同呢，"路灯下，陈河找了个光亮地方，把合同递了过去，"这是一式三份的，其中一份要给中介留档，内容你随便看看，都这么熟了，哥也不会坑你。"

　　苏唐抬头看了陈河一眼，这人穿着校服还挺像个阳光大男孩的。

　　合同他确实没仔细看，里面各种条款都是中介的模式样板，没什么可看的，签了字，苏唐把合同递给陈河，问道："你有什么要嘱咐的吗？"

　　陈河接过合同，想了一下，说："好好吃饭，好好睡觉。"

　　苏唐一愣。

　　"行了，记得吃药啊。"陈河顺手轻拍了苏唐胳膊一下，在苏唐反应过来之前退开两步，"我走了啊，这么晚回来注意点安全。"

　　苏唐目送着陈河走进一栋的大门，他才转身。

　　陈河进屋就接到了荀六的电话。

　　"河儿，在哪儿呢？"荀六问道。

　　"不玩游戏不蹦迪不打牌，没事挂了吧。"陈河冷酷无情地说道。

　　这是他跟荀六他们几个定的规矩，为了让戴子同和徐灿阳两个智商不高，还不爱学习的小朋友能好好做人，禁止荀六和蔡财找他们出来瞎闹。

陈河也主要是为了自己考虑，有一回徐灿阳他妈跟着徐灿阳后面到了金花酒吧，头发都气得立起来了，当时真是神挡杀神，佛挡杀佛，徐灿阳躲在陈河身后，那大姨手没收住，就照着陈河脸上挠了两道。陈河现在想起来还心有余悸。

虽然这规定并没对戴子同和徐灿阳的成绩起到什么帮助，但陈河还是坚持着。

"正事！"苟六吼道。

陈河阴阳怪气地哦了一声："你能有什么正事，你家肥猫交女朋友了？"

"老子都单身，它凭什么处对象……"苟六嘀咕了一句，反应过来，喊了一嗓子，"你别给我打岔了！我脑子不好使一会儿就忘了！"

"行行行，你说。"陈河被苟六逗笑了，憋着笑让他说。

苟六这才能正经说两句。

"是李胜，咱之前都不知道他跟郝峰还有点交情，现在郝峰那边都知道他俩在咱们这儿挨打的事了。"苟六说道。

"知道就知道呗，又不是我打的他们。"陈河嗤笑一声，都是一帮心眼小、手又黑的浑蛋。

"这不是怕郝峰又借题发挥嘛，陈叔又不在这儿。"苟六啧了一声，他知道陈河想好好念书，他也不愿意这些烂人跟陈河纠缠不清。

陈河听着，坐进沙发里出了口气："我不靠他。"

"这跟你初中那会儿的小混混不一样啊，"苟六知道陈河初中的事，也打心眼里佩服陈河那么小就有那么大的魄力，但还是不放心，"郝峰啥人咱们知道，你还是得注意点。"

"行，知道了。"陈河应着。

他倒是不怕什么郝峰，就是苏唐，可能会比较麻烦。

周一上学，苏唐按时从家里出来，就在小区门口碰到了陈河。他终于知道陈河为什么天天迟到了——每天都在这条街的早餐店里慢悠悠地吃早点，起得再早有什么用！

陈河也看见了他，叼着包子冲过来问："吃早饭了吗？"

"我不……"苏唐后面的话还没说出来，就被陈河拉着到小板凳上坐下了，面前推过来一屉还冒着热气的小包子。

"刚出来的，鲜菜包，特别好吃。"陈河说道。

苏唐犹豫一下，早上吃点不油腻的应该也不会吐吧，主要这包子闻着真挺香的。

他拿筷子夹了一个，咬了一口。

"怎么样，香不……想不想吐？"陈河换了个说法。

苏唐翻了个白眼，把包子吃完了。

他每天算着时间出门，坐这儿吃个包子就是一会儿走快点的事。谁承想，陈河又推了一碗豆腐脑过来，说："你不是厌食吗，那就尝两口，给你个勺。"

以前吃过的咸豆花就是豆花里放上卤水，除了咸咸的酱油味啥也没有，一点儿也不好吃。看着眼前有木耳丝、黄花菜，还点缀着香菜和咸菜粒的浓稠喷香豆腐脑，苏唐鬼使神差地接了勺子。

接着，陈河宛如早餐一条街的推广大使一样，又让苏唐尝了另外几样早点，就算一种只吃一口也把苏唐吃撑了。

就陈河这种吃法，早上不迟到才有鬼。

最后，苏唐嘴里还塞着一个小包子，拎着书包和陈河一路狂奔，抓迟到的副校长刚转过身去准备离开，他们就像一阵风一样从老头儿身边掠过。

"哪个班的你们——"

这时候怎么可能停下来！陈河没想到苏唐也挺叛逆，副校长那一嗓子也没吓到苏唐，他俩一溜烟就钻进了教学楼。

跑到班级门口，杜明正在后门站着，看到他们来，问道："没被校长看见吧？"

"不知道，我俩跑得挺快的。"陈河喘了口气道。

"怎么今天苏唐……"杜明刚想问怎么苏唐也迟到了，旁边就响起细微的咀嚼声，他和陈河纷纷看过去，苏唐正在面不改色地嚼着包子。

他腮帮子鼓鼓的，眼睛瞪着，嚼了一会儿才费力咽下去，有点干。

"你喝两口？"陈河看苏唐噎得难受，把自己的水杯递给苏唐。

苏唐犹豫了一下，来得太着急他都忘了去买水，嗓子又实在干，几经权衡，他拧开陈河的水杯，喝了几大口。

喝完了，嘴里有股酸味。

他皱着眉头看向陈河。

"怎么了？泡的枸杞啊。"陈河坦然道。

"可以啊，这个可以，"杜明点头夸赞道，"陈河你还挺懂养生啊。"

"瞎喝呗，我爸宁夏朋友送的，明天给你拿一罐，我家都喝不完，我每天早上都泡一把。"陈河说道。

苏唐把瓶子拧上，从侧面往水杯里面看……真是结结实实的一把枸杞。

这时，英语老师不满地把头从教室前门探出来看着他们，杜明才后知后觉地让他们赶紧回教室好好听课。

他俩刚坐下，全班最不守纪律的纪律委员郭曙梁就扭过头来，问道："你俩一起来的啊？"

苏唐怀疑他想当纪律委员就是方便自己徇私枉法、聊天方便。

"哎，陈河，这周日去老船吧呗，开学聚会！"郭曙梁眼睛冒着光，无比地期盼陈河能去。

"啊，行啊。"这是他们的小传统，放长假回来补完了作业都得一起吃个饭，也不是全班，就他们班几个玩得比较好的同学。

"苏唐去吗？"郭曙梁又问。

陈河看了苏唐一眼，也问道："去吧？"

苏唐余光看见英语老师瞪他们好几眼了，为了让郭曙梁赶紧把头扭回去，他点了点头。他想着现在答应了也不一定会去，到时候随便找个理由。

郭曙梁心满意足地把头扭了回去。

苏唐刚安下心来翻开习题册，郭曙梁突然又把头转过来："苏唐你……"

"郭曙梁！还有他后桌！你们俩，给我外面说去，愿意说就去外面说个够！快点！"英语老师的忍耐已经达到了极限，把讲台敲得咚咚响。

苏唐深吸一口气，起身拿了习题册和笔出去，郭曙梁还磨蹭了一会儿才慢吞吞地跟在苏唐后面出来。

楼道瓷砖冰凉，苏唐蹲在墙边看题，没一会儿，一个粉红色的坐垫从后门递了出来。

是陈河，他不知道找哪个女生借了个坐垫。

还没等苏唐接，陈河也被眼尖的英语老师轰了出来。

"她这是怎么了，现在脾气大到连你都轰了？"郭曙梁被轰出来了还在外面说个没完没了。

苏唐看着拿着粉红色坐垫的陈河，想着这人上课不是打盹儿就是玩手机，什么叫连陈河都轰，陈河不该被轰吗？

看苏唐不用坐垫，陈河就自己用了，在苏唐身边坐下，背靠着墙，突然说了句："你周末怎么回去得那么晚？"

"兼职。"苏唐看着题道。

"你很缺钱吗？"陈河坐正一点儿，"房租也不是那么着急，你可以有钱了再给我。"

"不用。"苏唐拒绝道。

陈河习惯了苏唐一般情况下都比较没有人情味的样子，耸耸肩膀，说道："那你晚上回来注意安全，我们这边还是比较乱的。"

"毕竟你长得这么白净好看，万一被人……"陈河接收到苏唐刀子一样的目光，坐直身子，话锋一转，"万一你把人家打了，惹上麻烦就不好了。"

"我们这儿什么人都有，你真遇上事了，可以给我打电话。"陈河继续说道。

苏唐愣了一下，又点了点头。

周末的聚会，陈河和他们说了苏唐可能晚一点儿，自己等等苏唐，让他们先吃。

陈河在苏唐快回来的时候给他发了微信，告诉他自己在庭院蓝湾门口等他，一起去吃饭。

比预想的时间超出了半小时，陈河也没有收到苏唐的回信，但他接到了蔡财的电话。

"李胜找了一帮人去井西了。"

井西，是他们这儿最乱的地方。

“想知道唐穹的事，晚上九点来井西。”

苏唐不知道井西是什么地方，他下了班就直接打车过来了。报了地名后，司机师傅从后视镜里意味深长地看了他一眼。

当时苏唐不知道是什么意思，等司机把他放在这条街的街口时，看着里面亮着的粉色灯箱，还有空气中弥漫着的诡异气氛，街上的人勾勾搭搭的，发出刺耳的调笑声，他猜也猜出来了。

苏唐站在街头，垂在身侧的双手死死地攥紧了。

他想起陈河那句有事给他打电话，扯了扯嘴角，算是笑了一下。

“你就是那个找爸爸的小蝌蚪？”身后突然有人高声说话，话语间讽刺意味极重，他说完，跟着的人都哄然笑开。

苏唐太显眼了，在这个地方，就他一个人干干净净的。很快，他身边就被五六个小混混模样的男人围了起来，带头的站在一边，身后还站了几个人。

“以前净听小蝌蚪找妈妈啊，头一回见着找爸爸的，”带头的男人嘴里叼着烟头，痞里痞气的样子让苏唐看着恶心，“小子，听说你挺能打啊，叔叔今天带了兄弟来跟你练练。”

男人说着，点了点围着苏唐的这几个人：“喏，就他们几个，打赢了就让你走，要是打不过，你就给我当儿子，叫我两声爸爸，我也让你走……”

男人话音未落，只见那道白色身影一跃而起，闪过那几个小混混，直冲到男人近前，抬手揪住男人脑袋，照着地面砸下去。

一声惨叫，惊醒了在场的人。

一时间有去查看男人情况的，还有围着苏唐喊打喊杀的。

那些人手上多少都有东西，有棒球棍、指虎，还有汽车锁，再有就地取材拎的木棍、捡的板砖。苏唐就算再能打，也不能被这么多人围了还全身而退，很快，背脊就被人狠狠敲了一棍子。

井西这边偏僻，千奇百怪的乱法，就算有人死在这儿也没人会惊奇，自然也没人管这街上堵人的闲事。

苏唐的白卫衣已经黑一块红一块的了，刚才脸颊也挨了一拳，嘴角带着血。

他被混混堵在了墙边，身边的灯箱透着粉红色的光，他的胸膛剧烈起伏着。

苏唐抬手抹了下嘴角的血迹，抬眼，眼神阴鸷地看向那些人。

"小子，再打啊？"那男人追上来，一手捂着脑袋，一手指着苏唐，"给我废了他！"

陈河从来没觉得从市中心到城西的距离这么遥远，以至于他一直都在催着荀六开快点，再快点。

车子在街口停下，陈河拔腿向巷子里跑去，他赶到的时候，苏唐一身狼藉，脸上也有血污，被两个人钳制着，勒住脖颈、扳住手臂，泛着银光的棒球棍在苏唐右手瘦弱的小臂上比画着。

陈河冲过去，从人手里夺了板砖就拍在了那个拿着棒球棍的混混脸上，把人直接拍飞出去。紧接着，他又一拳打倒一个勒着苏唐的人，把板砖怼在另一个人脸上。最后，他张开手臂，接住了苏唐。

刚才那根棒球棍在苏唐画画的手上比画着，陈河看着都心惊，把苏唐接住的时候也能感觉他轻颤了两下。

苏唐脸侧受击，一阵一阵的耳鸣间，他听见陈河在他耳边沉声说："没事了，我来了，别怕。"

陈河把苏唐架起来，冷冷地看向那个捂着头的男人，没说话。

还有人想过来拦住他们，都被陈河摔到墙上去。

"你……"那男人心里多少有点数了，就是不太肯定。

"陈河。"陈河抬眼，看得男人一激灵。

那男人听说过陈河，不过和大多数人一样，都把陈河的事当作是小屁孩们小打小闹，让他真正忌惮的是陈河的爹，陈天游。

那男人下意识地就忧了，说："峰哥……"

"见着郝峰，跟他说今天这账我没算他头上，我也奉劝他别管那俩骗子的事了，不嫌掉价吗？"陈河冷笑一声，带着苏唐往外走。

后面还有人要跟上去，被男人拦下了。

陈天游的儿子，他们真惹不起。

出了巷子，苏唐就差不多缓过来了，他无力地推推陈河，示意自己可以走。

陈河这会儿突然火气很大的样子，看苏唐被架着走不舒服，眉头打着结把人放开，换成了扶着苏唐的手臂。

陈河手很热，让苏唐莫名心安。

荀六就在车旁等着，看见他们回来，麻利地拉开车后门，让苏唐坐进去。陈河坐上副驾驶，关车门的声音震天响。

车内气压低得荀六想问句情况都不敢开口，一路无言地把车开到陈河家小区门口。

苏唐下了车后，就一路慢慢往前走。陈河下车后先去了趟药店，出来快跑几步，跟在他身后。

走到四栋楼下时，陈河终于开口了："你给我站那儿！"

苏唐怔了下，转过身来。

陈河上前把苏唐拉到路灯下的路障石球上坐下，把苏唐的脸抬起来，拧开刚买的碘酒棉球，用镊子夹着往他脸上蹭。

苏唐想躲，被陈河钳住脖子。

涂完了脸，陈河又拉起苏唐的手。两只原本白皙漂亮的手这会儿都伤痕累累，青一块紫一块，遍布着血迹。

陈河上完了药，沉默了一会儿，突然揪起苏唐衣领，强迫苏唐抬头看他，低吼道："他们约你你就去？你是活够了吗？我说过有事给我打电话，那边什么人都有，你竟然敢一个人跑到井西去，你是疯了还是傻了！"

陈河低吼着，苏唐一言不发。

"你那个爸爸把你和你妈扔下一个人跑了，你告诉我，你干吗非要找他，为了找他命也不要了？为什么啊！"

过了很久，苏唐才小声开口。

"不是的……

"他离开之前，不知道我妈妈怀孕了……他真的还活着，我听到过他和我妈妈打电话，我不知道他们说了什么，但我记得那个固定号码前面的区号就是这里的，他真的还活着！"

苏唐扬起头，抬手抓住陈河手臂，眼眶红红的。

"这世上那么多家庭都是幸福美满的，凭什么我就要一个人啊，我连他长什么样子都没见过，我偏要求一个圆满！"

陈河张了张嘴，苦笑道："哪有那么多圆满……"

"可我就想见见他啊，"苏唐看着他，眼里亮晶晶的，"这个地方不大，我只要找，就总能找到他的。"

"找到他，然后呢？"陈河问道，"为什么不登报，或者是找电视台啊？"

"不，不能这样，"苏唐摇着头，"我不知道他现在有没有自己的家庭啊，我不能把事情闹大，我只能自己偷偷地找到他，看看他希不希望我存在。如果他想，那我就出现在他面前，如果他不想……"

苏唐顿了一下："那就算了。"

"他肯定想。"陈河说。

"反正只要我知道他是谁了，我以后也能说我有爸爸了。"

昏黄路灯下，男孩坐在石球上抱着自己，他的身前也站着一个瘦高的少年，两个人的影子拉得很长很长，最后交叠在一起。

"以后还有我呢，咱俩是同桌，给你批点谁也没有的特权。"陈河说道。

陈河必须要承认，在小巷子里他看到苏唐的时候，心都要裂开了，无论是心疼苏唐的伤，还是担心他的手，都愤怒到了极点。

"都有什么特权？"苏唐有些疲惫地看着陈河，轻轻出了一口气。

"有……"陈河缓了一下，"陪吃早饭服务、放学一起走服务、一起写作业服务等等，还有，谁再欺负你，告诉我。"

"咱俩是同桌呢，别太见外了，"陈河说道，"我也帮你打听着你爸的事，一定能找着。"

最后，陈河把苏唐送进家门，本来他还想看看苏唐身上的伤，刚说让苏唐脱个衣服，防盗门就差点儿砸他脸上。

陈河看着关上了的门，面色沉了下来。

他出了小区，荀六和车都在那儿候着。

"他没事吧？"荀六问道。

陈河摇摇头。

荀六看他脸色阴沉，说："李胜在麻将馆打牌呢。"

夜里十一点了，麻将馆还烟雾缭绕、人声鼎沸。

陈河进来时，麻将馆老板正在打牌，一见他来，立马迎过来："稀客啊，小陈哥找朋友？"

陈河看了他一眼，问道："李胜在哪屋呢？"

李胜今天晚上手气格外臭，但他也没骂骂咧咧的，心情还挺好的样子，主要是有人帮他搭上了郝峰，郝峰听说他让个高中生给揍了，就说要给他找回来。

那帮人多牛啊，职业骗子加职业混子，这就算是找到组织了。

就在李胜还做着在郝峰那儿发光发热的白日梦的时候，门嘭地被人踹开，还没等他看清楚来的人是谁，电动麻将桌就被人掀了，一桌的麻将噼里啪啦砸在他身上，紧接着就是这个大桌子。

陈河蹲在他脑袋旁边，用手背抽了抽李胜呆呆的脸。

"我记得我说过，那事了了，你怎么记忆力这么差呢？"

第六章
小同桌

烟味还未散尽的逼仄隔间里，李胜挨墙蹲着，一脸死了爹的模样。

他们这帮人，嘴上说着陈河小崽子一个，跟陈天游没法比，但真一个人碰上陈河，还是有点害怕。

毕竟陈河当年的事在这海边小城添油加醋地传得厉害，李胜又是个欺软怕硬的人，遇上陈河就跪得非常快了。

"说说苏唐他爹的事。"陈河拎了把椅子，倒跨上去，伏在椅背上，眯着眼睛盯着李胜。

李胜张了张嘴，他觉得陈河应该不想听自己说废话，就斟酌了一下，说得比较简练。

"那个小子，不是，苏唐，苏同学，是说他爸还活着，但是我找人查了，咱们这儿真没能跟他说的对上的！"李胜哭丧着脸道。

"所以你们就耍人家？"陈河忍着心里的怒火，让他接着说。

"我们就靠着这挣点钱花嘛，谁想到他真过来了，"李胜也没想到啊，钱没赚着，打没少挨，"但是吧……"

陈河看他还在卖关子，抬腿又给了他一脚："你挤牙膏呢？给我痛快点！"

李胜疼得咧了咧嘴，揉着自己屁股，老老实实地说："我真去打听过了，确实有个姓唐的男的，现在四五十岁，二十多岁那会儿来咱们这儿的，就只有这些信息能对上。"

李胜说到这儿又停了，眼看着陈河脚又要踹过来，李胜赶紧抱住自己，缩在那儿大声道："陈哥，小陈哥，真不是我不说，是提供消息那人也不告诉我是谁啊，还警告我让我别瞎打听！"

"真的，"李胜往陈河跟前凑了凑，"我是想着，要么那个苏同学他爹已经不在了，要么就是那人不告诉我，可能是……"他说着，手指头竖起来向上指了指。

"你傻啊，神神鬼鬼的还给人当爹？"陈河皱起眉头。

"哎呀，不是，"李胜拍着大腿，"是那种上面。"

陈河有些不解："你有屁就放。"

李胜撇着嘴："你想啊，万一真扯到什么大领导身上，我就是个小老百姓……"

"多大领导？"陈河有点不耐烦了，心想，陈天游也有市局部门的朋友，大领导，能有多大？

"我听那人那意思，起码是省里的领导。"李胜小心翼翼道。

陈河了然。

李胜他们这些年坑蒙拐骗的，陈河也多少知道一点儿，平时查人也有路子，他这么怕摊事，肯定是那边身份不低。

这事没打听清楚，不能随便和苏唐说，可这也算是知道了一点儿线索，不说又……陈河有些为难。

说完了苏唐父亲的事，下面就该替苏唐算算账了。

"今天，郝峰手底下那个黑皮，差点废了苏唐的手。"陈河说道。

李胜可能是被"差点"这个词吓到了，大惊失色："不是，小陈哥，我可没让他们那么干啊！"

"是，我信你，"陈河皮笑肉不笑，看得李胜后背发凉，"但是苏同学应该不会放过你。"

"不过，你也不用害怕，只要你少在这地界活动，别让他碰上你就行了，"陈河摊摊手，"懂了？"

"懂，懂……"李胜白着脸点头。

陈河拍拍手，站起身来，走到门口，又想起来什么，偏过头来说："希望这一次，你能记得牢一点儿。"

苏唐这一觉睡得格外沉，醒过来时有一种恍如隔世的感觉。

又是周一了，不管你昨天晚上经历了多么刺激的社会性活动，你还是得上学。

苏唐烦躁得连头发都不洗了，脑后的头发睡得翘起来也不管，简单洗漱后就拎着书包出门。

他没有想到，在这么令人烦躁的周一清晨，陈河竟然守在他的家门口。

"干吗？"苏唐起床气未散，周身萦绕着一股杀气。

"来看看你的伤，然后一起去吃早点。"陈河说着，打量着苏唐的脸颊，擦伤都已经结了痂，瘀青也消了一点儿，没有昨晚路灯下看着那么吓人了。

"我不吃早饭。"苏唐拒绝道，上次和陈河一起吃早饭就迟到了，他不想顶着一脸伤在众目睽睽之下进教室。

可陈河铁了心要带他去吃早点，陈河理直气壮地说："那你就请我吃，凭我昨天晚上救了你。"

这句话把苏唐即将说出口的"凭什么"堵了回去。

虽然昨天晚上的事跟做梦一样，但的确是事实，陈河很帅地出现也是真的。

苏唐只好背上书包跟着陈河一起进了电梯。

"吃什么，拉面、拌面还是煎饼？"陈河跟在苏唐身后，有些小期待地走向早餐街。

苏唐背着明艳的红书包，笔直挺拔地走向在众多冒着腾腾热气的摊位中显得格格不入的早餐车，回来时，手上捧着两个三明治和两瓶橙汁。

陈河看到后，脸上的表情以肉眼可见的速度垮了下来。

"啊，吃这个啊……"他拖着长音，十分不满。

苏唐还没把三明治递给他，看他这样，冷哼一声，转身就走："不吃算了，我给郭曙梁。"

"给他干吗？"陈河一把夺过来，"你和他关系好吗？我可是你的同桌啊！"

"谁会和他关系好啊！"苏唐翻了个白眼。

多亏了苏唐的英明抉择，选择拿了就走的冷餐，不然他们这回就要被有灭世战神之称的副校长堵在学校门口了。

不过苏唐顶着一脸伤痕经过副校长身边时，那位厉害的老太太眼睛还是像刀子一样扫过来，在看到陈河以后，她眉头皱得更紧了。

周一是从语文课开始的，正赶上苏唐还困着，他把作业交了就趴下了。不用杜明讲课，他自己就又睡着了。

睡意蒙眬间，苏唐听到有人叫陈河的名字，过了一会儿，桌子突然颤了一下。

苏唐有些烦躁地抬起头，对上杜明有些无奈的面孔。

苏唐脸皮薄，一下子就清醒过来，有些不好意思地把语文书翻开，用力地睁着眼睛。过了一会儿，他才发现旁边的人还睡着的。在杜明鼓励的眼神下，他踹了一脚陈河的椅子。

见这两人都醒了，杜明就从后面绕回前排继续讲课。

眼看着陈河的头又要趴下去，苏唐把那瓶饮料抵在陈河额头上："不许睡觉。"

"啊？"陈河被硌了一下，捂着额头看苏唐。

"刚才你为什么也睡着了？"苏唐质问道。

陈河愣了一下，没反应过来。

"傻了？"苏唐皱着眉头，以为陈河睡傻了。

"不是，"陈河憋着笑，"被你这么不讲道理可爱到了。"

"以后上课，我睡觉的时候你不许睡。"苏唐深吸了一口气，说道。

"为什么，一起睡觉不香吗？"陈河说完就后悔了，因为他看见苏唐捏紧了手里的饮料瓶。

"行，"陈河抬手表示配合，随即笑起来，"这是你的特权嘛，小同桌。"

一句小同桌，还带了点宠溺味道。

"不是特权，"苏唐压低声音，"这是为了……让你好好学习。"

陈河眉毛高高挑起："为了让我好好学习？"

苏唐认真地点点头。

总之下回不能两个人一起睡了，不然连个看老师的人都没有。

"你就那么肯定我学习不好？"陈河又问。

天天上课睡觉、下课厕所小卖部，放学要靠群里对答案写作业的人，成绩能好到哪儿去？

陈河看着苏唐这么天真懵懂又笃定他学习不好的模样，笑了笑，从活页本上撕下张纸来，说："这样，咱俩立个字据，期中考试我要比你分高，你就答应我一件事情，怎么样？"

"一起睡觉？"苏唐拿起笔。

"我是那么没有追求的人吗，赌不赌？"陈河激他。

苏唐无所谓，反正陈河不可能比他分高，签了自己的名字之后，又确认了一下赌约："要是你没我分高，也答应我一件事。"

不许有事没事出现在我家门口，不许上课和我一起睡觉，不许早上拉着我去吃汤汤水水费时间的早餐……到时候随便选一个就好。

大课间的升旗仪式上，苏唐站在班级队伍的最后一排，杜明就站在他后面，来巡视纪律的副校长过来，神情凝重地把杜明给叫走了。

升旗仪式结束后，杜明把苏唐和陈河叫到了自己办公室。

偌大的语文组办公室这会儿没什么人，杜明招着手让苏唐和陈河进来："那个，自己找地方坐吧，咱们聊聊。"说完，目光就落在了苏唐脸上。

"刚才孙校找我，问你脸上的伤怎么弄的？"

"摔的。"苏唐道。

杜明皱着眉头看了苏唐一会儿，又问陈河："陈河，你跟我说实话，你们两个同桌，没有什么矛盾吧。"

陈河有些无奈地眨眨眼："真是他自己摔的，不然还是我打的吗？我俩打一架，他伤在脸上，难道我是内伤？合着他还是个武林高手啊。"

"别贫！"杜明笑骂他，确认了苏唐是摔的才放下心来，"行，那我就放心了，苏唐你以后小心一点儿，摔成这样，校领导以为咱们班有校园暴力呢。"

两人就这么默契地糊弄过去，回了教室。教室里热闹非凡，体育委员贺赫，一个人高马大、皮肤黝黑的男生从讲台上下来拦住他们，眼睛里都冒着光。

"快，运动会报名了。"

海青一中的秋季运动会是和十一长假挨着的，学校也是考虑到运动会前后这帮崽子们都没心思学习，干脆运动会后给他们放假玩个痛快好了。

文科三班男生少，体育委员贺赫的任务很重，一方面要统计报名，一方面还得求爷爷告奶奶地请这万花丛中的几片绿叶多报几个项目。

苏唐和陈河回教室的时候，轻松的项目都被挑完了，就剩下接力和两个空荡荡的 1500 米了。

"同学，你腿脚怎么样？"贺赫拿着报名表问苏唐。

班里一共十四个男生，苏唐要是能跑，接力和长跑人就齐了。

"不怎么样，"陈河挡开贺赫，直接把报名表拿过来，"立定跳远……戴子同报的跳远啊，懒死他，给他改到 1500 米去。"

"啊，那谁跳远？"贺赫以为陈河要抢跳远，毕竟这个省时省力。

"苏唐啊，"陈河从旁边随手摸过来一支水笔，递给贺赫，"给你，写名字。"

贺赫愣了一下，问道："那还有一个 1500 米呢？"

"我啊。"陈河看了他一眼，一脸"这还不明显"的表情。

报完了个人项目，陈河又回头看了一眼苏唐，嗯，大长腿又细又直，踢出鞭腿的时候相当有劲。

"跑个接力行吗？"陈河问苏唐。

苏唐全程都没说话，就落到一个立定跳远的好差事，这时候哼了一声，意思陈河看着办吧。

"那你跟苏唐，还有徐灿阳、戴子同一组，行吗？"贺赫确认道。

陈河点了点头。

教室另一边也是十分热闹，主要是一群女生叽叽喳喳地商量着入场时方队的服装和道具的事。苏唐走到教室后面，才看到女生堆里说得最起劲的是刘克洲，这人是宣传委员，板报、手抄报这些花花绿绿的东西，都是他一手操办的。

"不行，制服太素净了，不显眼！"刘克洲在那里张牙舞爪地否决有女生提出来的穿制服进场。

"汉服也不行，那会儿还热着呢，早上队列又走又站的，咱们班这些妹妹身娇体弱的得倒一半！汉服又厚又长，租来的还不卫生。"刘克洲又否决了一位女生穿汉服的提议。

陈河报好名回来，看苏唐一直往刘克洲那边看，以为他们吵到苏唐了，便说道："他们一有活动就这样，要不让他们去外边商量？"

"不用……"苏唐抬手，可陈河已经喊了刘克洲的名字。

刘克洲尖着嗓子应了一声，突然想到什么，带着一帮女生凑过来，说："苏唐，苏唐是学美术的，你帮我们想想怎么设计班服呗！"

苏唐被人围住，有些不知所措，歪头看向陈河，眼神里带着警告，像是在质问谁和刘克洲说的他学美术。

陈河露出一口白牙笑了一下，才张开手臂把苏唐挡在身后："你们别吵了，苏唐也得想啊，你们给他……一上午的时间，他肯定给你们一个好方案！"

刘克洲几个人听了这话，纷纷说着拜托苏唐了，欢欢喜喜地回了自己座位，留下莫名其妙的苏唐瞪着一脸无辜的陈河。

"没事，刘克洲没准一会儿就自己想出来了，"陈河在座位上坐下，扶着头看向苏唐，笑起来，"再说，我同桌这么厉害，也可以帮他们想想嘛。"

下午上课的时候，刘克洲在自己的书桌上发现了两张设计图纸，笔迹简洁干净，风格鲜明，不用问都知道是谁画的。

苏唐晚上在家写作业的时候，手机振了两下，是他屏蔽了的班级群有人艾特他。点进去，是刘克洲带着其他班委感谢他的班服设计图纸，看着聊天界面里都是在讨论设计图纸和感谢他的话，苏唐第一次觉得上学还挺有意思的。

在原来的那所学校苏唐没什么朋友，他每天就是学校和画室两点一线的，也不会主动和人来往，而且他和人打了架之后，大家都不太敢和他说话了。

苏唐那次和人打架是因为苏萤年轻漂亮，小镇上有人传苏唐是某个社会大佬的私生子。

秋日的阳光格外明媚，操场两头的大树仿佛比平日里更茂盛挺拔。

各个班级都在操场入口列队，踩着进行曲的节拍等着进行方队展示。

本来是有人推选苏唐做班旗手的，可苏唐自己不想，几个人劝说未果，后面陈河直接帮他推了。

他和陈河一起站在方队的一角，并肩而立，用余光就能看到旁边的人。

陈河像是发现了苏唐的小动作，勾起嘴角，在队伍里轻轻扯了扯苏唐的衣袖，小声说着："衣服很好看。"

"下面向我们走来的是高二三班方队，他们步伐坚定，势如破竹，身上古朴的墨色长衫突显了文史学科的魅力，表明了他们笃信好学，志存高远的决心——"

方队踩着节拍行进，经过主席台时，队伍中央突然升起一枚绣球，紧接着艳粉的绸缎从绣球四周展开，从上往下看，就像一朵艳丽牡丹绽放。艳粉绸缎构成的牡丹在墨色长衫的衬托下格外夺目，瞬间就惊艳到了主席台上的校领导们，摄像人员也记录下了这精彩的方队展示。

等开幕式发言结束，各班上了看台后，三班的同学们再一次把苏唐围住，夸赞他的设计。

陈河在一边看着苏唐修长的身姿在墨色长衫包裹下带了几分古朴秀气，像是接收到了苏唐的"求救"信号，陈河直起身子走过来。

苏唐被围在喧闹里，看着不远处走来的陈河，风吹起他的长衫，嗯，很帅。

只有苏唐自己知道，他在画设计图稿的时候，脑海里浮现出来的模特，就是陈河。

想着那人如果留着长发，束高小辫，着墨色长衫，定是风流无度的浪子剑客；卸了束发，松了衣带，也是勾人沉醉的浪荡公子。

运动会为期两天，第一天大多是简单项目的预选赛、决赛和耗时项目的预选赛。

苏唐下午就比完了立定跳远，拿了个三等奖回来，上看台的时候，看到有同学正给陈河别号牌。

"回来啦。"陈河站在看台上冲他招招手。

苏唐走过来，看着陈河，嘴巴抿了抿，说："你，加油。"

陈河笑笑，居高临下地轻轻揉了一下苏唐的头发："看哥给你跑个第一。"

苏唐后知后觉，陈河手掌的温热还留在他的发间，人就已经飞身跃下台阶，带着一身蓬勃朝气往检录处小跑过去。

跑道上信号枪响，长跑选手都冲了出去，一开始陈河还能跑在前面，后面就慢下来了。苏唐看了一会儿，才发现班里其他人都没怎么关注陈河的比赛。

只有郭曙梁看陈河跑步看得特别专注。

"你不懂，"郭曙梁攀着栏杆，"陈河他耐力不行，但还是为班级争光报了长跑！"

苏唐翻了个白眼，刚才陈河那通操作让苏唐以为他有多厉害呢，浪费感情。再说了，那是陈河报的长跑吗，分明是就只剩长跑了啊。

陈河毫无悬念地在预选赛就被淘汰了，回班的时候被戴子同和徐灿阳一通嘲讽，三个人扭打在一起半天，陈河才把那俩人踹开，跑到苏唐旁边，微微喘着气问他："看我跑了吗，怎么样，我厉不厉害？"

"就那样吧。"苏唐说道。

陈河叹了口气，从旁边扯过自己的书包来，拿出包装袋一角，笑眯眯地看着苏唐："夸两句，哥请你吃好吃的。"

苏唐眼尖地看出那是黄瓜味的薯片，犹豫一下，嘴上敷衍地说了句"棒"，手就已经伸到陈河书包里了。

陈河直接在苏唐旁边坐下，把包里的零食都掏出来，放到苏唐怀里，说："薯片、巧克力棒、威化、布丁、果汁，都给你。"

下午还有4×200米接力，陈河第三棒，苏唐第四棒。

这次陈河没有掉链子，虽落了其他人四分之一圈的距离，但他飞快地赶上来了，将接力棒送到苏唐手里。

对上陈河明亮炙热的眸子，苏唐心突然颤了一下，手里的接力棒温热，是陈河掌心的温度。

他攥紧接力棒，听见陈河说："飞吧——"

暗红色的跑道上，穿着白色短袖校服的苏唐像一道白光一样飞出去，长腿交替飞驰在跑道上，就像他踹人时一样漂亮有力度。陈河目光从未移开，嘴里一直轻轻念着："飞，飞，飞……"

看台上高二三班的同学们也沸腾了，全都挤到最下面来，由刘克洲带头喊着"苏唐加油"。

风从耳边吹过，带来班里人的加油声，苏唐昂起头，看向终点处的身影。

这是一种什么感觉呢？

就是在终点有人等你，而你的身后不只有压力，还有呐喊与欢呼。

苏唐在这座陌生的城市，第一次体会到了归属感这种东西，温暖而有力，就像秋日午后阳光，洒落大地，暖意笼罩。

他坚定地向终点的陈河奔去。

运动会还没结束就有人嚷嚷着要聚餐了，说上次苏唐没去，陈河也没去。

苏唐看了身边的陈河一眼，那人故意做出一副很酷的表情。那天陈河的出现，让苏唐原本恐慌的心安稳下来，就好像他知道陈河一定会好好地带他离开一样。

运动会结束后，刘克洲去主席台领奖，拿回来一张大奖状，是他们的方队获得了全校第一名。大家一阵欢呼，不说别的，就看这个都得庆祝一下。

"这回苏唐来吧，"刘克洲把奖状递给苏唐，"这是你的功劳啊，你得来，而且，你来了陈河才来嘛！"他说着，还意有所指地眨眨眼。

"怎么你沙子眯眼啦？"陈河在一边凉凉地说。

刘克洲瞪他："去不去嘛？"

"去去去，"陈河被刘克洲撒娇的语气激出一身的鸡皮疙瘩，"我俩去，你去找戴子同吧。"

刘克洲心满意足地离开后，苏唐盯着手里的奖状发愣。

"小功臣。"陈河带着点调笑的语气叫他。

苏唐额上的青筋跳了一下，小酥糖，小同桌，现在又有个小功臣的别称。

看台最高处，在全班人众目睽睽之下，苏唐抬手把陈河摁倒，一只腿骑上去抵着陈河胸口："小你个老母鸡——"

陈河只是眯着眼冲苏唐笑。

苏唐更气："笑什么？"

陈河扬扬眉毛，冲苏唐身后打了个招呼："老杜！"

"你骗鬼呢……"苏唐虽然不信，但还是转头看了一下，然后就看到了一脸慈祥笑容的杜明。

他又捶了陈河一下，才不慌不忙地坐好，好像刚才什么都没发生，他还是那个冷着一张脸的乖乖学生。

"你俩关系挺好啊！"看到自己班的小子们关系这么好，杜明很欣慰。

杜明是来表扬苏唐的，毕竟他们班是文科重点班，没有艺术生，再加上班主任佛系，之前各种比赛都是浑水摸鱼，这次校运会突然拿了个第一，年级组的老师都对他们班刮目相看。

"苏唐不错啊！咱们学校的活动很多，以后也可以发挥你的专业优势，再给班里多拿两张奖状。"杜明拍拍苏唐肩膀。

苏唐也观察过，一中的活动确实不少，别的班后黑板上都贴满了各种活动的奖状，但他们班就有点惨淡了，只有几张和成绩有关的奖状。

这个班学习氛围确实还挺浓的，他们竟然连运动会都有人带着作业去，晚上聚餐一边吸着橙汁，一边讨论题目。

其实也不是全班都来了，还是几个班委组织的带着关系好的同学一起，拼了三张桌子坐下。

"别客气，苏唐别客气啊，东西放得远，够不到直接站起来夹。"梳着高高马尾辫的漂亮女生端着杯子和苏唐说。

这是副班长，付轻轻。

正班长李涯也点点头："苏唐是咱们班的功臣，咱一起敬他一杯啊！"

盛着色彩各异的饮料的杯子，堆在苏唐面前时，他愣了一下，抬头看到陈河带着点鼓励的目光后，抿了抿唇，也端起了自己的杯子。

"苏唐好容易害羞啊！"付轻轻笑起来。

烤串、炒菜端了上来后，桌上的人一哄而上，开始抢食模式。毕竟他们这么多人，下一拨端过来还不知道得等多久。

"陈河，你抓了一把？"徐灿阳眼尖，看见陈河麻利地从烤盘里抓了五六个串。

"苏唐害羞，不好意思跟你们抢，"陈河把抢过来的串放到苏唐盘子里，"你们也不能让功臣饿着啊！"

"是是是——"班里人应着，纷纷把新上来的菜换到苏唐跟前，"咱们今天也算是给苏唐开的迎新会啊，正式欢迎苏唐加入我们神话三班！"

"什么三班？"苏唐没听明白。

陈河又重复一遍："神话三班。"

"对，"李涯点着头，一脸正色地吹着牛，"我们班，不对，咱们班可厉害了，被叫作神话三班，你慢慢就知道啦。"

一股子高深莫测的劲，好像跟陈河一个培训班毕业的似的。

吃到后面，也不知道谁非要来点啤酒，陈河还没来得及制止，那边李涯跟贺赫就带头开了两瓶啤酒。

场面一时间就难以控制起来，苏唐又坐了一会儿，选择去外面吹吹风。

这边昼夜温差还是有点大，晚上很冷。苏唐坐在冰凉的石阶上，吹着带海味的凉风，想把屋里那群"酒鬼"都拉出来感受一下。

他缩在一起的身子突然被人裹了一件外套，苏唐抬起头，看到站在他旁边的陈河。

"脸怎么这么红，吹风吹的？"陈河问道。

苏唐瞪着陈河，忍着没有在第一时间把人摔出去。

"今天累不累？要是觉得累我就先送你回去。"陈河往屋里看了一眼，"那帮疯子，估计要玩到半夜家长带着棍子出来找人。"

"还行……"苏唐低着头轻声说了一句，他没有在这么热闹的氛围下待过，头一次，感觉还行。

大家都很好，也不嫌弃他无聊孤僻，他听着他们吵吵嚷嚷、互相拆台，感觉还很好，很真切。

"我之前觉得你跟这地方格格不入的，应该待不了几天就得走，"陈河在他身边坐下，"现在看来，你也很受欢迎的嘛，是不是适应一点儿了？"

苏唐过了一会儿才说："适应有什么用，最后还是要走的。"

陈河愣住，半天才叹了口气，有些遗憾地笑了一下："那……还是欢迎你加入我们神话三班。"

小同桌，小租客，后面一年，多多关照。

苏唐不知道怎么的，最近精神状态比之前好了很多，不再做噩梦了，也能正常吃点东西了，像杨哲、唐嘉昕这样一周见苏唐一次的人，都觉得他变化挺大的。

"嗯……脸圆了一点儿，有点发福，"唐嘉昕围着苏唐转了一圈，"还有表情，之前你都是冷着脸，有种杀手的感觉，现在稍微和蔼一点儿了。"

苏唐不解地问："稍微和蔼一点儿是什么意思？"

"就是你很好看啊，"唐嘉昕比着自己的嘴角，"你嘴角稍微翘一点儿，就像在笑，很好看的那种。"

苏唐消化了一下，然后觉得自己也该说些什么，他想了一下，说："谢谢，你也是。"

唐嘉昕被他说愣了，半天才反应过来。女孩笑弯了腰，身子剧烈颤抖着，再抬起头眼泪都笑出来了。

"苏老师，你怎么这么可爱呀！"唐嘉昕擦着眼泪说道。

苏唐最近对"可爱""容易害羞"这种词有点过敏，听了立马把嘴角耷拉下来，指了指画板后面的小凳子："别笑了，画画。"

看着苏唐突然严厉，唐嘉昕吐吐舌头，依言坐下，拿起调色板和画板，没画两笔，又把脑袋从画板后面探出来，问道："小苏老师，他们说咱们两个长得好像，你觉不觉得呀？"

苏唐皱起眉头，没说话。

唐嘉昕当他默认了，又说："那你看咱们长得这么像，我可不可以不叫你老师了啊？我叫你老师听起来一点儿也不亲近！"

"叫你小苏哥哥行吗？"唐嘉昕眨眨眼，期待着苏唐的答复。

"不！"

"小苏哥哥！"唐嘉昕立马又叫了一声，然后把头缩了回去，"我画画了啊，你不要和我说话了！"

接下来的两天，唐嘉昕穿着件脏兮兮的小洋裙在苏唐身边跳来跳去的，小苏哥哥长小苏哥哥短。苏唐没办法，把自己的耳机掏出来放到唐嘉昕耳朵里，给她放歌，让她安静下来。

苏唐下楼喝水的时候，杨哲看着他乐，用大拇指指了指身后工作室的几个人，说道："你知足吧，她就这样没什么规矩，对我们几个都直接叫名字，心情好才叫声叔叔。"

"嗯。"苏唐淡淡地应了一声。自己最近好像比较容易适应特别吵闹的人了。

苏唐晚上下了公交车，看见陈河就在小区门口的保安室门口蹲着，不知道的还以为是谁给他拴那儿了呢。

"你怎么又在这儿？"苏唐问完就后悔了。

那人跟只大狗一样扑上来，揽住苏唐肩膀："等你啊！"

苏唐努力挣了一下，没甩开陈河："等我干吗？"

"我来提醒你明天月中考试了啊，别忘了咱俩约好的啊！"陈河用力地搂了苏唐一下，在苏唐看来跟挑衅似的。

"你别忘了就行。"苏唐侧身抬手点着陈河的胸膛。

还没等他手收回来，就被陈河伸出手指钩住："咱俩再商量一下，不管考试结果怎么样，出了成绩之后别动手行吗？"

苏唐皱了皱眉头："我没有暴力倾向。"

陈河又钩了苏唐的手指一下："答应我嘛，苏唐哥哥！"

"你恶心死了。"苏唐被恶心到，无奈地动动手指，算是拉钩了。

陈河把苏唐送到他家楼下，看着他进了楼道门，然后在外面冲他挥了挥手，小声说了句："明天考试加油！"

第七章
陈河竟然是个学霸

一中的考场座位号是按照成绩分的，座位号越往后成绩排名也就越靠后。苏唐是转学来的，没成绩，所以被分到了最后一个考场最后一位。

第一场考语文，苏唐周围的人大多写了个名字就趴下了，只有少数的人还在挣扎。

苏唐被整个考场昏昏欲睡的氛围搞得也有些困倦，过几天就是CIA设计比赛的报名了，要提交图纸和设计部分资料，还要上报进度，他每天都是做到后半夜，眼睛生疼了才去睡觉。

这会看卷子上的字都是花的。

苏唐勉强写完作文，放了笔，轻轻出了口气趴在了桌子上。

来这个考场监考的老师们都习以为常了，这帮学生睡觉还能安分一点儿，要是不让他们睡，小纸团就满天飞了，所以也没人管苏唐。监考老师收卷子的时候，也没把苏唐叫醒。

两场考试间隔时间不短，苏唐睡得正迷糊，就听见自己的桌子被人敲了两下。

他顶着睡红了的额头抬起头，看到面前站着个没见过的男生。

"你就是陈河新收的小兄弟？"那男生语言相当轻蔑，像是对陈河十分不屑一样。

苏唐被人吵醒，火已经顶到脑门儿了，听到这人这么嚣张地奚落陈河，更不爽了。

"你新转过来的不知道吧，陈河这人可是天煞孤星一样的人物啊，"那男生像是看不出苏唐不爽一样，自顾自地说着，"他克死了他妈，又克死了发小，连他爸都怕被他克，跑到海南去了，我奉劝你啊还是离他远一点儿，省得哪天横死才想起找他算账。"

"郝昊天，你胡说八道什么呢！"戴子同就在隔壁考场，受陈河叮嘱过来看一眼苏唐，省得这考场里有不三不四的人骚扰他，刚来就看到郝昊天在缠着苏唐。

"哟，戴子同来啦，我以为你脖子上拴着绳呢，天天跟陈河那么紧，"郝昊天一抬下巴，"你就是陈河身边一条哈巴狗嘛，对我大呼小叫的，陈河知道吗？"

"陈河会知道的。"苏唐开口。

郝昊天刚想说什么，衣领就被人拽住，只觉眼前一晃，额头就跟课桌来了个亲密接触，半边脸都摔麻了。

郝昊天号叫一声，手胡乱地扒着桌面，嘴里不干净地骂着。

"你知道我是谁吗！"郝昊天大叫着。

这会儿快考试了，教室里陆陆续续进来了些人，大家看见这一幕，都躲远了，生怕沾自己一身骚。

跟郝昊天关系好的人，这会儿还在上厕所呢，谁也没想到自家兄弟被人摁在桌面上摩擦。

"你爱谁谁，"苏唐垂眸看着郝昊天，沉声道，"离我远点。"

说完，他松了手。

郝昊天挣扎得太猛，因为惯性自己把自己摔了出去。

戴子同这才反应过来，陈河根本不是怕苏唐受欺负，他是怕有人骚扰苏唐被苏唐揍。

那天胖猪头姜浩的惨样还历历在目。当时就应该拍下来印发成册，刊名就叫《别惹苏唐》。

"你等着，小子，你等着！"郝昊天狼狈地从地上爬起来，指着苏唐。

戴子同在一边不知道是该拦着郝昊天让他别作死了，还是该拦着苏唐别打死郝昊天。

"考数学了啊，与考试无关的都收了啊，那边那几个，站着干吗呢，不考试出去啊！"监考老师进来，拿着装卷子的牛皮纸袋拍了拍讲桌。

戴子同得走了，他看了苏唐一眼，那人神色如常，一脸冷漠，应该没把郝昊天刚才的话放在心上。

下午考完，最后一个考场发生的事大家差不多都知道了。苏唐听着身边来来往往的人议论，才知道自己上午打了一个多么牛的人物。

他听着，眉头都皱起来了。

上午郝昊天出了那么大的丑，下午索性就没来。苏唐从楼上下来的时候，陈河正在一楼等他。

"上午你把昊天打了？"陈河一脸抑制不住的笑。

"他嘴贱，"苏唐说道，"没打，就让他闭嘴而已。"

陈河笑出声来："行啊，他横着走了两年了，头一回丢这么大人，下午考试没来估计就是回家跟他爸哭去了。"

"你们……"苏唐想问他们是不是有什么过节。

"我俩是发小，"陈河说着，收敛了笑容，像是想到什么似的，出了口气，"他，挺恨我的。"

苏唐没有窥探别人过往的癖好，可看到陈河眼里的光消散下去，他还是没收住疑问的眼神。

"关心我？"陈河看着他，笑了一下。

苏唐沉默一下，抬起手来，轻轻搭在陈河肩膀上。

"昊天说的那些，你怕不怕？"两人背对着夕阳往家的方向走着，影子被拉得又窄又长。

苏唐摇摇头，他不信那些。以前和苏莹到处采风，也了解过一些风水玄学，可他还是信事在人为，只要秉持一颗善良赤诚的心，那些所谓克父克母的说法，都是像郝昊天那样没有家教的臭小孩的恶意诋毁。

"我今天让戴子同去看看你，就是怕那个考场有人招惹你，戴子同那个废物……"陈河吸了一口气。郝昊天是郝峰的儿子，虽然他老子不可能来学校帮儿子出气，难保郝昊天不会来找苏唐算账。

但是今天苏唐是因为郝昊天说他的闲话才动手的，陈河虽然不支持，但还是有一点儿小感动的。自己冷冰冰的好同桌内心还是非常炙热，充满正义感的嘛。

"我不怕他。"苏唐说道。

"这不是你怕不怕的问题,"陈河正色道,"还是我之前和你说的,这里什么人都有,你待一年就走,没必要扯进这种烂事里来。"

走到苏唐家楼下,陈河把人拉住,又强调一遍。

"下次碰上,不许自己扛,有事找我,记得了吗?"

苏唐惊叹于海青一中的阅卷速度,一天考完试,晚上老师加班加点地就把分数都统计出来了,第二天就连光荣榜都贴在告示牌上了。

本来苏唐没打算去看告示牌,那里人多,反正最后都会知道成绩,没必要去挤。可刚要走过,不知道谁喊了一声:"陈河又是第一啊!"

什么,又是第一?苏唐脚下一顿,差点儿没摔倒。

他转过身,都不用挤进去看,因为陈河的名字高高地悬在榜首,文科第一,637。

陈河一脸邪笑的画面突然就在苏唐脑海中浮现,怪不得打赌的时候他那么得意。

一块儿来看成绩的三班同学看见苏唐,惊喜地凑过来:"苏唐,陈河是第一,你是第二哎,前三都是咱们班的!"

苏唐难得地冲同班同学笑了一下,要是陈河在这儿,冷汗都会出来。因为之前苏唐把酒瓶子抵在姜浩脖子上的时候,也是这种笑容。

第一第二对苏唐来说并不重要,重要的是陈河每天上课不是睡觉就是玩手机,晚上还在群里抄作业扯闲天,这样他都能考第一!陈河成功地激起了苏唐在学习上的胜负欲。

苏唐带着一身杀气走进了教室。

还没等他找到陈河,后背就被一只有力的大手拍了一下,苏唐下意识想要回击,见身后是一脸灿烂笑容的杜明,手在半空中顿住。

见苏唐突然伸出手来,杜明惊喜地抬手和苏唐用力击了一下,高兴地说:"第二啊,不错不错!"

刚才目睹了全程的陈河一下没忍住,被豆浆呛到,一边咳嗽一边笑,笑得苏唐额角青筋直跳。

"陈河也不错,今天没迟到啊!"杜明大声道,"快,第一第二都进教室吧!"

整整一上午，苏唐都没和陈河说话，两人的"三八线"不断地有货物往来。一会儿是陈河给苏唐买的早餐，是苏唐喜欢吃的酸黄瓜三明治，一会儿又是瓶装橙汁。课间回来，陈河又送来从小卖部买的夹心饼干和绿茶梅。

　　苏唐一开始没想搭理陈河，那些吃的他就堆在桌面上。结果，眼尖脾气大的英语老师一进来就看到了苏唐桌面上那一堆吃的，顿时就火了："来上课还是来野餐的啊？带上你那一堆吃的出去吃去！"

　　苏唐怒极反笑，也是有点饿了，真的拿了三明治和橙汁，然后看了陈河一眼，从后门出去。

　　陈河坐立难安，故意多往后门瞅了两眼，便也被赶了出来。

　　楼梯间里，苏唐正垫着英语书坐在楼梯上，腿上放着历史笔记本，一手拿着三明治，一手举着橙汁。

　　听见身后有脚步声，苏唐慢慢地把吃的放下。

　　"苏唐，你听我……"陈河的"解释"二字还没出口，就被人推到了墙上。

　　苏唐半眯着眼盯着他，两个人突然离得特别特别近。

　　"我不是有意瞒着你……"陈河解释道。

　　"你就是故意的。"

　　陈河被摁在墙上，身子站不稳，索性把手搭在苏唐肩膀上。本来是苏唐制着陈河，结果变成苏唐被陈河圈住。

　　苏唐羞赧之下，一手揪着陈河衣领，一手推开陈河搭在自己肩膀上的手，恶狠狠道："你敢背着我偷偷学习？"

　　那天之后苏唐就不理陈河了，陈河知道自己把人逗急了，便也不死乞白赖地去哄，就每天带个早饭，放学送人回家。

　　其实苏唐早就不生气了，虽然两个人的这种相处方式维持了几天，但就是有一种莫名的默契，不用说什么就明白对方在想什么。

　　周末，苏唐去文化产业园区给唐嘉昕小朋友上课，平时早早就坐在那里选临摹作品的唐嘉昕今天竟然迟到了，九点半了也不见人影。

　　苏唐问杨哲怎么回事，杨哲说他也不知道，给唐嘉昕妈妈打电话，也没人接。

苏唐想起自己也存了唐嘉昕的电话。

　　这是前一阵唐嘉昕软磨硬泡抢他手机存上的，她非要和他做朋友，说朋友都是要留电话的。

　　苏唐打过去，那边很快就挂了。

　　苏唐就又打了一个，半天，唐嘉昕才接起，哭唧唧的声音从电话里传出来，唐嘉昕像是受了天大的委屈，叫着苏唐的名字哭得巨难过。

　　"你在哪里？"苏唐问道。

　　"在……在海边……"唐嘉昕哽咽着。

　　苏唐皱起眉头，给陈河打了个电话。周末的大清早，陈河还在床上躺着，接了苏唐的电话，立马从床上蹦下来，吓了在厨房给他做饭的杜春晓一跳。

　　"干吗呢你，穿这么利索，不吃饭了？"杜春晓拿着炒勺过来问道。

　　"不吃了，你先吃，剩下的我回来吃，"陈河拎起外套，"苏唐的学生离家出走了，我帮着找找去。"

　　其实找唐嘉昕没费什么事，沿海一共就这么大的地方，开车从沿海公路过了没看见人，那就是在海边浴场了。

　　果然，和苏唐描述的非常接近，十二三岁的小姑娘，扎着马尾，穿着颜色鲜艳、样式繁杂的衣服。陈河一眼就看到了唐嘉昕，她把画架支在礁石上的栈道上，一边迎着海风哭，一边画画。

　　"哭了还吹风，一会儿脸就不好看了哦。"陈河递过来一包纸巾。

　　唐嘉昕泪眼汪汪的，愣了一下才接过去："谢谢你，好心人。"

　　陈河被女孩可怜巴巴的一句"好心人"逗笑了："我是你老师的同学，听说你离家出走，他很担心你，让我帮着来找你。"

　　"是小苏哥哥让你来找我的？"唐嘉昕眼睛亮起来，瞬间来了精神。

　　"对啊，"陈河点点头，"他说海边有吃人的大妖怪，专门吃离家出走的小孩，让我来保护你。"

　　唐嘉昕被陈河哄笑了："不可能，这就是你编的，小苏哥哥不会编故事！"

　　"就是，这么有趣的话也不是他能说出来的。"陈河点点头。他还不知道苏唐给郭曙梁讲的那个天命之子背负青龙的故事呢。

苏唐从开发区打车赶过来，到了就看到唐嘉昕和陈河有说有笑的，两个人别提多开心了，合着只有他一个人火急火燎地找人？

他走过来，表情严肃地看着唐嘉昕："你知不知道你这样很危险！"

"苏唐……"陈河碰碰他，让他别吓到唐嘉昕。

唐嘉昕刚还笑着的眉眼这会儿又耷拉下来："我错了嘛，小苏哥哥。"

苏唐看看陈河又看看唐嘉昕，缓和了一下神色，问道："你跑这里来做什么？"

"写生啊！"唐嘉昕挪开一步，向他们展示自己的写生作品。

"不错，好大一只蜗牛啊！"陈河赞扬道。

"这是远处的礁石！"唐嘉昕急道。

陈河有些尴尬地看了苏唐一眼。

苏唐扶额，说："她确实没到可以写生的地步。"

找到了唐嘉昕，苏唐就跟杨哲报了平安，听说杨哲还要联系她妈妈，唐嘉昕在一边头摇得跟拨浪鼓一样，手也拼命地摆着。

苏唐看唐嘉昕眼眶还是红红的，叹了口气，和电话那边说这节课带唐嘉昕写生，让杨哲放心。

挂了电话，苏唐抱着手臂看着唐嘉昕，问道："说吧，为什么不来上课？"

唐嘉昕支支吾吾也说不清楚，陈河直接收了画具，一边拉着一个，把俩人带到海边一家茶餐厅，说："咱们边吃边说行吗？大早清的都还饿着呢！"

于是，苏唐就点了一杯热茶坐在一边，看着陈河和唐嘉昕点了各种茶点，吃得起劲。

"哎，这个好吃，你多吃点！"

"谢谢陈河哥哥，这个糯米排骨也好吃！"

两个人吃得热火朝天，苏唐实在看不下去了，清了清嗓子。

"我都忘了你了，吃点什么啊，我给你点个肠粉尝尝？"陈河笑着，把热菜推过来。

"我看你脑子里装的都是肠粉，"苏唐瞪了陈河一眼，又去看吃得满嘴油光的唐嘉昕，有些头疼地递过去餐巾纸，"你把嘴擦擦。"

等唐嘉昕吃得差不多了，又喝了两口甜茶润嗓子，苏唐才知道她为什么"离家出走"。

"就是说，你父亲不让你画画了，所以你就离家出走了？"苏唐确认道。

唐嘉昕用力地点着头："他一直都不支持我画画，可是我真的喜欢啊，他今天非要带着我去见教小提琴的老师，然后我就跑出来了！"

苏唐出了口气，问道："那你妈妈呢？"

"我妈妈还不知道，我不是故意让你们担心的……"唐嘉昕垂着眉眼，有些内疚地说道。

"你人没事就行，赶紧给你妈妈报个平安，说你和小苏老师在一起，"陈河看女孩又一副要哭的表情，连忙安慰，"没什么事的。"

唐嘉昕看看苏唐，那人半天才嗯了一声。

唐嘉昕给妈妈报了平安之后，苏唐真的在海边找了个地方带唐嘉昕写生。

空旷的大礁石上，他们三个席地而坐，将整个海滨景色尽收眼底。

苏唐给唐嘉昕起了个稿，后面让她自己画。

唐嘉昕就一边画，一边和陈河聊天。

"你不是喜欢画画吗，为什么不请个老师呢？"陈河问道。

一直没说话的苏唐开口："你的意思是我教不了她？"

"没有，当然不是，怎么可能，"陈河三连否认，"她今天早上画的那蜗牛真的还挺不错的。"

"滚。"苏唐要踹陈河。

唐嘉昕看着他们闹，笑起来："哎呀，是我爸爸不同意嘛，但是我妈妈挺支持我的，觉得我有一个爱好也不错，正好文化园离她单位很近。"

"画画怎么了，你爸为什么不同意，耽误你学习了？"陈河问。

"才不是，我学习很好的，我是十七中的！"唐嘉昕提到自己的学习，有些小骄傲地扬扬下巴。

陈河和苏唐解释十七中是他们这儿的省重点初中。

"我也不知道为什么，我从小到大学过很多东西，唱歌跳舞乐器书法，唯独画画，爸爸特别反对，"唐嘉昕有些失落，指了指这些画材，

"在家我都把它们藏在我的床底下，不敢让爸爸发现。"

"这样啊，你爸估计是对画画有什么阴影，"陈河安慰道，"没事，那你就偷偷画呗，喜欢的事情还是要坚持的，没准哪天你爸爸就想开了、同意了呢！"

苏唐抿着嘴没说话。

他们在海边坐了一天，唐嘉昕的妈妈杨婕下班后，从开发区开车过来接她。

一辆白色的小轿车，是大多女士喜欢的那种车型，从驾驶座上下来一位穿着墨绿色洋装的中年女人，很漂亮，一身贵气，但举手投足很亲近，说话平易近人，见了苏唐，先向他道谢，麻烦他照顾唐嘉昕一天。

"妈妈，你看，我和你说了小苏哥哥很好看的，是不是？"唐嘉昕拉着妈妈的手，兴奋道，"你看我们长得是不是还有点像？"

杨婕的笑容僵了一下，看向苏唐，说："昕昕在家总提起你。"

"嗯，她也很可爱。"苏唐淡淡地说道。

"我在省博物馆工作，明天有一场演出，"杨婕从手包里拿出两张门票，"今天一天辛苦你了，这是演出票，欢迎你们来看。"

"小苏哥哥，你来吧，带着陈河哥哥一起，明天我们不上课，去看话剧！"唐嘉昕一脸期待地看着苏唐和陈河。

苏唐点了点头，把票接了过来："谢谢。"

"是我要谢谢你，昕昕这个小鬼头麻烦人得很，"杨婕笑笑，见苏唐他们收了门票，就牵着唐嘉昕准备离开，"那我们……明天见。"

杨婕上车前，又深深地看了苏唐一眼。

轿车驶出他们的视线，苏唐手里的门票被陈河抽走一张。

"你干吗？"苏唐要抢回来。

"拿门票啊，不是咱俩一人一张吗？"陈河说道。

"谁说我要和你一起去了？"

陈河把门票收好才说："苏小唐同学，你这样不太合适吧，我今天可是陪了你一天啊！这么快就翻脸？再说了，你不和我去你还要和谁一起去？"

"我和郭曙梁一起去！"苏唐说道。

陈河煞有介事地皱起眉头："你们两个不会真的……"

"去死吧你！"苏唐被他气得又想要打人。

陈河笑着接住苏唐的拳头，说："我陪了你一天你还要打我，真是农夫与蛇、东郭先生与狼、吕洞宾与狗、陈小河与苏小唐啊！"

"你说谁是狗？"

省博物馆就位于开发区文化产业园旁边，是按着港城的特色修建的一座水上博物馆。从寒武纪的显生宙至今设立了大大小小七个展馆。

苏唐和陈河从一楼逛到二楼，然后在二楼大平台上歇脚。

"你别说，我一个本地人，这也是第一次来逛博物馆。"陈河趴在栏杆上，指着远处有四层楼高的恐龙模型说道。

苏唐倒不是第一次，可和陈河一起，感觉总是不一样的。

看着光可鉴人的玻璃橱柜里映出来的两个人的身影，苏唐心里就毛毛的。身边的陈河，看向明亮灯光下的展品时，眼里像是盛着星光，看到好玩的，就弯着眼睛笑起来，招呼苏唐过去看。

有什么好东西都第一时间叫苏唐。

苏唐没遇到过像陈河这样的人。

"你怎么不理我啊，还生气呢？"陈河用手指戳了戳身边的苏唐，把脸凑到苏唐旁边，一副可怜兮兮的样子。

"没有。"苏唐有些不自然地否认。

"你分明就是嫉妒我学习好嘛，"陈河掐着嗓子说道，"这有什么，你要想学，我也可以教你，但你断不能让别人学了去。"

"你《红楼梦》看多了？"苏唐被恶心出一身鸡皮疙瘩，"怎么有你这样的人！"

"是啊，我就这样。"陈河晃晃脑袋。

"呵呵。"

话剧厅在博物馆西侧，从二楼进，是一个可以容纳千人的演出厅。

杨馆长给他们的票是前排，苏唐和陈河过去的时候，那里还空荡荡的，坐下没一会儿，就由博物馆的工作人员引进来了一堆男男女女，都是领导模样。

博物馆的工作人员简单为他们介绍了一下剧场的设计构造，而后请他们入座。杨馆长坐到了苏唐的旁边，唐嘉昕则在陈河旁边坐下。

"坐前排看得清些，"杨婕笑笑，她看着苏唐，讲话语气十分温柔，"因为今天和你还有你的同学一起来看话剧，昕昕昨晚都兴奋得睡不着觉。"

苏唐不知该回应些什么，杨婕对他有些过于热情了。但这位杨馆长又真的很温柔，听她讲话就有莫名的亲近感。

"谢谢您的票，"苏唐顿了一下，"我还没有看过话剧呢。"

"不用这么客气，你教昕昕画画辛苦了，"杨婕说道，"话剧还蛮有意思的，里面有几位演员是我同事，我以前是文工团的。"

"这样……"

"怪不得气质这样好。"苏唐和杨婕有一搭没一搭地聊天，陈河都听不下去了，伸过头来为苏唐解围。

直到灯光暗下来，苏唐才松了一口气，他不反感和杨婕聊天，可是绞尽脑汁去想如何回答的感觉真的有点累人。好在陈河刚才时不时就插两句嘴，也不算太尴尬。

这是根据一部文艺片改编的话剧，讲的是跨越时空相爱的故事，演员演得很动情，舞美也很吸引苏唐。

看着看着，苏唐就感觉自己肩头沉下来，他偏头去看，唐嘉昕整个人都歪在了陈河身上睡得香，陈河就把头靠在他的肩膀上，也像是睡着了一样。

怕杨婕看到这边睡了两个，苏唐调整了一下坐姿，费力地挡着他们。

陈河再醒过来的时候，看到还是男女主角深情对望，和自己睡着前看到的一样。他蹭了蹭嘴角，还靠在苏唐肩膀上，小声道："这俩人还在这儿呢，我还以为我睡着了呢。"

苏唐凉凉地看他一眼："你已经从第三场睡到第十场了。"

话剧结束后，杨婕还要陪来宾参观博物馆。道别后，杨婕带着来宾往展厅走，可目光却始终落在那个高挑的少年背影上。

"妈妈，你在看什么啊？"唐嘉昕往杨婕目光的方向看了一眼。

"没、没看什么，"杨婕扯扯嘴角，笑得多少有些不自然，她拉起女儿的手，"妈妈也觉得小苏老师很好。"

回了家，苏唐马上开始整理材料，今天是 CIA 比赛报名的日子，还有半个小时就开放报名通道了。

差不多到时间的时候，苏唐打开网址，却一直显示无网络。他发现手机也上不了网，把路由器重新开关几次也没有。这是在高层，他手机信号差得连消消乐都玩不了，这关键时候，他只好打电话给陈河。

"喂，我的租客同学，有何贵干？"那边懒洋洋地接起来，一副苏唐八成是有求于他的样子。

"Wi-Fi 坏了，我有急事。"苏唐言简意赅。

陈河啊了一声，又试了试自己家的网，也是信号很差，只好说道："行吧，你下楼，我给你找个信号特别好的地方。"

风云电竞馆。

"怎么样，这里的宽带可是我们这一片最牛的了，之前我们区的英雄联盟挑战赛都是在这儿举办的！你报个名而已，绰绰有余了。"陈河拍着胸脯说道。

苏唐哼了一声。

报名要用的时间还很久，所有资料上传完要一个小时，另外还要填很多的报名表，CIA 算是国际组织的比赛，有许多联合组织方，需要填写十几张表格。

苏唐以前不怎么玩电脑，小学时候微机课练金山打字也没学会盲打，这会儿沉重而缓慢地在键盘上敲着。

陈河看不下去了，把苏唐连人带沙发拉到旁边，又塞给他一堆零食，说："你一边吃一边说，我给你填。"

苏唐作品的构思和设计理念都是长篇大论的，可无论苏唐说得多快，陈河都能敲出来。有时候苏唐觉得不通顺的地方，陈河就主动给他换一种说法，两个人一起，效率高了很多。

报名表填完，就等着资料上传。

网吧楼下突然一阵骚动，有男女吵架的声音。

"逗死我了，你见过哪个网吧不让抽烟的？"

"那也是去吸烟区抽的啊！"

"老子每次都坐这儿的，你是新来的吧，妹妹！"

苏唐跟着陈河过去，看到楼下一个二十多岁的男人叼着烟，一脸挑衅地瞪着跟前的杜春晓。

"城子。"陈河从楼上下来，叫了一声。

"哟，小陈哥！"那男人立马变了副面孔，一见陈河来，立马迎了上去。

"怎么了？"陈河问杜春晓。

今天网吧的小妹父亲住院了，网吧没人盯着，陈河上午又要去博物馆，就拜托杜春晓了。

城子以为陈河在问他，立马说道："小陈哥，这妹妹新来的，我以前都坐这儿啊，她今天就不让我在这儿抽烟。"

陈河听了，笑了一下，拇指指了指杜春晓："城子，这是我姐。"

"啊，"城子愣了一下，"哎哟，小陈哥的姐姐啊，你看看这事闹的。姐，我这就去那啥，吸烟区，这个，姐，你别跟我一般见识啊！"

说着，他就点头哈腰地从他们跟前溜过。

"傻子。"杜春晓骂了一句。

"行了，都是熟人，你别严格得跟班主任似的行吗？"陈河安抚杜春晓，"再说了他们这帮人哪上过学啊！"

"我给你看这破网吧我还找气受，走了！"杜春晓从吧台拿了自己的包，看也不看陈河就走了。

"我姐，脾气大。"陈河笑笑。

苏唐点点头。

杜春晓走了，就只能陈河这个老板亲自盯着了，来上机的人一开始都大大咧咧地把钱甩吧台上，往里一看是陈河，立马恭恭敬敬地把钱递过去。还有那些在座位上叫饮料泡面的人，看到是陈河在送，一会儿就都自己过来了。

苏唐坐在陈河旁边，看着这情景，觉得很神奇。

"怎么了？"陈河玩着扫雷，偏头看苏唐。

"就是觉得，你要是不上学，也能混得很好。"苏唐说道。

陈河笑起来："没想到吧，我们混混现在对学历也有要求了。"

"我没说你是混混。"苏唐想起自己之前觉得陈河是个爱披着校服的虚荣的混混就觉得自己蠢。

"是，我这是自己说呢，我们混混现在要求学历都得是本科，有条件的考个研读个博，以后分配工作都有好处。本科毕业的去老城区混，研究生可以去开发区，博士可以医院、公检法司的随便挑，整个市都是他的地盘。"

陈河说得头头是道。

苏唐没话说了，想起自己还欠陈河一个要求。

"先欠着吧，我还没想好，"陈河说着，偏头看苏唐，"酥糖同学，我不是故意耍你的。"

"嗯，"苏唐面无表情地点点头，"你怎么学习这么好的？"

"小时候嘛，不懂事想混社会当大哥，被我爸揍得放弃了梦想，长大了懂事了，就自然而然地好好学习了呗，我又不傻。"陈河摊摊手。

十岁那年，他吵着要妈妈，陈天游就答应他考到年级第一就让他见妈妈。后来陈河就一直努力，到了初中才终于考了一回年级第一。

那天，陈天游在家摆了一桌火锅，把妻子的照片摆在身边，碗筷也放上，一家三口算吃了顿饭。

那之后，陈河成绩就一直都很好。

苏唐听着，鼻头有些发酸，把脸别过去。

周一的早上，陈河没有在小区门口遇到苏唐，他买了两份早餐去学校，教室里的同学们正在早读，他刚坐下，郭曙梁就扭过头来。

"怎么是你？"郭曙梁脸上的表情从兴奋转变成失望。

"不然是谁？"陈河把早餐放到苏唐书桌里。

"苏唐啊！"郭曙梁说道。

"天天就知道苏唐苏唐的，你为什么这么关心他？"陈河不爽郭曙梁对自己的同桌过度关心，踹了一脚他的椅子，让他把头扭回去。

刚打发走了郭曙梁，老杜从后门进来，也是一脸惊奇地说："哟，今天你来得早啊！"

陈河平时没什么时间观念，以往他来的时候苏唐一定已经在教室了。他抬头看了眼时间，现在已经快七点了。

"苏唐今天迟到了啊，你们没一起来？"杜明问道。

陈河摇摇头。

苏唐昨天报名的那个比赛，需要各种资料，非常烦琐，光是报名就那么麻烦，作品肯定更难做，苏唐是不是又熬夜做东西睡过头了？

陈河给苏唐打了几个电话都没人接。

第一节课还没上课，陈河就从教室后门溜走了。

陈河回了自己家拿了苏唐租的那间房子的防盗门钥匙，然后跑到了苏唐家门口，敲了半天门也没人开门，他只能掏出钥匙，开门进去。

刚开门，陈河就愣在门口，这地板上比他上次来的时候又多了很多东西，他是真的没地落脚。

"苏唐？"他在门口看见卧室门没关，就这么叫了一声，屋里仍没有动静。

陈河生怕踩到苏唐的纸雕，脱了鞋，小心翼翼地从纸雕间隙中通过，来到了苏唐的卧室门口。

双人床上白色的被子被人裹在身上，整个缩成了一团，像只蚕宝宝一样。陈河没忍住，掏出手机拍了一张。

绕到床前才能看到苏唐露出来的小脑袋，陈河看他脸颊发红，手下意识就贴了上去，感觉到他体温有些高。

"苏唐，醒醒……"

半梦半醒间，苏唐听见有人在很远很远的地方叫他。他感觉身上一会儿冷一会儿热的，身上的皮肉还带着隐隐刺痛。

苏唐不知道自己在哪里，只是闻到身边有一股熟悉的味道，身上的不适也缓解了一点儿。

额头和脸侧触到了冰凉的毛巾，苏唐费力地挣扎着醒过来，感觉有人摸向了自己脖颈，他下意识地偏头咬了过去。

陈河看苏唐从脸颊一直红到脖颈，想着先给他擦擦凉水让他舒服一点，谁知道刚擦到脖子，苏唐醒来一口就咬住了陈河的大拇指。

"苏唐！松口！是我！"陈河疼得倒吸一口凉气，他没想到苏唐都发烧成这样了，还有这么惊人的咬合力。

陈河说着，用另一只手去捏苏唐的鼻子，再咬下去就见血了。

被捏住鼻子的苏唐很快就松了嘴，这么一弄也清醒了过来，他看清是陈河，眉头皱了起来："你怎么进来的，你没踩到我的东西吧？"

"你说客厅那一地的雷？放心吧，我小心着呢。"陈河把湿毛巾放到苏唐额头上，才看了看自己的大拇指，一圈发紫的牙印。

看着苏唐一口白牙圆润齐整，咬人是真狠啊。

苏唐也看到了自己的"杰作"，有些不好意思地别开目光："我不知道是你……"

"没事，一会儿就消下去了。"陈河甩甩手，从床边站了起来，"你有点发烧，我得去给你弄个体温计，你等我一下啊。"

苏唐没有备着药品的意识，陈河得回自己家去拿医药箱。

听到玄关传来的关门声，苏唐才呼出了一口气，他把手从被子里伸出来，按着搭在自己额头上浸了凉水的湿毛巾，往床边看过去。

床边的抱枕还有被人压过的凹陷，刚才陈河就是跪坐在这儿给他擦额头的？陈河在这儿守了很久了吗？

之前他听到有人叫他的名字，以及让他心安的气息，通通来自陈河。

苏唐胸口突然没来由地有了几分紧张。

他固执地把这一切都归结于他发烧了的生理反应。

可当他看到陈河又夹带着外面的风回来的时候，之前做的所有心理建设都功亏一篑了。在遇到陈河之前，他不知道原来有人可以带给他这么这么多的温暖。

陈河带回来了一个小号的医药箱，还有一碗黄澄澄的小米粥。

"喏，夹住了啊。"陈河把电子温度计递进苏唐的被窝里，让他夹在腋下，"我看你被子裹得挺严实的啊，怎么发烧了？"

"可能这几天睡得有点晚。"比赛在即，苏唐之前耽误了很多时间，所以晚上熬夜赶做纸雕版水镇。

陈河啧了一声，往客厅看了一眼，说："你可是身子刚好一点儿，不能这么折腾。"

换作别人，苏唐可能就不说话了，用沉默表达"别管我"的意思。可面对陈河，他一点儿拒绝的话都说不出来，生怕自己的冷漠把人赶走。

"怎么不说话，烧傻了？"陈河看着他。

滴滴滴……温度计及时地响起来，陈河把温度计拿出来，38.7℃。

"先吃点东西，"陈河把小米粥递给苏唐，"我去给你冲退烧药。"

还有些烫手的餐盒被塞到苏唐手里，他默默地坐起来，靠着墙，正对着门口，可以看到陈河在厨房冲刷水杯，然后接开水冲药的背影。

　　苏唐不是容易生病的人，尤其是练了格斗之后，虽然看着文文弱弱的，但身体素质还是比较好的。而且在苏唐稍微有点自理能力之后，苏萤也不怎么照顾他了，没给他做过饭，更没给他冲过药。

　　看着陈河脱了校服外套，穿着黑色的卫衣，宽肩窄腰的精瘦背影，苏唐心里有些感动。

　　这是他从来不敢想的待遇。

　　陈河给他了。

　　是那种，自然，不刻意，让苏唐不舍得也不敢拒绝的好。

　　陈河冲好了药，一边摇着杯子一边走过来，看着苏唐坐起来了，笑了笑："粥还烫吗？尝尝好喝吗？粥店的阿姨刚熬出来的。"

　　苏唐这才有些慌乱地低下头去，用力地打开餐盒盖子，低头喝了一小口。

　　没有放糖，但里面有南瓜，不像白砂糖那么甜腻，带着一股清甜，好喝。

　　"眼睛怎么红了，特别难受吗？要不，去楼下社区医院吊个针？"陈河凑过来，仔细地看着苏唐，生怕苏唐哪里不舒服又憋着不说。

　　"没有，不是……"苏唐顿了顿，"是被热气熏的。"

　　陈河嗯了一声，把水杯放在床头："那你先喝点粥，喝完再把药喝了，喝了退烧药捂着被子睡一觉，发发汗再看，没准醒了就退烧了。"

　　"那你呢？"苏唐没忍住，问了出来。

　　"我？"陈河弯腰把苏唐堆在地毯上的衣服捡起来，"帮你收拾收拾屋子。"

　　苏唐睡觉轻，有一点儿动静都睡不着，可这回不知道怎么，喝了退烧药再躺下，听着阳台传来的洗衣机工作的声音，入睡好快。

　　再醒来的时候，外面已经没有声音了，苏唐有些失望地睁开眼，蹭了蹭自己脸上的汗，退烧了。

　　他光着脚踩在地板上，卧室已经被收拾整洁，没有脏衣服，就连书桌上的图纸和习题册都被摆放整齐。苏唐从衣柜里拿出一件衬衫，把被汗浸透了的睡衣换下来。

　　这件衬衫版型肥大，后衣摆有些飘的感觉，刚好盖到苏唐大腿，他就这样，出了卧室。

客厅落地窗的窗帘被拉开，午后的阳光洒进来，落在满地的纸雕和工具材料上。在阳台的沙发床上，背着光，躺着一个盖着校服睡着的少年。

苏唐一时间愣在原地，不知道是该回房间穿戴整齐再出来，还是要先为看到陈河还在这里而惊喜。

脚下的地板吱呀声响弄醒了陈河。

陈河看到苏唐只穿了一件衬衫，两人对视片刻，陈河像是想起来什么似的，猛地从沙发上起身，径直向苏唐走过来。苏唐退无可退的，被陈河用沙发上的毯子裹起来，推回了床上。

"刚发了汗就穿这么点出来？"陈河有些严厉地拿体温计点了点苏唐鼻头，训斥道。

苏唐知道自己退烧了，可脸还红着，就把头缩在毯子里，闷声道："让我看看你的手……"

陈河不想让他看，可苏唐坚持，陈河没办法，把手伸过去，那一圈牙印比之前更紫了。

"真没事，都没破皮。"陈河安慰他。

可苏唐心里酸酸的，他缩进毯子里，小声地问陈河："为什么对我这么好？"

陈河愣了，有些不自然地别过头去咳了一下。

"想和你交朋友呗。"

第八章
想和你做朋友

半晌。

"我没事了，你可以走了。"苏唐声音闷闷地从毯子里传出来。

陈河张张嘴，还想说什么，又说不出来。他低头无声地苦笑一下，从地上拎起医药箱："那，我就先走了，药给你留下，就放餐桌上，我微信提醒你吃。"

"嗯，"苏唐看也不看他，"今天麻烦你了。"

不知为什么，苏唐的语气冷漠得让陈河有些心慌，像是一下子回到了他们还不认识的时候。

陈河还有些不放心，站在卧室门口看着缩成一团的苏唐，又嘱咐一句："退烧了也多穿点，马上要降温了，没来暖气的时候你多穿点。"

苏唐没有回应他。

陈河在那里又站了一会儿，才离开。

听到防盗门沉沉地关上，苏唐猛地从被子里坐起来，大口大口地喘着气。

昨天说话没过大脑，在微信上确认了苏唐会来上学后，陈河还是有点忐忑。

他刚把自己在苏唐心目中的混混形象抹除得差不多，可别再功亏一篑。

可当陈河拎着两份早餐到教室的时候，苏唐已经坐在了那里，面色如常地啃着烤面包，桌角还摆着两瓶乳酸菌。陈河想起刘克洲、蓝多多他们喜欢喝这个。

"我买了餐包和玉米汁，你饿了吃吧。"陈河说着，把早餐放到苏唐桌子上。

苏唐啃面包的动作顿了一下，然后轻轻地点了点头。

"哪个是给我的？"陈河指了指乳酸菌。

苏唐看了他一眼，眉头皱了一下，直接把两瓶都拿过来，放到陈河桌子上。

听到动静，郭曙梁从前面扭头过来，看到那两瓶乳酸菌都在陈河桌面上，叫了一声："不是吧，陈河，你连洲洲他们给苏唐的饮料都抢？"

"无事献殷勤，用不着他们给。"陈河翻了个白眼，把那两瓶饮料收起来。

"这是他们听说苏唐病了给苏唐带的，你一瓶也不给苏唐留？"郭曙梁瞪大了眼睛，宛如苏唐权益小卫士。

陈河哼了哼："锦上添花，昨天是我……"他话说一半，反应过来苏唐可能不想让别人知道，就憋了回去。果然，苏唐听了他的话头，正直勾勾地盯着他。

早读的时候，杜明也在后面问候了苏唐半天，还拿了苏唐的水杯去办公室给苏唐接了一大杯开水，嘱咐苏唐天冷了，得多喝热水。

上课的时候，苏唐拧开瓶口就被热气熏了一脸，他吹了半天，才试探地喝了一小口，然后被烫得一激灵，愤愤地把水杯放下。

陈河见了，把自己装着温水的保温杯推了过去。

苏唐愣了一下："不用。"

苏唐平时也不跟他客气，两个人也不是没拿一个瓶子喝过水，陈河以为苏唐被烫了一下不想喝水了，也就没在意，把自己的杯子留在了苏唐桌子上。

课间跑操回来，陈河发现自己的水瓶位置没动。

他挑挑眉毛，把苏唐杯子里的开水倒进自己杯子里，再从自己杯子里倒进苏唐杯子里，直到苏唐的水杯不再冒腾腾热气才停下来。

陈河刚把苏唐的杯子放回去，苏唐就回来了。

苏唐是被刘克洲他们几个簇拥着进来的，陈河看到后眉头不自觉地皱了起来。

"苏唐，那就这么说定了啊，我的地理就拜托你了，再不及格我都想去学理了！"刘克洲夸张地说着，双手合十。

"说定什么？"陈河见他们过来，皱着眉头问道。

"学习小组。"苏唐淡淡地说道。

"对，我、蓝多多、轻轻、戴子同和徐灿阳，加上苏唐，我们一起组了一个学习小组！"刘克洲兴奋道，"有苏唐在，下次地理我一定能及格！"

"你们六个？"陈河不知道怎么，自己的三个兄弟和苏唐走得更近了，他心里酸酸的。

"是啊，"刘克洲点点头，全然不觉得有什么不对，"我们六个。"

"我也加入。"陈河说道。

"不行。"苏唐马上拒绝。

陈河不可置信地看向苏唐。

苏唐面无表情地看着他，又重复了一遍："不行。"

"为什么？"陈河要个说法。

刘克洲啧了一声："当然是为了苏唐第一的大业啊，我们几个一起学习，互帮互助，苏唐早晚把你从年级第一踹下来。"

"滚蛋，"陈河作势要打刘克洲，把人赶跑，又回来缠住苏唐，"为什么不和我组学习小组啊，我也可以和你互帮互助啊，你要想考第一我……"

苏唐刀子一样的目光扫过来。

陈河喉头滚动："你要想考第一我也支持你！"

苏唐轻轻地哼了一声，坐正了身子不再看陈河，他是在有意地疏远陈河。

再次试探开水烫不烫嘴的时候，苏唐发现自己杯子里滚烫的热水被兑成了温水。苏唐下意识地往身边看去，陈河正在低头玩着三消小游戏。感觉到苏唐在看他，陈河抬起头，露出一个终于被注意到了的灿烂笑脸。

苏唐脸红了一下，忙不迭地把身子背过去。

陈河以为自己和苏唐为期三节课的冷战就此止住了，然而苏唐课间就被刘克洲和蓝多多拿着练习册围住，让他讲题。

蓝多多毕竟是女生，陈河抿着嘴没话说，结果刘克洲这厮仗着自己瘦，直接挤到陈河和苏唐中间来，就差坐到陈河大腿上了。

"我是不是还得给你让个座啊？"陈河语气不善地问道。

刘克洲人精一样，装作听不懂的样子，笑了笑："谢谢！"

陈河愤然起身，把刘克洲摁到自己座位上，压低了声音说道："你坐好了。"

苏唐正给蓝多多讲题，余光瞟着陈河出了教室，顿了一下，继续讲。

徐灿阳和戴子同正在外面放风，见陈河出来，都笑着揶揄他，终于肯从苏唐身边离开了。

"刘克洲抽风就算了，你们跟着凑什么热闹？"陈河有些不爽地看着他们。

"差生也有权学习啊。"戴子同摊开手，十分无辜。

陈河拽住他的手腕，冷冷地说："滚你的，怎么没见你跟我学习过，苏唐来了你就热爱学习了，他这么大魅力？"

"他有多大魅力你比我们清楚啊，"徐灿阳在一边凉凉地说道，"苏唐来了之后你跟我们俩每天说的话不超过二十句。"

陈河被这俩傻子气得不轻，大声说："刘克洲有多话痨你们心里没数吗？再说了，我说的是你们为什么不和我组学习小组的事！"

戴子同有些同情地拍了拍陈河肩膀："河儿，不是我们不找你，你难道忘了一年级的时候你教我俩汉语拼音，最后被气得躺床上喘粗气的事了？"

陈河还真忘了。

这一整天，郭曙梁都感觉后面气压特别低，每次回头，陈河都黑着一张脸。他也不太明白为什么，不就是刘克洲、蓝多多、付轻轻他们几个轮流找苏唐问问题嘛！

好不容易熬到放学，陈河以为他可以和苏唐回家了，结果徐灿阳这个全班放学积极选手竟然拿着练习册过来，坐在刚刚起身的陈河的位置上，给苏唐指了一道题。

一道非常简单但徐灿阳算出来的答案非常离谱的数学题。

苏唐一边收拾自己的东西，一边给徐灿阳讲着。讲了两遍，徐灿阳还是没听明白。

"阳阳，算了，数学这种东西，不会就是不会。"陈河好心劝道。

"那不行，身为小苏老师的组员，我怎么可以轻言放弃！"徐灿阳毅然决然地说道，"小苏老师再给我讲一遍吧。"

陈河额角青筋跳了跳，在苏唐开口要讲第三遍的时候，陈河的手搭在了徐灿阳肩头，俯身到徐灿阳耳边，一字一顿道："小苏老师要回家了，我来给你讲一遍。"

陈河有些瘆人的语气，加上逐渐用力的手掌，都让徐灿阳清楚地意识到，自己如果第三遍还听不明白，那可能就是自己人生听的最后一遍了。

苏唐也看出来徐灿阳和戴子同是故意气陈河的，便收拾好书包准备出教室。

陈河见苏唐要走，就加快了讲题速度，用非常迅速但清晰的思路给徐灿阳讲完了这道题。

"听懂了吗？"陈河问道。

徐灿阳忍着肩膀剧痛，含泪点头。

"很好。"陈河咬着牙放了他，拎起书包追了出去。

苏唐走到学校门口的时候，陈河从后面追了上来，并肩和他一起走着。

两个人谁也没说话。

进了小区，陈河犹豫的工夫，苏唐就已经走出去几米，陈河看着苏唐的背影，没追上去。

回了家，杜春晓正在做饭。

"姐……"陈河有气无力地把书包甩到沙发上，然后是校服外套，最后是他自己。

杜春晓从厨房出来，看着自己刚收拾整洁的沙发在陈河回来的瞬间凌乱了，刚想嚷他，又看陈河神情有些丧气，撇了撇嘴："你怎么啦？"

"苏……"陈河挡住脸，小学的时候他就不会因为谁不理谁这种事难过了，如果现在说"苏唐不理我了"会不会太丢人。

"矫情，"杜春晓看他不说，转身回了厨房，"洗洗手准备吃饭了啊，吃饭之前把你衣服和书包都拿屋里去，我刚收拾好的沙发。"

杜春晓是处女座的，都说这星座有洁癖、强迫症，但陈河觉得杜春晓这样的就是单纯看不得别人脏乱。

他"有幸"去过杜春晓的出租屋，怎么说呢，杜春晓是干模特的，有时候也接网拍，各式各样的衣服首饰满屋子都是，和苏唐那一地板的纸雕有得一拼。

回头应该介绍他俩认识一下，交流一下在自己家埋雷的心得。就他们那种摆法，扫雷里面绝对是炼狱级别的，九千九百九十九颗雷跟一格安全区。

见识过太多次杜春晓的狮吼功，陈河在沙发上瘫了一会儿，听到电饭煲的滴滴声，就从沙发上弹起来，带着自己的校服外套和书包回了房间，然后洗了手在餐桌旁坐下。

虽然杜春晓是喜欢陈天游才经常往陈河这儿跑的，但她也只是把陈河当自己弟弟来疼爱。她没读过多少书，以为陈河次次考第一学习一定很累，每次来做饭都是荤素搭配着，动辄黑椒牛柳、五花肉、黄焖鸡一类的硬菜。

这回杜春晓把饭菜摆好后，自己却坐到一边去了。

"姐，你做这么多你不吃啊？"陈河拿着筷子问道。

杜春晓捏了捏自己有些发松的腹部："我过一阵要拍内衣广告，不能吃东西。"

"你都这么瘦了，"陈河嘟囔着，"陈哥知道了肯定说你。"

杜春晓听了冷笑一声："他才不在乎我呢，都为了躲我跑到海南去了，还管我减不减肥？"

陈河轻轻叹了口气，没说话。

陈河知道陈天游心里把他妈放在顶高的位置，独一无二的那种，但是这么多年，杜春晓怎么照顾他们这个家的，陈天游心里也明镜似的。

杜春晓觉得陈天游是躲到海南去了，陈河倒是觉得他爸就是想找个地好好想想。杜春晓年轻漂亮，对陈河也好，陈天游应该是觉得杜春晓该跟更值得的人在一起。

可说到底，陈河觉得陈天游也动心了。

这段时间陈天游跑生意，爷俩儿也没怎么好好聊过，陈河想等过年的时候，陈天游回家，再跟他好好谈谈。

"这么多菜，你不吃，我能打包给别人带点吗？"陈河问道。今天杜春晓烧了一条鲈鱼，苏唐应该爱吃。

"随便你，"杜春晓说着，站起来绕过餐桌去厨房，"我给你刷个饭盒出来。"

苏唐写完作业，肚子里就空荡荡的了。他拉开橱柜，看到里面明晃晃地躺着两包方便面，就又把柜门关上了。

包里还有陈河早上给他买的玉米汁，他喝了一口，本来甜滋滋的玉米汁凉了之后就有点发苦，他撇了撇嘴，把玉米汁扔到一边，心里骂了陈河一句。

陈河其实也没做错什么，可苏唐心里就是不舒服。

突然，门口传来一声打喷嚏的声音，苏唐猛地站起，这声音有点熟悉……

紧接着，门被人敲响。

为了假装自己不是第一时间就到了门口，苏唐等了一会儿才把门拉开。

陈河站在门口，手里还提着一个不锈钢的饭盒。

"吃饭了吗？"陈河一边换鞋一边问道。

苏唐闻到了饭菜的香气，还没等他开口回答，肚子就轻轻地叫了两声。

陈河自然听见了，笑了笑，把饭盒放到餐桌上："我姐今天晚上做的鱼，她减肥呢，我吃不完，就给你也带过来一份。她爸是厨子，手艺相当好，尝尝？"

苏唐其实不是很喜欢吃鱼，小时候苏萤不管他，他吃鱼被鱼刺卡过好几回，后来就有点阴影了。长大后，除了清江鱼、罗非鱼这样没小刺的鱼他才吃两口，别的鲤鱼草鱼他一概不吃。

打开饭盒，是红烧海鲈鱼，这鱼本来就刺少，陈河打包的时候，还细心地把刺都挑了出去。

苏唐看了陈河一眼，那人正好递了筷子过来，还有些期待地看着他。

苏唐被香气勾着，说了句"谢了"，就接过筷子吃了起来。

这是他第一次吃陈河姐姐做的菜，很好吃，比他来这里这几个月吃的任何东西都要好吃。

苏唐感觉鼻子有点发酸，他吸了吸鼻子，把头埋得更低。

陈河看出苏唐情绪不太对，也没说什么，接了一杯水放到苏唐手边，然后就坐到沙发上去了。

苏唐一口接一口地吃着，吃完已经九点多了，他放下筷子，轻轻地出了一口气。

"好吃吗？"陈河过来收拾，看饭盒里除了米饭还剩了很多，菜都吃得差不多了，尤其是那三分之二条鱼，苏唐都吃完了。

"好吃。"苏唐点点头，端着杯子喝了口水。

"明天直接去我家吃完晚饭再回来吧，"陈河顺势邀请道，"我姐还会做红烧肉跟黄焖鸡，也特别好吃。"

苏唐愣了愣，抿着嘴，没说话。

陈河有些无辜又委屈的脸突然凑然过来，苏唐想躲开，却被陈河拽住："你都一天没好好和我说话了。"

陈河可怜巴巴的声音让苏唐心尖颤了颤。

"你……装什么可怜……"苏唐故作镇定道。

"我就是可怜，我的同桌一天都不理我，分明是厌烦我了！"

"我……"苏唐想推开陈河的手，却又顿住了，嘴里呢喃着，"我没有。"

陈河也懂见好就收，有些惊喜地抬起头："真的？"

"嗯，真的。"看到陈河变脸如此之快，苏唐愣了一下，突然笑了。

就在陈河也笑了两声之后，他就被人掀在地上，苏唐的拳头离他的鼻梁只有两厘米的距离。

被人摁在地上这么剑拔弩张的时刻，陈河反而笑得更自然了，他抬手枕在脑袋后面，冲苏唐抬抬下巴，像是在挑衅。

骑在陈河身上的苏唐眉头轻蹙，半天，苏唐从陈河身上起来，又踢了踢陈河："滚起来，地上凉。"

陈河听了，立马起来蹲在苏唐身前，问道："写完作业了吗？"

"写完了。"苏唐道。

陈河点点头："那早点睡吧，你刚发过烧，得保证充足的睡眠。"

苏唐摇摇头，说道："睡不着。"

他的纸雕水镇做得差不多了，也到了收尾阶段，等出了赛事流程后就要开始打包装箱。熬了那么多天，现在叫苏唐早睡他确实睡不着，而且刚还吃了那么多东西。

"纸雕做完了？"陈河看苏唐家的地板确实干净了一点点，应该是他昨天走了之后苏唐起来收拾的。

苏唐点点头。

"那走吧，"陈河说着，拉着苏唐去了卧室，从他衣柜里拿出一件比较厚的连帽衫，"换上，晚上冷，我带你去玩一会儿。"

这时已经快十点了，小区里十分安静，只有几家有小孩哭闹的声音。苏唐站在橘黄的路灯光下，看着一辆亮着白光车灯的摩托车从地下车库驶出来。

"接着！"陈河抛过来一个头盔。

苏唐把外套往上拉了拉，然后把头盔戴上。他没想到陈河有一辆这么炫酷的摩托车，有些新奇地跨坐上去，手扶住了座椅。

陈河在前面笑了一下，拧了两圈车把，摩托车便飞驰出去。夜晚街道上行人车辆稀少，陈河骑得快，耳边的风呼呼地吹过，苏唐听见陈河在前面大声地喊着："坐稳了，哥带你飞——"

清白的月亮就悬在海平面上，他们从海滨大道上驶过，就像飞过了月亮一般，他们的影子都被甩在了后面。

在外面疯了一圈，陈河把车又开回地下车库，然后和苏唐走出只有安全通道指示牌闪着幽幽绿光的昏暗的地下停车场。

走到苏唐住的楼下，苏唐才有些缓过神来，刚才的风很大，吹得他发蒙。

"怎么了？"陈河回头看他，抬手在他眼前晃了晃，"你到家了。"

苏唐把衣领往下扯了扯，呼了一口气。

"要是喜欢，以后还带你玩。"陈河笑道。

苏唐看着陈河一笑起来就眯着的眼睛，咬了咬嘴唇："嗯……"

"行了，回去喝点热水，好好睡一觉。"陈河拍了拍苏唐的肩。

苏唐点点头："晚安。"

陈河笑着走了两步，又转身冲他挥挥手："晚安，明天见。"

在苏唐的过往里，他每一天都过得没什么差别，直到认识陈河，才开始期待明天。

周末很快就到了，苏唐到工作室时，杨哲他们正在一楼工作间里拿焊枪做着什么。

"这是小天参加 CIA 的作品，每次都是焊接的时候出问题，这都是第三遍返工了！"杨哲从闷热的小隔间里骂骂咧咧地出来，深秋还穿着短袖，却是满头大汗。

"嗯。"苏唐看过小天的作品，后现代风格。

杨哲抹了一把额头上的汗，问道："你怎么样，你前一阵不是也报名了吗？"

"马上就要完成了，组装起来就可以了，"苏唐说道，"准备了很久，没什么问题。"

"行啊，你比小天强，"杨哲往小隔间里看了一眼，那个叫小天的瘦小男人蹲在里面，一脸的颓然，"你看看他，一个工作室的人帮他操心，这作品我都给他做了快一半了，他自己一点儿都不上心！"

杨哲比小天大，说小天也是带着点恨铁不成钢的意味。苏唐和小天不熟，也没有背后议论别人的习惯，只是颔首表示自己听到了。

"小苏哥哥！"身后突然传来一个清亮的女孩声音。苏唐回身，看到唐嘉昕今天没穿裙子，而是穿了一条灰绿色的背带裤，朝他跑过来。

"哟，小祖宗来啦！"杨哲笑着跟唐嘉昕打招呼。

"杨叔叔好！"唐嘉昕心情很好的样子，也主动和杨哲打了招呼。

"哎，好，"杨哲哈哈笑起来，"你叫小苏哥哥，叫我叔叔，那小苏也得管我叫叔叔了呗！"

唐嘉昕不和杨哲耍贫嘴，推着苏唐就往楼上走。

"今天画什么？"唐嘉昕问。

"我画水镇风景，你随意。"苏唐被唐嘉昕推着后腰，倒也没说什么，上楼的时候就把小姑娘从自己身后拽到前面去，让唐嘉昕先上楼。

唐嘉昕往上跑了两步，又回过头来看苏唐，说："那我和你画一样的！"

平时周末的中午，唐嘉昕和苏唐都是和工作室的人一起吃饭，要么在一楼的小厨房自己做，要么就是点外卖。今天也不知道是杨婕工作不忙的原因还是什么，还没到下课的时间，她就来到了三楼画室，站在门口往里望。

苏唐正给唐嘉昕改画，突然听见唐嘉昕叫了一声："妈妈来啦。"

杨婕看到画室里的女儿和苏唐都看到了她，也就走了进去。

杨婕是个很漂亮的女人，和她从事的职业也有关系，是那种温柔娴静的美，美得很内敛没有攻击性。她今天穿了一条蓝黑色的长裙，卷发低低地梳着，更加的温柔而有气场。

唐嘉昕和杨婕脸形和嘴巴很像，都是圆润漂亮的鹅蛋脸和唇珠饱满的嘴唇。

杨婕搬过一把椅子在苏唐和唐嘉昕的画架旁坐下，和苏唐打过招呼后就欣赏起两个人的画作。

"这是……"看到画架上画的是同一风景的油画，杨婕愣了愣，神情不像刚进来时那么淡定，"小苏，这是哪里？"

"是我家乡，盼妆水镇。"苏唐说道。

"盼妆水镇？是江苏那个？"杨婕声音有些发颤。

苏唐听出来了，回头看了杨婕一眼，而后点点头。

杨婕也意识到自己过于不自然，忙别过头去："没什么，就是觉得风景很好，所以问一下。"

苏唐点点头，继续帮唐嘉昕改画。

"妈妈，我觉得这是我今年画得最好看的一幅画了，"唐嘉昕搂住杨婕的脖子，向妈妈撒娇，"你帮我找铺子裱起来，我想挂在我的卧室，好不好？"

杨婕抿着嘴，半天才点点头："好，等下午画完，妈妈就拿去给你装裱。"

杨婕又坐了一会儿，差不多到了下课时间，苏唐才把笔和刮刀放下，对唐嘉昕说："可以下课了，下午别迟到。"他心想，杨婕来画室，可能是来接唐嘉昕去吃午饭的吧。

苏唐没想错，但是杨婕不只是来接唐嘉昕的。

杨婕问道："小苏老师中午有安排吗，没有的话，阿姨想请你吃个饭，方便吗？"

苏唐正犹豫着，唐嘉昕就马上过来拉苏唐："去嘛去嘛，我想你和我们一起去吃饭！"

苏唐被唐嘉昕缠着，有些无奈地抬头看向杨婕，她就在那里微笑着，纵容着唐嘉昕的死缠烂打。

苏唐叹了口气，拉住唐嘉昕让她别晃了："好，一起。"

杨婕带他们去了一家蒸气海鲜餐厅，这家店里无论是海鲜，还是蔬菜肉类，都是用蒸锅烹饪的，吃的时候沾上调制的酱料，味道保留得很好，很醇厚。

只是苏唐可怜的胃吃不了太多海鲜，杨婕注意到苏唐夹蔬菜菌菇比较多，就叫来服务员，上了一道蒸蛋。

"小苏是肠胃不太好还是海鲜过敏啊？"杨婕问道。

"吃不太惯，怕吃多了闹肠胃。"苏唐说道。

杨婕拿着筷子的手顿了一下，像是想到什么似的，冲苏唐笑笑："你不是本地人是吗，什么时候过来的？"

"八月份。"苏唐答道。

旁边正吃得起劲的唐嘉昕看妈妈和小苏哥哥都放了筷子，听他们说话都模棱两可的，竟然还能聊起来，有些不满地碰了碰妈妈手臂："别拉着小苏哥哥问啦，你看他那么瘦，让他好好吃饭嘛！"

"好好好，"杨婕无奈地笑了笑，"小苏，来，蒸蛋好了，你多吃一点儿，这个很好消化不刺激。"她说着，用公勺舀了一勺送到苏唐碗里。

"谢谢。"苏唐点点头。

"不用这么客气的，你在我这里也是孩子，以后昕昕还要一直和你一起画画呢，你叫我阿姨就可以了。"杨婕微笑着说道。

苏唐愣了一下，随即轻轻点点头："好的，阿姨。"

蒸锅里腾腾的水蒸气往外涌着，把苏唐和唐嘉昕的脸熏得白里透红。杨婕吃得少，吃得差不多后就开始戴上手套把锅里蒸熟的红虾剥了壳，先往苏唐碗里放了两个。

苏唐看着碗里晶莹红润的虾肉，说道："谢谢阿姨。"

虾肉很清甜，吃得苏唐胃里暖暖的。

苏萤一辈子也没什么朋友，苏唐身边连个叫叔叔阿姨的人都没有。

杨婕虽然是学生的妈妈，但这几次见面都让苏唐感觉很好，甚至有点羡慕唐嘉昕的感觉。

晚上，陈河就坐在小区门口的花坛上等苏唐。

苏唐下了公交车，陈河迎上来，先是吸了吸鼻子，问道："你中午去吃蒸坊了？"

"你怎么知道？"苏唐问道。

陈河嘿了一声："他们家的调料味特别重，连蒸带熏的，你中午吃一顿出来就跟熏了的鱼虾一个味了。"

陈河说完才回过神来，瞪大了眼睛看向苏唐，问道："你背着我和谁去吃的？"

"你有病？"苏唐冷哼了一声。

陈河拦在苏唐前面，不依不饶地问："你和谁去的？"

苏唐心情不错，劲也上来了："不告诉你。"

"说嘛，"陈河一把拉住了苏唐的胳膊，"你快说！"

他们就在小区门口，这会儿正是爷爷奶奶出来散步的点，从他们身边经过的好几个都回头看。苏唐脸都憋红了，又挣扎不开，只能咬着牙回答问题。

"唐嘉昕！还有她妈妈！行了吧，松开我！"

陈河听了，才又笑起来，说道："松开你可以，咱们先说好，我松了手你不能打我。"

苏唐牙磨得咯咯响："你试试？"

陈河和苏唐四目相对，在路灯底下都能从对方眼里看到自己。半晌，陈河突然松了手，转身就向家的方向跑去。

"你给我站着——"苏唐被陈河看着，一时没反应过来，恼羞成怒地追上去。

"我今天就让你知道隔壁市医院的 Wi-Fi 有多好！"

第二天上课，陈河坐在椅子上，半边屁股都疼，龇牙咧嘴的。

杜明看见了问陈河怎么了，陈河看了旁边面无表情的苏唐一眼，说道："没什么，就是被小狗咬了一下。"

"哎哟，是嘛，"杜明一脸担忧，"你这得去打针啊，还得问问那只狗打没打针。"

　　陈河点点头，盯着苏唐，眼里尽是笑意："是呢，也不知道那只小狗打没打针啊？"

第九章
少年心事

　　文科三班的午休管得比较松散，主要是班主任杜明相信自己班的学生都是不给老师惹麻烦的好孩子，也就比较放任自流，愿意回家的回家，在外面吃饭看书打球也行，在食堂吃了留校也可以。

　　苏唐之前熬夜做参赛作品的时候，每天中午都得回家去睡一觉，这样晚上才能有精神做纸雕。

　　现在作品完成了，他也就懒得跑了，上午和刘克洲他们约好中午留校，午休的时候一起做作业。

　　学习小组里不学习的两个人——戴子同和徐灿阳则还和平时一样，跟陈河一起去网吧。

　　多日未见的荀六正坐在吧台帮人上机子，见陈河他们几个进来，缩在柜台后面打了个招呼。

　　"哟，二位也来了，上周不是还说要重新做人吗，这才一周就破茧成蝶了？"荀六叼着烟，冲戴子同和徐灿阳抬抬下巴。

　　"滚一边去，"戴子同被气笑了，"我俩就不是学习的料。"

　　"而且刘克洲还嫌我俩菜，说第二天就能在早市上买到我俩！"徐灿阳告状道。

　　陈河坐在吧台里，哼笑一声。

　　"他俩不一直惦记我的网吧和酒吧吗，反正也考不上大学了，到时候一个做酒吧市场部经理，一个做电竞馆保卫科科长，齐活。"陈河跟荀六说道。

"我看行，"荀六冲戴子同和徐灿阳伸出手去，"作为陈氏商业帝国的人事部经理，我诚挚地邀请二位加入我们。"

戴子同和徐灿阳上了机，陈河就坐在荀六身边没动。

荀六往徐灿阳他们那边看了一眼，然后低声说："你知道蔡辉吗？"

"蔡财的兄弟？"陈河抬眼。

"你没事吧，"荀六翻了个白眼，"就上回井西堵苏唐的那个黑皮。"

"哦，不知道，郝峰小兄弟嘛。"陈河仰靠在椅子上，漫不经心道。

"他那回让苏唐揍得头上破了口子，这回要找回来，听说，郝昊天也要掺和进来。"荀六神情有些严肃，他知道陈河会管这事，无论是因为苏唐还是郝昊天。

陈河听了，笑了笑："我说呢，上次昊天儿也让苏唐拽着在桌子上磕了一下，他这么多天没动静，我还以为他长大了。"

"你要管。"荀六肯定道。

陈河摊摊手："不然呢，看着苏唐再揍郝昊天一顿吗？"

"你让你那小同学低个头不行吗，郝昊天就算了，跟蔡辉那种社会人干吗非得硬碰硬。"荀六啧了一声。他其实挺看不惯苏唐的，能动手从来不动嘴，还一点儿都不考虑后果。

"他要是个能低头的人，就不会有现在这么多事了。"陈河叹了口气。苏唐一脚踏进这地界，为了达到他的目的，真不管不顾的。

荀六皱着眉头，把烟头摁在烟灰缸里，问道："那你准备叫多少人？"

"叫什么人，"陈河摆摆手，"我就真一个人他们也不能把我怎么样，叫了人那不成斗殴了吗？到时候不打都不行。"

荀六抿着嘴，反正不太开心的样子。

"你别跟那几个大嘴巴说，他们知道了苏唐也知道了。"陈河撞着他的肩膀嘱咐道。

荀六白眼都快翻到天上去了："你帮他扛事还不告诉他，真是兄弟情深。"

"你懂什么？"陈河一点儿也没被这些事影响心情，反而还笑出声来，美滋滋的。

下午放学的时候，徐灿阳一脸茫然地被陈河拉到他座位上坐下，同时苏唐也被摁着肩膀，陈河故作认真地说："来，阳仔，有什么问题赶紧问小苏老师啊，好好利用放学时间，把你这一年多没学明白的都问了啊。"

"你有病啊……"徐灿阳皱着眉头，刚想说什么，就被陈河捂住了嘴："苏唐，耽误你时间了，辛苦了，辅导完他来我家吃饭啊。"

还没等苏唐说什么，陈河就拿了书包跑出了教室。

"他怎么了？"苏唐看着陈河被风带起来的校服外套，觉得他怪怪的。

"谁知道啊。"徐灿阳撇着嘴。

虽然不知道陈河抽的哪门子风，苏唐还是给徐灿阳讲了两道题，看着时间差不多了，两个人一起往外走。

这会儿学校只有三三两两的学生在往外走了。

"什么，郝昊天带人把陈河堵了？"

"陈河一个人就那么跟他们一大帮子人走了，看着可牛了！"

"他装的吧，被人打成什么形状都不知道呢！"

旁边有两个男生走过去，苏唐和徐灿阳听得清清楚楚。

"河儿让人堵了？"徐灿阳叫起来，"我得去叫人！"

苏唐皱着眉头，怪不得……可是等徐灿阳叫来人，陈河都凉了！

苏唐一把拉住前面一个男生，问道："他们去哪儿了？"

港城的临海区还有一片没翻新的老城区，就在海青一中后面，那里的小巷子弯弯绕绕的。

陈河出了校门，就看到了一脸嚣张的郝昊天，还有那天晚上见过的黑皮蔡辉，他们身后站着十来个看着就不三不四的社会混混。

"换个地聊，别堵学校门口。"陈河看着他们说道。

"跟你没什么可聊的，苏唐呢？"郝昊天梗着脖子说道。

"要么跟我聊，要么就算了，"陈河单肩背着包，笑笑，"随你们。"

郝昊天气得牙咬得咯咯响，他是想找苏唐，但他和陈河的梁子也从来没解过，既然这样，那跟陈河聊聊也行。

他们一帮人外加陈河，扎进了学校后面的小巷子里。

"昊天，你跟他认识？"蔡辉只知道陈河是陈天游的儿子，具体陈河到底和郝昊天有啥过节，他不知道。

"他害死了我最好的兄弟。"郝昊天盯着陈河的背影，一脸阴骘。

巷子深处，陈河书包也没卸，坐在一个木箱子上，看着他们。

郝昊天最恨陈河这副什么都无所谓的表情了，眼都红了，想冲上去动手，被蔡辉拦下来了："昊天，别冲动。"

上次蔡辉手下的兄弟被陈河一板砖拍掉了两颗牙。

"先聊聊，"陈河指指郝昊天，"你们今天要是找苏唐算账，那他的事我扛了；至于咱俩的事，你说，我听听。"

"小陈哥，那个小子给我开了瓢啦。"蔡辉指了指自己落了疤的脑袋。

陈河听着，点点头，指了指他身后的人："那你们就来，能给我开瓢算你们本事。"

蔡辉咬了咬牙，退却了。他真没胆子给陈天游的儿子开瓢。

"那我呢，咱俩的账怎么算？"郝昊天问道。

陈河眼神黯淡下来，舔舔嘴角，苦笑道："昊天，我欠玉子的，欠秦叔的，我欠了你什么？"

"秦玉是我最好的兄弟！"郝昊天吼道。

"我也是！"陈河吼着，后面带了颤音。

"你害死了秦玉，却活得这么心安理得，你身边那么多朋友，你现在还能记得秦玉吗？"郝昊天甩开一直拉着他的蔡辉，冲上去，揪住陈河的衣领，两个人鼻子顶在一起。

"那我该怎么活，拿着秦玉救回来的这条命，活成个死人吗？"陈河看着郝昊天，突然很想那个特别温和的男孩了。以前他跟郝昊天打闹，秦玉总是先看一会儿热闹，再过来把两个人分开，挨个安抚。

现在再也没有人给他们劝架了。

郝昊天像是也想到了秦玉，愣了愣，颓然地松了手。

"陈河，我特别想秦玉。"郝昊天全然不见往日在学校里横行霸道的嚣张模样，难过得就像被人抢了糖的小孩。

"我也是。"陈河说着，想伸手去拍拍郝昊天。

郝昊天红着眼看着他，躲开了。

陈河手悬在半空中，抬头问道："怎么，不是要了事吗？"

蔡辉也看出来郝昊天跟陈河关系不一般了，他又气这回没捞到苏唐，又恨这事被陈河截了。被陈河截了，不就是算了的意思吗。

郝昊天低着头站在那儿，半天没说话。

陈河看着脚下石板路落了两点水滴，抬头一看，原来郝昊天哭了，但他又不知道如何安慰。

他整了整衣领，走近郝昊天，半天，哑着嗓子开口："昊天儿，好好的吧。"

陈河就这么穿过那些混混，走出昏暗的小巷子。

这片老房子的空气中弥漫着饭菜香气。

在屋内透出来的微弱灯光下，陈河看见苏唐站在那里。

"什么时候来的？"陈河有些无力地走过去。

"你让他们给你开瓢的时候。"苏唐听着里面的动静，一直没打起来，他也就没过去。

陈河轻轻地嗯了一声，说道："我饿了。"

苏唐看着陈河，说道："走，带你去吃东西。"

回家的路上，陈河一直低着头，苏唐看出他难过，可又不知道该怎么安慰，两个人就这么一路无言地走到了小区。

陈河没有回家，而是拐向了地下车库，把摩托骑了出来。

坐上后座的苏唐先是扶着陈河的肩膀，而后轻轻地拍了拍陈河后背。

陈河一路把摩托骑到新修的临海高架桥上。摩托就停在路边，他们靠着路边的护栏坐下。

头顶是沉沉夜色，前方是颜色深得吓人的大海。

"不是饿了吗？"苏唐问道。

陈河没说话，过了一会儿，空荡荡的公路上响起了几声鸣笛。

苏唐看过去，车挺眼熟。荀六从车上下来，手上还提着几个袋子。

"烧烤，饮料，煮花生，"荀六把吃的递给苏唐，看了那边面向大海沉默着的陈河，"看着他，我十点多过来接你俩。"

荀六说完，就把陈河的摩托车骑走了。

苏唐拎着吃的回到陈河身边坐下，从里面拿出一罐冰啤酒，拿在手里握了握，问道："你要喝酒？"

"想喝，"陈河嗯了一声，"心情不好就想吃吃喝喝。"

苏唐点点头，拉开易拉罐的拉环，把啤酒递给陈河："吃吃喝喝和借酒消愁还是有区别的吧。"

陈河喝了一口，点点头，又抓了一把煮花生掰开，仰头把花生豆扔进嘴里："有区别，借酒消愁太窝囊了。"

"今天昊天说的那些，你都听到了吧？"陈河看向远方无尽头的大海，轻声说道。

苏唐没说话，给自己也开了一罐啤酒。

"我、郝昊天，还有秦玉，我们仨从小一块长大的，要说交情得从我爸他们那辈论，我爸、郝峰，还有秦叔，就是秦玉他爹，他们三个年轻的时候就是一块混社会的。"陈河语气没什么起伏，但苏唐能感觉到他有多难过。

陈天游、郝峰，还有秦优南，三个人就是在港城混的时候认识的，那会儿大家都是愣头青的年纪，没成家没立业，每天吃吃喝喝，找点野路子弄点钱花。

陈天游算是三个人里本事最大的，年纪也最大，就当了大哥，郝峰老二，秦优南老三。秦优南念过书，后来父母相继离世，他也就不读了，是三个人里面脾气最好的。当时他们还老开玩笑，以后秦优南要是生个闺女，陈天游和郝峰得抢着认儿媳妇。

特别巧的是，三家都是生的儿子。

秦优南的儿子秦玉最早出生，大陈河和郝昊天一岁。

他们三个小子还不会走路的时候就在一块儿玩了。

"我不是小时候想当大哥嘛，郝昊天也想，我俩就天天打架，天天打，秦玉就天天拉架，世界和平大使似的。"陈河说着把头别过去，吸了吸鼻子。

"秦玉说，我俩可以都当大哥，他管我俩都叫大哥。他这人可有意思了，从小就喜静，不爱跟我们追着打，懂事了之后却说要跟我们混社会。"

"郝昊天不是说我害死了秦玉吗,说我天煞孤星,克死了他,我有时候自己想着都快信了……"陈河抓着自己头发的手突然被人握住,苏唐手凉凉的,但陈河感觉踏实。

他听见苏唐很笃定地说道:"别信。"

"我不信,我觉得秦玉也不想我信。"陈河说道。

那年夏天,陈河跟郝昊天还在读五年级,秦玉跳级上了初一,三家人一块去水库玩。

那水库是南水北调项目,水特别大,他们就找了个挨着水库的农家乐,钓鱼烧烤。

吃过饭,大人们打麻将,陈河他们就跑到水库那里玩。

水库上游有一处小浅滩,上面垒着大石头,石头露出水面,陈河跟郝昊天踩着石头给对方泼水玩。秦玉稳重,站在岸上看着他们,提醒他们别滑倒了。

"那天,天气特别好,水特别大,我们在上面玩,下面水声哗哗的,"陈河有些艰难地说着,"我踩空了,踩进了水里,浅滩下面水就深了,我踩不到底,就慌了。"

"秦玉跳下来救我,把我托上了岸,他没劲了,直接被水冲了下去。"陈河大口大口地喘着气,握着苏唐的手也越攥越紧。

"后来发生了什么我都记不得了,大人们怎么处理的我都记不得,就记得洗澡的时候,鼻子里进了水,我就哭了整整一宿。有那么一年多吧,我不敢泡澡,不敢游泳,甚至不敢用花洒冲头。我一碰到水,我就想到秦玉,因为是我害死了他……"陈河到后面越说越快,呼吸也急促起来。说到"死",苏唐再也听不下去了,拽着陈河,搂住他的肩。

陈河低着头,身子颤抖着,发出痛苦的悲鸣。

苏唐虽不能感同身受,可他也觉得胸腔撕裂似的疼。

因为秦玉,所以刚认识的时候陈河看到苏唐坐在海边的栏杆上反应才会那么大。

苏唐轻轻地拍着陈河的后背,以作安抚。

"苏唐,你别怕我。"他听见陈河这么说。

"不怕。"

苏唐好喜欢看陈河笑啊，陈河笑起来，眼睛弯弯的非常好看，他想让陈河以后都开开心心的。

不知道过了多久，陈河才把头抬起来，亮晶晶的眼睛看着苏唐，说："我没哭。"

"嗯，没哭。"苏唐说道，哪怕看见陈河眼里满是泪光。

陈河换了个坐姿，借机擦了一下眼睛和鼻子，然后坐正了身子，说道："后来，你也看到了，昊天恨死我了，我最好的两个兄弟都没了。"

陈河拉了拉苏唐的手，把刚才剥的那一把煮花生都塞到了苏唐手里。

"我把花生都给你，你能别走吗？"陈河哑着嗓子开口。

苏唐看着手里的花生，愣了愣。

"你和他们不一样，"陈河说道，"我不想你走。"

苏唐这才后知后觉，他已经来这里四个月了。

不知道从什么时候开始，他已经没有再想过一年之后离开的事了，就好像默默地决定留在这里一样。

他不知道陈河说的不一样是指什么，可陈河说不想他走。

他自己也不想走了。

这里没什么好的，就是有陈河。

苏唐低头吃了一粒花生，嗯了一声。

陈河有些意外地看向他："你，答应了？"

苏唐把手里的花生分了一半给陈河，认真地说："嗯，不走了。"

他本来可以去好多好多地方，去找那个或许不知道他的存在的亲生父亲，但是他答应陈河不走了，他就永远有个能回来的地方。

两个人肩挨着肩坐着，谁都没说话。

"苏唐……"半天，陈河幽幽地开口。

"怎么了？"苏唐心又提了起来。

"烧烤凉了。"

苏唐："……"

陈河缓过来，抽着鼻子笑了一下，把啤酒递到苏唐跟前："来吧，庆祝一下你决定留在这座美丽的城市，决定就待在你非常英俊潇洒、成绩优异、无所不能的同桌身边。"

苏唐看着陈河，半晌，也轻轻地勾起嘴角，手里的啤酒瓶和陈河的轻轻碰了一下。

"你笑起来真好看。"陈河突然说道。

苏唐庆幸这会儿夜色深重，两个人就算离得近，也不一定能看出自己脸红了吧。

"你爸那事怎么着呢？"陈河想起上次从李胜嘴里问出来的话，他还没想好怎么和苏唐说，随便一点儿蛛丝马迹都够苏唐翻天覆地去找了，可要是一无所获，他该心疼死了。

"杨哲认识干私家侦探的，说帮我问问。"苏唐说道。

他不想把自己找人这事弄得尽人皆知，那次正好打电话的时候杨哲听到了，就热心地想帮他一把。虽然不知道靠不靠谱，也难说不会遇到像之前姜浩、李胜那样的骗子，可苏唐就想去试试。

其实，要是哪天真找到了那个人，苏唐也不知道该怎么面对。没人教过他该怎么和父亲相处。真有那么一天，陈河也会在他身边，有陈河陪着，那他就什么都不怕了。

"吃烤豆角吗？"陈河问他。

清冷月光沉入深深大海，少年心事却在浪花中汹涌地翻滚着，任浪头多高，都拍不散这世间万物皆知晓的属于青春的浓烈躁动。

苟六在十点半的时候打车过来，看见陈河扶着苏唐等在路边。

"怎么了这是？"苟六记得是陈河心情不好想喝酒啊，怎么倒的是苏唐呢？

"我也没想到他只有一罐啤酒的酒量。"陈河有些疲惫地笑笑，把苏唐塞进了车后座，自己也钻了进去。

苏唐醉得坐不稳，靠着车门呼呼地喘着粗气，陈河抬手把人扶正，用下巴示意苟六小点动静。

把陈河他们放到楼下，苟六没着急走，想着帮陈河一块把苏唐弄回家。结果他刚下车，回头就看到陈河已经把苏唐背上了。

苟六惊得下巴都要掉了，但他没说什么，默默地看着陈河背着苏唐，往苏唐家单元门走去。

苟六没忍住，拍了张照片。

夜里，闪光灯分外明亮。

陈河把苏唐送上楼，扒了校服之后把人塞进被子里，他知道苏唐爱干净，但是他觉得让苏唐脏兮兮地睡一觉和给苏唐洗澡这两件事显然第二件会让他死得更快一点儿。

陈河又在苏唐床边蹲了一会儿，用手扶着头静静地看着苏唐睡颜。

"晚安。"陈河悄声说着，站起身子。

楼下，荀六正在吞云吐雾，一脸的悲戚。

"有话说，有屁放，别一副死人脸。"陈河看看荀六，抬手朝他要手机。

荀六不明所以地把手机递给他，只见陈河熟练地解锁打开，然后把刚才的那张照片分享给了自己之后就彻底删除了。

"别和他们说。"陈河把手机抛给荀六。

"说什么？"荀六心累地抬抬眼，"说戴子同他们几个喝多了你就放任他们在树坑里睡了一宿，苏唐喝多了你就把人背上楼？"

"你这句话说得我像是个对戴子同始乱终弃的渣男。"陈河笑道。

"难道不是吗？"荀六说完就钻进车里，开车走了。

陈河看着荀六开远后，抬起手臂伸了个懒腰，向后抵着自己的脖子往家走去。

苏唐没听见闹铃响，一觉就睡到了天大亮。他抬抬手，昨天的衣服还穿在身上，吸吸鼻子，空气里充斥着烧烤、啤酒味，还有海风的腥咸味。

昨天陈河就把他这么脏兮兮地塞进了被子里？

就在苏唐躺在床上想着是先去洗澡，还是先打电话骂陈河的时候，他听见客厅传来动静。

这小区治安不错，一般也没什么人会跑到二十几层偷东西，那在他卧室外活动的那个"贼"肯定是叫陈河了。

所以，苏唐也就没着急出去，把脏衣服扔进衣篓，进了浴室。

陈河早起去了趟超市，把苏唐家的冰箱还有储物柜都填满之后，开了苏唐住进来将近四个月都没动过的燃气灶。他开了抽油烟机，所以没听见苏唐起来的动静，把早饭做好之后，就准备去叫人起床。

苏唐带着水汽从浴室出来，浴衣被他放在三步之外的床上，就在他踩上地毯去拿的时候，卧室门毫无征兆地被人推开了。

"苏唐，吃饭……了……"

陈河兴冲冲地推开门，眼前晃过赤裸的背脊还有长腿，让他愣在了门口。

苏唐抓着浴衣的动作也顿了一下，然后飞快地把浴衣裹在身上，系腰带的动作狠厉得仿佛是勒在陈河脖子上一样。

这个时候陈河说自己什么都没看见好像有点太此地无银了，而且苏唐也是个大小伙子，所以陈河斟酌一下，清了清嗓子："咳，你，身材不错。"

你看这多好，既不提看没看见这么尴尬的事，同时也赞美了苏唐这么多年练格斗练出了一身漂亮精壮的肌肉线条。

下一秒，陈河就被一股破风而来的力道送出了卧室。

餐桌上，两个人都低着头吃饭，只能听见勺子碰碗的清脆声响，安静得有点瘆人。陈河刚想开口，对面的苏唐就抬起了头，清冷的眼神，充满了"你想好了再说"的警告意味。

"我刚才真的不是故意的，我开着抽油烟机没听见你在洗澡……"陈河剥了个鸡蛋放到苏唐碗里，"早上我跟老杜请了假，说你不舒服，我照顾你。"

苏唐看看碗里的鸡蛋，又看了陈河一眼，勉强接受了这个解释。

"头还晕不晕？"陈河问道，"要早知道你只有一罐啤酒的酒量，我就不让你喝了。"

苏唐摇摇头："我没喝过酒，我也不知道我喝多少会醉。"

"那不难受了，一会儿跟我去个地方吧。"陈河说道。

苏唐没有问陈河他们要去哪儿，跟着陈河上了他的摩托，他们先去一家老字号买了两盒牛舌饼，然后一路穿过市中心的大街小巷，途经海上公路，来到港城的另一边，一片临海有小港口的老城区。

这边都是一条条纵横交错的巷子，两边是一栋栋的二层小楼，院子里牵着晾衣绳，有的人家门口还支着凤凰自行车，很有生活气息。

陈河把摩托停在巷口，提着红绳绑着的点心，带着苏唐往巷子里走。

巷口还有小卖部、报刊亭、修车的、剃头的，算是热闹，越往里走就越冷清。他们在一栋样式洋气一点儿的小楼前停下，苏唐看到院墙外有写写画画留下的痕迹——秦玉、陈河、郝昊天三个名字依旧显眼，这么多年雨水都冲刷不掉。

院子里传来两声爽朗的笑声，还有男孩一个劲说着什么带着些告状意味的话。

陈河推门进去，喊道："秦叔！"

苏唐跟在后面，看到院子里石桌旁坐着个中年男人，四五十岁的样子，可头发都灰白了，模样儒雅，正看着他跟陈河笑。男人旁边是看到陈河还有苏唐就变了脸的郝昊天。

"又来告状啊，"陈河把点心放到石桌上，"一闹脾气就来跟秦叔告状这毛病你是改不了了，秦叔还能为你打我吗？"

郝昊天没想到陈河把苏唐也带来了，气得半天说不出话来。

秦优南摆摆手给他们打圆场："行了，小河，知道天天脾气急你还非要逗他。这是你带来的小朋友？"他看向苏唐。

"对，这是苏唐，我朋友，"陈河冲苏唐笑了一下，看向秦优南，"我们一起来看看您。"

苏唐向秦优南微微点了点头。

"好好好，好孩子，来坐，"秦优南指了指空着的那个石凳，招呼苏唐坐下，"天天刚才还提了你的小朋友呢，说和他有些过节，我看着他也不像是能把咱们昊天儿欺负了的人啊。"

郝昊天在一旁不满地叫了一声"秦叔"。

"是，他看着比较……秀敏，但是，"陈河看着郝昊天，摊开手，"脾气比郝昊天还急，且能打。"

"你！"郝昊天攥着拳头就要起身，被秦优南摁住，"好啦，昊天，别陈河一招你就火，这么多年了还看不出来他就是故意逗你吗？"

"我才不想被他逗！"郝昊天气道。

秦优南笑起来，眼角皱纹堆着，说道："每次你俩有点什么事，都前后脚过来，就算不说是什么事，我也能猜出来。你俩从小一起长大的，这很难得，所以还是要珍惜这份情谊，知道吗，昊天？"

"您就光教育我，我最珍惜了……"郝昊天说到最后就没声了。

"行了，你一大早就过来了，该回去上课了。"秦优南抬手揉了揉郝昊天头发，说道。

"他们也逃学了！"郝昊天不服道。

陈河叹了口气，笑着指了指自己："年级第一。"

苏唐面无表情地接着说："年级第二。"

郝昊天气得脸都红了，愤然起身，那副架势苏唐还以为他受刺激要回去好好学习了呢。

看郝昊天出去，秦优南才看向陈河和苏唐："昊天说这是你交的新朋友啊，从哪里来的？"

"江苏。"苏唐说道。

"噢，那是个好地方，"秦优南点点头，"有机会真想去看看。"

"秦叔，拆迁的事现在还没谈下来？"陈河问道。

秦优南笑容淡了，轻轻摇了摇头："没有啊，我倒是无所谓，可其他人总要有个去处吧，我要松了口，没法和其他人交代。"

"这块地当时不是说要做政府用地吗，怎么就一下子成了住宅区了，他们大梁恒际之前做的几处就因为前期拆迁闹得挺大的，现在还不长记性。"陈河眉头也皱起来。

这片老城区本来是要用作修建城市观光旅游项目的，可后来又变成大梁恒际，一个地产开发商的地盘了。这儿的居民多是靠卖海鲜特产一类谋生的人，家庭都不算富裕，这样一来，本来不算少的拆迁安置款一下子少了三分之二，大家都很不满意，一直和大梁恒际僵持着。秦优南算是这片能说上话的人，大家也都看他，大梁恒际来人，也会和秦优南沟通。

可钱这事上，没人让步。

"而且，听说之前的事，还有黑社会的参与。"秦优南说道。

"是吗？"陈河皱着眉头，"他们总不会还想强拆吧。"

"难说啊，"秦优南出了一口气，"刚才昊天在，我都没和他提，他父亲现在……"

陈河眸色暗了暗，冷哼一声："郝峰那玩意儿，早晚给自己折进去。"

"怎么说话呢，"秦优南抬手给了陈河脑袋一下，"郝峰他就是千万个不是，也是你长辈，你兄弟的父亲，我们在小天面前，说话都注意点，知道吗！"

"是。"陈河蔫蔫地应了一声。

"你啊，在外面说是能顶天立地了，在我跟你爸爸面前那不还是小孩吗？"秦优南叹了口气，脸上涌上一丝怀念，"你说你跟郝昊天老因为玉子的事闹，闹一通就跑到我这里来，俩人来三回撞见两回，这不是好兄弟心意相通吗？"

"秦叔……"陈河撇着嘴，"不是我要跟郝昊天闹，是他有事没事就找我麻烦，你看，上次就是他跟苏唐说我坏话才被苏唐摁住的嘛！"

秦优南看了看苏唐，也是没看出来这孩子小胳膊小腿的这么能打，郝昊天可是从小小霸王一样的人物，能把郝昊天整得气不过牙根痒痒的人，陈河是第一个，那这苏唐就是第二个。

"总之，秦玉不在了，你就是大哥，你让着点昊天能怎么样！"秦优南下令道。

陈河有些难以平复地出了口气："我当大哥，手底下就郝昊天一个兄弟？"

"这不是还有苏唐同学吗？"秦优南指指一直默默听他们说话，给自己续热茶的苏唐。

苏唐倒水的动作顿了一下，立马把茶壶放下，又捧起小茶杯。

"行吧，郝昊天也就跟您发发牢骚了，以后他在您那告诉我一声，别再让我俩碰上了，我不能让他这么一点点小诉求都得不到满足啊。"陈河站起身来，说道。

他以前和郝昊天吵架十有八九都是因为秦玉，每次提到秦玉，两个人都不约而同想到孤孤单单的秦优南，就都带着茶叶、糕点这些秦优南喜欢的东西跑过来。郝昊天虽然主要是来说陈河坏话，但两个人也都让秦优南惨淡的生活多了些调剂。

"行，那你回去路上慢点啊，大梁恒际的事，别跟你爸说，等他过年回来再好好和他说，他现在在外地忙，就别给他添乱了。"秦优南嘱咐道。

苏唐以为陈河会陪秦玉父亲多待一会儿，吃了午饭再离开，可他们去了也没多长时间。

陈河踏出秦家的小院子，把院门给秦优南带上，走出几步才停下，靠在砖墙上，低声道："秦叔老了。"

郝昊天来了得有一会儿了，陈河看秦优南明显有些老态却还强打着精神陪他们，心里就特别难受。

"你还在自责。"苏唐在他身边轻声说道。

"我没法不怪自己，"陈河说道，"郝昊天觉得我交新朋友就是对秦玉的背叛，可我实在不知道该怎么做才……"

"你真的不知道吗？"苏唐把陈河拉过来，让他看着自己，"你知道，并且你一直在这么做着。陈河，好好活着，活得特别好，才是对秦玉最好的怀念。"

陈河看着苏唐，目光流转，突然把头低了下来。

苏唐抬手把陈河推起来："走。"

陈河本以为还能借着自己情绪低，苏唐能温和地安慰自己一番，没想到还是被无情地推开了。

"你好无情啊。"陈河说道。

苏唐冷冷看着他："知道我无情就离我远点。"

陈河笑着凑过来："我就喜欢看你无情的样子。"

苏唐："滚。"

两个人走到巷口，陈河停在那儿的摩托上跨坐着一个人，郝昊天。他像是在那里等着陈河和苏唐一样，见二人过来，收了手机，说："你们好慢啊，看不出来秦叔累了吗，还缠着他那么久！"

"滚下来，坐不下三个人。"陈河抬抬下巴。

"去你的吧，谁要和你们两个挤在一起啊！"郝昊天瞪着眼睛，从摩托上跳下来。

"干吗？"陈河看着他。

郝昊天往陈河身后看了一眼，然后收回目光，挺严肃地开口："我刚才过来的时候，秦叔正在跟人打电话，听着特别生气，我听见他说了什么大哥、老二的，感觉应该是跟咱们认识的人……"

陈河听了，嗯嗯两声。

郝昊天又瞪起眼睛："你就一点儿也不关心？"

陈河摇摇头："秦叔的事，他自己能解决，你就别瞎操心了。"

"你真是……"郝昊天越过陈河看到了苏唐，"被这不知道从哪儿来的同学迷了心智！"

陈河被他说得挑起眉毛，"你说话注意点啊，苏唐可是能一只手就把你干翻的。"他话音落下，小腿就被人踢了一脚。

陈河咬牙忍着，苏唐从后面走过来，对郝昊天说："上次那么对你，是我冲动了，你要找回来，随时，但别把这事算陈河头上。"

郝昊天看看陈河，又看看苏唐，说了句"谁稀罕"就转身走了。陈河在他身后喊了一句"哥给你叫个滴滴啊"，回应他的是郝昊天高高举起的中指。

陈河跨上摩托等苏唐上来的时候，苏唐突然开口："你对谁都自称哥？"

"啊，不是啊，不是刚才秦叔说我是他大哥吗……"陈河后知后觉，连忙解释，"不是对谁都一样，我是比他大，一直我都是他哥，但是你俩的哥不是一个哥。"

苏唐冷笑一声，坐在了陈河后面。

这届设计大赛就像是冥冥中自有安排一样，由海港担任了组织城市，这场备受国内外瞩目的大赛会场就设在了开发区的博物馆里。

选手们的作品要在敲定时间流程的半个月内交到赛事组委会，苏唐已经开始进行作品最后的拼装工作。

陈河表达了好几次自己想去看看伟大的艺术品诞生的迫切愿望，都被苏唐拒绝了。苏唐表示在比赛展出正式开始前，一切准备工作都是保密的。

直到他把作品交上去，才重新在陈河面前露面。

"真是的，我好久没见到你了！"陈河几天没见苏唐，上学都没意思，收到苏唐完成作品的微信，就立马跑去了苏唐家里。

"你看看，我是不是瘦了？"陈河站在苏唐面前问道。

苏唐看着陈河泪汪汪的表情，叹了口气："可是，郭曙梁说你今天早上还吃了两个手抓饼呢。"

"那是我饿了，郭曙梁这个小犊子，"陈河骂了郭曙梁一句，又噘起嘴，"原来你每天都有关注着我，我好感动……"

苏唐被陈河这副模样激出了一身鸡皮疙瘩，把自己的手机塞到了陈河手里。

陈河有些茫然地接过来，看到他们班的微信群里今天早上的一条消息，赫然是用着满背青龙头像的郭曙梁的发言："哇，陈河好能吃啊，他早上吃了两个手抓饼。"

前一阵陈河嫌他们烦，就把班级群屏蔽了，今天一看，不只是这一条，往上翻，郭曙梁这厮仗着和他坐得近，每天都监视他！

"你干吗去？"苏唐看陈河准备离开。

陈河挽着袖子："去灭口。"

苏唐连忙把手机抢了回来，郭曙梁死就死了，别让陈河看到他跟郭曙梁的小窗记录就行，那里面有他们两个就陈河是背负青龙的天命之子为题写的几百字的小作文。里面从上古大荒讲起，把陈河写得坎坷波折，一开始只是苏唐抛了个引子，后面郭曙梁自己越写越来劲。

郭曙梁：是不是得给天命之子加个情缘啊，该有些感情线的。

SU：加。

郭曙梁：没思路啊，天命之子的情缘是不是也不能是一般人啊。

SU：可以是个男的。

郭曙梁：你说得对！

于是，就有了创作周期长达两个月的天命之子与他的真命天子荡气回肠的爱情故事。

"算了，"陈河走到门口又把袖子放下来，"饶他一命，我今天还有正事。"

"什么？"苏唐很惊讶陈河也会有正事。

陈河过来，从头到脚打量苏唐一番，说："今天是你出关的日子，我得把你拉出去呼吸呼吸新鲜空气。"

苏唐低头看了看自己的衣着，这会儿暖气烧得足，他在家就穿了一件白色的长袖单衣，灰色运动裤。

"要换衣服吗？"苏唐扯了扯衣角。

"都好。"陈河笑笑。

第二次见苏唐，就是在金花酒吧门口，那时候的苏唐穿着白T恤、牛仔裤，干净得不像话，就像从家跑出来的小少爷一样，误打误撞地冲进了陈河的生活。

那时候陈河还像个混迹街头的混混，放荡爱玩，他也没有料到，后来他们会这么好。

推开金花酒吧的门，戴子同他们已经等在那里了。见陈河和苏唐来，在座的人吹了个响亮的口哨。

"好久不见啊，陈老板终于来看自己的产业了？"蔡财端着炸土豆和烤鸡爪过来，揶揄道。

"是啊，"陈河反手向后指了指苏唐，"老板带着老板娘一块来看看家业。"

"还老板娘，你要不要脸！苏唐揍他！"刘克洲叫起来。

陈河拉着苏唐，说道："他才舍不得呢。"

他们一坐下，面前立马就被推过来酒瓶，苏唐刚想伸手，就被陈河挡住，然后一罐常温的旺仔牛奶放在了他身前。

苏唐皱着眉看陈河。

桌上众人吁起来。

"别起哄了，苏唐不喝酒，"陈河拿了一瓶啤酒站起来，"今天苏唐的酒我喝了，庆祝一下小苏老师出关吧。"

大家都是朋友，没有那么多乱七八糟的讲究，苏唐不喝酒也没人说什么，刘克洲他们几个还挨个过来跟苏唐的旺仔牛奶碰了一下杯。

自从苏唐来了之后，陈河和港城三杰在一起的时间就大大减少了，刘克洲他们三个虽然嘴上不说什么，但遇到千载难逢灌陈河酒的机会大家都不想错过，一个接一个地和陈河喝酒。

陈河面前的空酒瓶也越来越多。

苏唐坐在角落，望着陈河的身影出神，过了一会儿，陈河的身子就沉沉地靠了过来。

"我头晕。"陈河的声音像是刚才和他们喊骰子喊得有些发哑。

苏唐摸了摸陈河的脸，不热，应该没什么事，可见陈河难受他还是有些紧张。

荀六在对面看着陈河这副模样，歪头骂了句不要脸。

后面陈河就和苏唐靠在一处看戴子同他们玩游戏。

散伙的时候，陈河暗暗地给荀六比了个手势，示意他自己没事，让他送戴子同他们几个回家。

陈河送走了他们，把头搭在苏唐肩膀上。

从后厨出来的蔡财看到陈河都醉得趴在苏唐肩膀上了，有些诧异，是店里进了假酒吗，陈河也有喝多的一天？

蔡财纳闷地走过去，看苏唐瘦弱的样子，开口道："那个，我把他背回去吧，你别管了。"

他话音刚落，只见一直迷迷糊糊闭着眼的陈河陡然眯起眼睛，露出一抹凶光，嘴上无声地说了两个字：快滚。

"啊，谁叫我呢？"蔡财立马装作有人叫他的模样，"苏唐，那桌有人找我，我先过去了啊，陈河就拜托你了啊！"

苏唐有些疑惑地看着蔡财离开，又看了看醉得都不动了的陈河，只好硬着头皮把陈河送回家。

从陈河兜里翻出和自己家钥匙差不多的一把防盗门钥匙，苏唐一只手扶着陈河，一只手去开门。

陈河家里很干净，要比他的屋子更有生活的感觉。苏唐分辨了一下哪个房间是陈河的卧室后，就把人放到了床上。

他刚要离开，手就被人拉住了。

苏唐原本想等陈河睡熟了，他就可以离开了，可没想到陈河的被窝太暖和了，他竟然又脏兮兮地睡着了。

陈河闭着眼，听到身边人呼吸逐渐平缓下来，才悄悄地睁开一只眼。确定苏唐已经睡着后，他才动作轻微地抬起手，把被子又给了苏唐好多。

翌日。

"陈河。"

苏唐睡梦间听到有人叫这个阴魂不散的名字，挣扎着起来，靠在床头，睁开眼就看到一个穿着荧光粉色棉服的女人站在卧室门口。

苏唐下意识地把被子拎起来盖住自己。

"你穿着衣服呢。"那人笑道。

苏唐愣了愣，抬手摸了摸自己，上衣裤子都在，他又穿着脏衣服睡觉了？？

"陈河呢？"杜春晓问道。

"不、不知道……"苏唐想起来这是陈河家,他躺的是陈河的床。

陈河从浴室出来,一开门就看到穿着荧光粉的杜春晓,吓了一跳,说:"这色真鲜亮。"

杜春晓指了指陈河床上一脸懵懂的苏唐,问道:"你这算拐带未成年少男吗?"

陈河看苏唐原本白皙的脸颊红得都不行了,连忙把杜春晓从屋里推出去:"别逗他了。"

就在陈河准备问杜春晓大早上的干吗来了的时候,苏唐穿戴整齐地从卧室出来,故作镇定地走到玄关处,踩上自己的鞋然后夺门而出。

陈河张了张嘴,没说话。

杜春晓冷笑一声,看了眼手机,说:"你爸隔了两个月才给我发微信,说给你打电话关机,让我来告诉你,中午来二大爷请吃饭。"

杜春晓的语气像是在骂人,但陈河是知道的,他真有一个二大爷,表亲的。

表亲二大爷家孙子满月,二大爷小时候和陈天游关系不错,这回陈天游去不了,就打算让陈河去。

虽然设想了那一屋子人估计没几个他算得出辈分的,但陈河还是去了,还带着杜春晓。

二大爷孙子满月宴包了一个可容纳三十桌的大厅,闹哄哄的,陈河和杜春晓被安排在了都是爷爷奶奶辈的一桌,他们慈祥地拉着陈河的手,问杜春晓是不是他女朋友。

就在陈河应付着回答时,看二大爷跟他儿子都往门口迎过去,是来了一对夫妇,那妻子陈河看着眼熟,像……博物馆馆长,唐嘉昕的妈妈杨婕。她旁边的男人嘛,身材高大,穿着一身笔挺西装,半白的头发打理得一丝不苟。

陈河目不转睛地看着那个男人。

那男人和苏唐长得太像了。

"唐局和夫人能一起来真是我们家程阳的荣幸啊,他还年轻不稳重,以后在工作上唐局您还得多多提点他啊!"二大爷端着酒杯,一步一哈腰地请杨婕和她丈夫落座。

"这谁啊,你二大爷这么殷勤。"杜春晓小声说道。

陈河神情有些严肃，他看身边的老人好像都知道今天有这么一位来头大的人物，就问："奶奶，这是程阳哥单位领导？"

他二大爷的儿子在文化局工作。

"是啊，这是他们文化局的局长啊，"奶奶一拍大腿，觉得自己孙子倍有出息了，眼睛都笑弯了，"姓唐！"

第十章
老城区拆迁事发

　　陈河从小就胃口好，无论是精致菜肴还是路边摊他都吃得香。可这会儿杜春晓看着陈河面对着小一千一桌的满月宴席，不仅无动于衷，脸色还不好看。

　　"怎么了？有这么难吃吗？"杜春晓夹了一块肘子肉，肥而不腻，感觉还行。

　　"没事，可能是太吵闹了，头疼。"陈河道。

　　杜春晓挑起眉毛，没再说什么。

　　桌上的大娘奶奶们为了夸赞自家孙子多么争气，已经开始讨论起那位唐局长来了，陈河默默地听着。

　　"这港城就是个跳板啊，这两年不是老城区改造嘛，说是要发展成旅游城市啊，到时候唐局长升上去了，没准带咱们程阳一起去省里呢！"

　　陈河抿着嘴，神情有些阴郁。

　　他不是傻子，从见到唐嘉昕，听她讲她爸爸反对她学画画，到杨婕每次见到苏唐不自然的反应，再到这次见到唐局长，所有的事情就这么阴错阳差地撞在了一起。

　　二大爷他们来他们那桌敬过酒之后，一身肃穆的唐局长就起身往宴会厅外走。

　　陈河想也没想就跟了上去。

唐局长在卫生间门口点了一支烟，正在打电话。陈河走过他，径直向洗手台。

他水流开得小，能听到唐局长讲电话的声音。

"这是你自己的事情，不要牵扯到我。"唐局长的嗓音有些沙哑，语气十分冷漠。陈河离得不算近，也能模模糊糊听到电话那头的人急切的声音。

"这段时间严查严打，你怎么敢这么胡来！我不会管你，也管不了！港城水深，你自己上不来就算了，别想把我拖下去！"唐局长压低着音量，低声警告道。

不知那边说了些什么，唐局长神情有些轻微地松动，他沉默片刻，还是没有松口："你知不知道现在有多少眼睛在盯着我？我不能出任何问题，那个孩子，找不到也是好事！"

陈河心一惊，唐局长说的"那个孩子"难道就是苏唐？

陈河抽出一张纸巾，将两只手仔细地擦干，而后将沾湿的纸巾狠狠地揉成团，抛进了垃圾桶。从卫生间出来，他与唐局长擦肩而过。

就在刚刚，陈河将自己曾经打过无数次的腹稿连同纸团一起丢进了垃圾桶里。

他想过和苏唐父亲见面的场景，可能是在咖啡馆、茶楼里，也可能是男人独居的家里，他带着苏唐，大大方方地自我介绍："叔叔你好，我是陈河，苏唐的兄弟。"

可他没有想过事情会往自己无力的地步发展，他躲在角落，听着这个冷漠的男人放弃苏唐。

从唐局长身边并肩擦过的时候，陈河身上的气压甚至压过男人。

他该怎么和苏唐说呢？

去学校的路上，陈河脚步有些沉重，看着浑浑噩噩的，走到楼梯口时，被突然冲出来的郭曙梁吓了一个激灵。

"你怎么才来啊！出事了！"郭曙梁叫道。

陈河靠着楼道墙壁缓了一下，抬头看向郭曙梁，皮笑肉不笑道："希望你最好真的有事。"

"当然！"郭曙梁瞪大了眼睛，神情严肃，"苏唐收到情书了！"

这真是大事。陈河一步迈上三阶台阶，冲进班里。

苏唐正端端正正地坐在座位上，他的手里是一封对折的天蓝色信件。

"你来了……"苏唐话没说完，手里的情书就被陈河抢了过去。

看陈河一脸急躁的模样，苏唐皱起眉头："你做什么？"

"你不能答应她。"陈河说道。

苏唐歪歪头："为什么？"

"因为……"陈河张张嘴，说不出个所以然。真不是他不敢，主要郭曙梁这个大灯泡还在旁边一脸期待地看着热闹，就算真要摊牌，也得找一个恰当的时机啊。

这时候，郭曙梁"善解人意"地帮陈河解围："因为李慧梨也给陈河写过情书。"

"噢，"苏唐淡淡地应了一声，目光直勾勾地看着陈河，"所以你喜欢她？"

"谁？"陈河愣了。

"四班的李慧梨。"郭曙梁提醒他。

"几班的谁？"

"四班的李慧梨，你傻了吧。"苏唐忍无可忍，劈手夺过那封情书，把落款用粉红色水笔写出来的花字摁到陈河眼前。

"我不认识她。"陈河说道。

苏唐冷笑一声："那你干吗不同意我去她的生日派对？"

"生日啊，我以为她要和你谈恋爱呢……"陈河小声嘟囔着。

苏唐将信纸放回信封，然后把它递给了陈河："她也给你写过，你有经验，帮我处理了吧。"

苏唐一大早来，就看到一封少女心满满的天蓝色信封放在自己桌面上，旁边还趴着一个看热闹的郭曙梁。他拆开信大概地扫了一眼，一部分是李慧梨的自我介绍，还有一部分是说苏唐怎么吸引她了，最后邀请苏唐参加她周末的生日派对。

他没收到过情书，这种东西毕竟是女生送的直接扔掉不太好，放在书桌里又有些尴尬，索性给了陈河。

陈河拿着情书一时也不知道该怎么处理，就塞进了自己书包。

数学课上，苏唐低头记着笔记，从陈河这边看过去，能看到苏唐垂下的眉眼，长长的睫毛，还有每次抬头去看黑板板书时眼里的光亮。

陈河一手撑着头伏在桌上，看着苏唐在笔记本上画了一个漂亮的圆形。

陈河把自己的本子也推过去，说："给我也画一个呗。"

苏唐冷冷看他一眼，从笔袋里掏出圆规扔给他。

"我真不认识那位李同学，更不记得她给我写过情书，我现在都叫不全她的名字，怎么可能喜欢她！"陈河压低音量解释道。

苏唐没说话，过了一会儿，把陈河的笔记本扯过去，徒手画了一个非常标准的圆。

陈河心满意足地拿回笔记本，规规矩矩地记了几行笔记，说道："你别去给她过生日。"

"我不去。"苏唐说道。

"你要想参加生日派对，我可以明天就过个生日……"

"我不去。"苏唐咬了咬牙。

"那就好，不然我就一年长了两岁了，"陈河长出一口气，"我是七月份的生日。"

苏唐记着笔记头也不抬："我知道。"

陈河有些意外地问："这么隐私的事你都知道，快，说实话，你是不是关注我很久了？"

"是他关注你很久了，"苏唐拿笔指了指上课睡觉的纪律委员郭曙梁，"他告诉我的。"

那是他们在进行天命之子的故事创作时，进行到人设这一步，郭曙梁提议中西结合，用星座来丰富人物形象，提到过陈河的生日在七月份。

陈河如鲠在喉，这些直男能不能离他的世界远一点儿！

事实证明，陈河就这么一点儿卑微的小愿望也不能被满足。

下课铃一响，蓝多多和刘克洲两个人飞快地蹿过来，视陈河如无物，把上周苏唐请假他们没解决的题拿过来问。

"老师还没走呢。"陈河指了指讲台上正给同学讲题的数学老师。

"我们是一个学习小组的。"刘克洲看了陈河一眼，眼里多少带着点"有你什么事"的挑衅。

"苏唐是我的同桌。"陈河一字一顿地说道。

"苏唐是属于我们学习小组的！"刘克洲道。

"你在想屁吃。"陈河道。

刘克洲还想要和陈河再来几个回合，就被苏唐制止了："都闭嘴。"

两边瞬间偃旗息鼓，只见苏唐把蓝多多的题放到陈河桌面上，说："让他给你讲。"

陈河点着头看题，一边看一边说："我现在是不是算你们学习小组的客卿？"

"你撑死算个编外人员！还客卿！"刘克洲叫道。

路过的徐灿阳感慨一声："我终于知道陈河和刘克洲为什么能聊出巨轮了，他们可以把一件事来回说啊！"

陈河骄傲地抬抬下巴："就聊苏唐我都能跟他聊出一艘海洋奇迹号！"

"什么？"刘克洲眨眨眼。

"国际游轮品牌皇家加勒比旗下的一款游轮。"苏唐开口。

刘克洲翻了个白眼："你们不愧是同桌。"

情书的事情好像就这么翻篇了似的，陈河带苏唐回家吃饭，把那封天蓝色的信封放进了自己收卷子习题的箱子里。

陈河妥善安置好情书出来，苏唐在帮杜春晓端菜。

"小苏吃不吃辣？"杜春晓用烤箱烤了一盘肉菜，问道。

苏唐看了陈河一眼："可以来一点儿。"

杜春晓就真的只捏了一点儿辣椒撒上去。

陈河靠在客厅，看着苏唐沉浸在烟火气里，终于有一丝生活气了。

他兜里的手机不合时宜地振动起来，是郝昊天打开的，陈河接起。

"秦叔出事了。"郝昊天急切地说道。

医院的走廊里充斥着淡淡的消毒水味道，像是傍晚刚刚消过毒。郝昊天蹲在急诊室门口，头都快埋进自己膝盖里了。

"秦叔怎么样？"陈河一路从家赶到老城区这边的医院，迈着大步过来问道。

郝昊天抬起头，红着眼圈说："在里面缝针。"

陈河啧了一声，皱着眉头看向秦优南的几个邻居，问道："怎么回事？"

老城区这片跟秦优南熟的人大多也认识陈天游，这会儿见到陈河，也没什么可瞒的，就一股脑地全说了。秦优南之前说过的，没说过的，他们全说了。

陈河听完，脸阴得厉害。

从半年前，跟他们谈拆迁事项的人就从新北区拆迁办变成了大梁恒际，不仅承诺的拆迁款比之前少了不是一点半点，就连来人的态度都完全变了，颇有再不搬走就强拆的意味。

秦优南和几个兄弟是见过世面的，谁怕这个？就由他们带着，把大梁恒际的人堵在老城区口，谁也不松口。

一开始大梁恒际没把他们放在眼里，也没着急开发，最近这是政策文件下来了，港城要大力发展旅游，大梁的人才坐不住了，三番五次地派人来谈。

每次来谈都带一堆礼品，可秦优南一步不退，坚定地要让他们给老城区的居民应有的资金补偿。

这一来二去，大梁恒际急眼了，这两个月来，隔三岔五地就叫人来闹事。

往巷子里扔燃烧瓶啊，把居民家的猫狗弄死挂在人家门口啊，卸了三轮车的车轱辘等等。老城区破旧，根本没有监控，报警也没用。后来居民纷纷在自家门口装了监控，只消停一阵，就又有新的手段骚扰他们。

老城区的居民们老实了大半辈子，头一回被人欺负成这样，就今天下午，又来了一大帮人闹事，还撞伤了一个四岁小孩。后面的局面就一发不可收拾了，居民跟闹事的动起手来。秦优南赶到的时候已经打得不分敌我了，他进去拦，不知道被谁推了一把，往后撞到了一辆报废的三轮上，衣服被划破，手臂被割了一道十寸长的口子。

"带头的是李诚，我看见了……"郝昊天蹲在地上抹了把脸。

李诚是郝峰手底下的老人了，当年是跟着陈天游的，后来陈天游不干了，就去了郝峰那儿。

陈河抬手捂着脸呆了会儿，闷声说道："你是今天才知道？"

郝昊天点着头，哽咽道："我、我没想到他会去欺负秦叔……"

陈天游和秦优南早就和郝峰不是一路人了，这人手下不干不净的，为了钱什么都敢干。陈河嗤笑一声，那种人能教出郝昊天这么看着缺魂但也算良善的儿子真是见鬼了。

"小陈哥？"旁边有人叫陈河。

秦优南主张别把事闹大，只想让大梁恒际拿钱和平解决就行，可现在那帮人都骑在老城区居民的头上了，他们没秦优南那性子，都恨不得跟那些家伙干一场。

陈河是陈天游的儿子，他们请陈河拿主意。这会儿荀六也开车过来了，见到陈河一脸愠怒，就知道这事不简单。

"怎么着啊？"荀六问道。

陈河吸吸鼻子，把衣领拉到最上面，说道："叫人来，在新北老城居民区守着，别让他们再打起来，也别让他们挨欺负。"

"小陈哥……"旁边有人不同意，他们这几个月觉都睡不好，怎么就不能打那帮人一顿呢！

"那帮人是职业混混，惹了事，拘留所住一阵出来了就接着混，你们呢？"陈河抬抬下巴，在场不少人都有正经工作的，"你们跟他们干一架，一起去拘留所，事闹大了再蹲个监狱，工作不要了，家也不养了？"

"你们安心在家待着，我给你们守着，"陈河看向荀六，"跟郝峰说一声，要么通知大梁的人按之前定好的补偿款签合同，要么就耗着。"

"不用跟陈哥说？"荀六有些担忧。

陈河沉默半晌后，说道："别说了。"

他在，这事就是他和郝峰的事；陈天游回来，这事就更复杂了。

"你，别蹲这儿跟奔丧似的，去里面看看秦叔咋样了。"陈河抬脚碰了碰缩在那里的郝昊天。

郝昊天腿都蹲麻了，颤颤巍巍地站起来，一脸委屈地看了陈河一眼后，才进了急诊处理室。

"这小子平时不是挺横的嘛，这是谁踩着他尾巴了？"荀六纳闷道。

陈河看向处理室，沉声道："他亲爹祸害他最亲近的叔叔，估计他一时半会儿接受不了。"

陈河送秦优南回家后，又把郝昊天送回家，折腾到半夜才回自己家。本以为苏唐早就走了，走到楼下却发现家里灯还亮着。陈河走到门口，鬼使神差地抬手敲了敲门。

苏唐拉开门，一脸困倦："你没带钥匙？"

陈河笑笑，他插在兜里的手正捏着钥匙。

客厅的灯亮着，餐桌上摆着习题还有演算纸，十几页纸，都是苏唐等他的时候写的。

"你要不要吃东西？我把菜和米饭给你热一下。"苏唐看陈河轻轻点了点头后，去了厨房，熟练地把盘子送进微波炉，嘴里小声念着什么。

陈河脱下外套过来，才听清苏唐说的是："排骨一分钟，花菜两分钟，米饭两分钟……"

等微波炉热饭菜时，苏唐靠在厨房料理台旁，头往下垂着，透出睡意。

陈河见状把人推进卧室里，说："床单被罩新换的，困了就睡。"

"那你呢？"苏唐问道。

"我吃了饭去客房睡，"陈河揉了揉苏唐头发，"浴室橱柜里有新的牙刷和毛巾，你早点休息吧。"

苏唐就这么留了下来，他洗漱完躺在陈河的床上，如陈河所言，床单被罩都是新洗出来的，带着淡淡的橙花香。

是让人安心的味道。

他听着客厅碗筷轻微碰撞的声响，然后是陈河吃完将碗筷放进洗碗机的动静。直到听到客房的门关上，苏唐才闭上了眼睛。

第二天去了学校，戴子同他们就都知道秦叔的事了，上课前疯狂地给陈河使眼色，示意他看微信。陈河头也不抬，自顾自地趴着写写画画。

戴子同要和他说什么他都差不多清楚，无非就是问他昨天怎么回事，为什么不叫他们，质问陈河是不是不拿他们当兄弟了。

看着戴子同那急切的样子，苏唐用手臂碰了碰陈河，小声说："你给他回个消息。"

不一会儿，戴子同就收到了陈河的消息。

港城的骄傲陈河：老实点，别跟个招手气球人似的。

戴子同骂了一声，坐正了身子。一下课，他就立马冲了过来，说道："六哥说你晚上还要去新北，我也去！"

陈河头也不抬："滚远点儿，烦。"

戴子同趴在陈河和苏唐中间，贴着陈河问："咱们不是兄弟吗，这么大的事你不带我去，是不拿我当兄弟了吗？"

陈河被烦得没边了，抬手勒住戴子同脖子："同子，我说实话吧，咱们其实就是表面兄弟，真碰上动手的，你们仨还不如仨烧火棍子，知道吗？"

"疼，疼……"戴子同拍着陈河手臂，示意他放开自己。

陈河松开他。

戴子同揉着自己被勒红的脖子，嗔怪道："我知道，你就是刀子嘴豆腐心，怕我们挨揍。你直说，你怎么才能带我们去！"

陈河翻了个白眼："你傻啊？老子刀子心，我怕最后你们被人打得渣都不剩！非得去，行啊，打过苏唐，你们爱去去！"

莫名被牵扯进来的苏唐抬起头，看看陈河又看一脸不服的戴子同，问道："怎么算打过我？"

"呵呵，给戴渣男三十秒就可以，三十秒之后苏唐就会掐着他的人中求他不要死。"刘克洲在一旁凉凉地说道。

戴子同也自知自己和苏唐打的结果最后只能是跪了，撇撇嘴，一脸心不甘情不愿。

"行了啊，我们只是去看着又不真打架，凑什么热闹啊，"陈河伸手拎了拎刘克洲空荡荡的校服袖子，"就这小胳膊小腿，真打起架来，跑都跑不掉，真把你们弄个好歹来，忘了上次我破相那回了？"那回徐灿阳的妈妈好"英勇"地在陈河脸上来了两道。

"知道你们担心我，放心吧，不打架，啥事没有。"陈河跟哥儿几个保证道。

哄好了那三个人，陈河坐回来看到苏唐正看着自己，他有些心虚地干笑道："怎么了？"

苏唐眸色深深的，像是陈河所有的故作漫不经心都能被他看透，他压低了声音问道："刚才你是安慰他们的吧？其实问题很严重。"

一群打砸的社会混子和深受其害的拆迁户们，矛盾已经不能再激化了，问题相当严重。

"警察还有市政府不管这事吗？"苏唐问道。在他的认知里，这两个职能部门不可能放任矛盾激化愈演愈烈的。

"大梁恒际是我们市最大的企业，你知道它每年会给港城带来多大的税收吗？"陈河敲敲桌面，"有些人的利益可以被牺牲，有些事情，他们可以看不见。"

苏唐咬了咬牙："晚上我和你一起去。"

"不行。"陈河想也没想。

苏唐皱起眉头："我能打。"

陈河看着他，轻轻摇了摇头："那也不行。乖乖待着，等我回来跟你说件事。"

关于苏唐父亲的。

"什么事？"苏唐看着陈河。

陈河清亮的眸子中映出苏唐的身影。

"你想知道的事。"陈河嘴角带着一丝苦涩，并不打算细说。

陈河要讲的事，苏唐想知道，但并不代表他知道了之后会开心。如果到时候他难过得要死，陈河肯定要陪着，倒不如等那边的事过去再说。

"我想知道的事？"苏唐眼睛亮了亮，又怕陈河看出自己的期待，低下头去不自然地咳了两声，闷闷地应了一句。

下午放学，陈河本来说好一起吃完饭再过去的，结果回家路上接了一通电话就走了。

陈河离开，苏唐心里惴惴不安的。

冬天气温骤降，天黑得也早了，一伙人守在新北老居民区这儿，除了陈河，其他人都穿着深色棉袄。而陈河则穿着蓝色的、青春活力的冬季校服，在一帮混混中格格不入。

"挺冷的啊，哥儿几个凑近点行吗？"荀六跺着脚招呼道。

一帮吞云吐雾的男人凑到一块，陈河默默地离他们远了一点儿。

"怎么了？"荀六问。

陈河有些嫌弃地看了他们一眼："什么味儿？"

荀六吸吸鼻子："不就烟味嘛，你什么时候这么多事了，还有了洁癖？"

"我没有，"陈河想到那人笑了一下，"苏唐有。"

荀六顿时跟被雷劈了似的蔫了："我真服了。"

"小河，过来吃东西！"秦优南从后面招呼他们。

他们一伙人在这儿，是陈河拿钱给大家点吃的，晚上冷，不仅有肉还有酒。秦优南看见陈河没吃什么，就回自家厨房，给他下了碗面。

"秦叔，你这胳膊都这样了就别忙活了。"陈河皱着眉头走过去，先检查了下秦优南的伤口。

"哎哟，煮个面条一只胳膊足够了，"秦优南把碗放在车后备厢上，把筷子递给陈河，"快吃，给你煎了俩蛋，牛肉也是我自己炖的，特别烂乎！"

陈河点点头，捧着碗吃了一大口。

周围温度特别低，这么一大碗牛肉面热气腾腾的，熏得他眼眶发热。小时候他也总来秦优南家，那会儿秦叔和秀姨总给他做好吃的，心疼他没妈，跟着陈天游那个糙老爷们也吃不到什么好东西。

秦玉也总把自己好不容易攒下的零食分给他。

现在什么都变了。

陈河嚼着牛肉，冲疲惫又强打精神的秦优南笑了一下。

"吃吧吃吧，吃饱了就回去吧，"秦优南叹了口气，"我这儿也没什么事……"

他话音未落，原本寂静的街道突然响起发动机的轰鸣声，然后就看到有摩托车和汽车驶进来，后面还跟着两台小型挖掘机。

陈河眯了眯眼，放下碗，起身过去。

最前面的那辆黑色奥迪车上下来几个人，带头的是个穿着呢子大衣、围着围巾、留着寸头的中年男人，一脸不耐烦，看着比郝昊天欠揍多了。这人就是郝昊天他亲爹——郝峰。

他踩着锃亮的皮鞋过来，身边围了一群小弟，一个个穿着皮夹克，手里都拎着家伙。

见郝峰走到陈河跟前，秦优南连忙从后面过来挡在陈河前面，低喝道："郝峰！"

郝峰看看秦优南，有些夸张地笑起来："哎哟，老弟啊，你怎么都这副德行了，你看看你这胳膊，还逞能呢？"

陈河垂在身侧的拳头攥了攥，大声说道："郝峰，说话就说话，别阴阳怪气的。"

郝峰装作一副刚看到陈河的样子，吃惊道："小河也在呢！"

陈河面色阴沉地盯着他。

"你爸最近怎么样啊，海南水土是不是比咱们这儿养人？我去过一次，人家那边注重这个……开发保护，那海滩，可干净了，不像咱们这儿这么脏乱！"郝峰抬抬手，指点江山的派头。

"我听他们大梁的老总说得可好了，要把这片都改成这个旅游观光的地方，前面起个瞭望塔，后面建个海滨浴场！"

"行啊，"陈河冷冷地看着他，"钱给了，你在这儿建条航母都没人管你。"

郝峰瞪大了眼睛："小河，你现在也管起这种破事了？"

陈天游刚离开那会儿，郝峰整个人都狂得不知道自己姓什么了，满城地折腾，砸陈天游兄弟的场子，像是要立威似的。陈河知道了，就带了俩人，砸了郝峰手底下最挣钱的一家夜总会。

二十万的水晶吊灯，被陈河打下来，在地上摔得稀巴烂，大理石地砖也被磕出印子来。

他就一个小孩，那天愣是没一个人敢拦着他。

郝峰当时想找回来，还没等他动手就传出郝老二要欺负一个十四五岁小孩的消息，认识他的无不笑话他，大街上看见他了，都问他是不是欺负孩子去，把郝峰气得差点儿没吃速效救心丸。

打那回起，陈河和郝峰的梁子算是结下了，郝峰只要事干得不地道了，或者是跟陈天游的兄弟沾边了，陈河总能用各种手段找回来，让郝峰气得牙根痒痒。

后来郝峰安排了人想好好教训陈河一顿，想要让陈河长长记性，结果那次差点儿摊上人命。

郝峰也看出来陈河比陈天游那是有过之而无不及，一大一小两条疯狗，往后遇上了他也尽量绕着走。

这次碰上，郝峰觉得陈河就是故意在找事。

"破事？"陈河被气笑了，"这是你兄弟。"

陈河不愿意拿这话来埋汰秦优南，这么说是想看看郝峰心里还有没有那么点尚未泯灭的良心。

"兄弟？"郝峰乐了，"什么兄弟啊，小河，你秦叔现在这德行，跟从前没法比了，你再看看你叔叔我，就是你爸回来……"

"郝老二，"陈河打断他，"你怎么就睡不醒了呢？给那些有点臭钱就欺行霸市的老板当狗感觉很好吗？"

"陈河，你敢这么和我说话？"郝峰脸上的笑容瞬间消失，黑着脸，就好像陈河那句话直接撕了他薄弱的脸皮一样。

"为什么不敢，"陈河勾起嘴角，一字一顿道，"你谁啊？"

"行啊，老子也不跟你们废话了，这是合同啊，一家七十万，不可能再多了啊。"郝峰把合同拍到秦优南身上，秦优南手也没抬，任由那页合同落在地上。

郝峰低头看了看合同，冷笑一声，往后招招手："动手。"

他话音一落，那两辆挖掘机就往前开了一点儿。

"你们敢！"陈河挡住了身后的老房子，直视着眼前的混混儿和挖掘机。

"陈河！小崽子！别在这儿给我装大尾巴狼，赶紧滚蛋！"郝峰往自己手下后面退了退，隔着人指着陈河说道。

"你跑那么远干吗，怕我抽你吗？"陈河回敬道。

两边都憋着火，可谁也没动手，心里稍微有点数的都知道，这要打起来就真是一发不可收拾了。

就在两边都僵持的时候，不知道从哪里跑出来一个阿姨，大叫一声："上次就是这个浑蛋撞了我孙子。"然后就冲了上去。

那阿姨扑到一个混混身上挠他，被人拽下来摔到地上。

众人愣了一下，冲突瞬间爆发。

陈河抬手接下迎面甩过来的棍子。

"秦叔！"秦优南手还没好，陈河赶紧到秦优南身边去，刚要找人带秦优南去车上，耳边突然有风扫过。

陈河侧身闪过，拳头重重打在被郝峰嘱咐过对他下手的人的脸上。

他抬起头，看向缩在后面还得意扬扬的郝峰，冷笑了一下。

"都乱成这样了你还要耍帅吗？"一声清亮的男声响起。

陈河愣了一下，回过身，苏唐正掰着一个混混的手，把人疼得跪在地上。

"你怎么来了？"陈河十分意外。

苏唐松开那个混混的胳膊，把人踹开，急道："你不是说有事和我说吗，我等不及了，所以我就来了。"

"啊……"陈河张了张嘴，"这事……也不差这么一会儿啊！"

"差。"苏唐正色道。

"那我……"

陈河刚要开口，身子就被人拽了一下，紧接着他听到棍子落在苏唐身上的声音，还有男孩吃痛的闷哼。

"苏唐——"

陈河大叫一声，看着苏唐抬不起来的手臂，眼都红了。

举着棍子的那人还没反应过来，就被人夺了棍子，手臂狠狠地吃了一击，还没等他惨叫，小腿骨也发出一声闷响。

把钢棍甩在那人身上，陈河慌忙去查看苏唐的手臂，是苏唐画画的右手……

"你怎么这么傻啊？"陈河心疼极了，轻轻托着苏唐的手臂，都不知道该怎么办好。

"你……"苏唐脸都疼白了，可还是用另一只手拽住陈河，"你要和我说什么？"

"我要和你说的那件事根本不重要！"陈河吼道，说出来可能会伤了苏唐的心，他怎么能说出口，难道要直接告诉苏唐他的父亲现在有妻女、事业有成、家庭幸福？

突然，警笛大作，远处红蓝光闪烁，郝峰见状，连忙招呼手下人住手。

不一会儿，一辆扣着警灯的摩托就开了进来，穿着制服的长腿男人从车上下来，快步走到两拨人之间，摘下头盔，露出帅气的脸庞，看着年纪轻轻的，大声吼了一句："这是干吗呢？"

"我们这是……"郝峰搓着手过去想要解释。

只见那个年轻警察拿出了个喇叭，摁开，敲了敲，然后放到嘴边冲着郝峰，问道："我说，你们干吗呢？"

巨大的声音差点儿震了郝峰一跟头。

"你谁啊？"郝峰身边的人看这警察是个小年轻，嚷嚷道。

"警察。"年轻警察亮了自己的警官证，上面姓名那一栏是"宋绍洲"。

"宋、宋警官……"郝峰抬抬手，"我们这是来谈合同的。"

谁也不知道郝峰为什么就怕了，他从地上捡起那份本来崭新经此一役破烂不堪的合同递过去，宋绍洲没接，盯着上面黑黑的鞋印没说话。

"宋警官，您看……"郝峰赔笑道。

"大晚上谈生意啊，"宋绍洲面无表情，"谈什么生意用带挖掘机啊，难道这是样货？这里有人要买挖掘机？"

郝峰呵呵地干笑着。

"还愣着干吗啊，散了吧，"宋绍洲冲老城区的居民们挥挥手，又看向郝峰，"我认识你，郝峰。"

"是，是。"郝峰点头哈腰的。

"轻点折腾，别把自己折进去。"宋绍洲淡淡说道。

郝峰点点头，往后招呼着，让他们赶紧走。

居民们看郝峰他们就这么走了，还心有不甘。秦优南赶忙拦着，等那些挖掘机、汽车开走了才松懈下来。

情绪激动的人们把秦优南围起来七嘴八舌地说着什么，宋绍洲耸耸肩，向陈河这边走过来。

"怎么样，我来得还及时吧？"宋绍洲看到一脸"想杀人"的陈河和他怀里手臂软绵绵地垂着的男孩，尴尬地吸了一口气。

"你再来晚点就能给郝老二收尸了。"陈河扶着苏唐，冷眼看着宋绍洲道。

宋绍洲为陈河让开路，看着陈河一身煞气但动作轻柔地把人塞进车后座，还回头嚷了一句："荀六过来开车！"

到了医院，他们先去拍了个片子，然后又到骨科找大夫，一路上陈河都板着脸。苏唐扭头看看陈河的侧脸，又欲言又止地低下头去。

处理室里，医生给苏唐上石膏夹板，说只是轻微骨折，三周就可以拆了。

医生说完，陈河脸色才缓和一些。

医生看着两个人，也没说什么，干脆让陈河也坐到床上去，两个人并肩坐着，还省得陈河碍事。

"疼不疼？"陈河握了握苏唐的手，轻声问道。

苏唐摇了摇头，脑袋低得都快埋到胸膛了。

他们就这么坐着，也不说话，默默地等着医生把石膏上好。

回了陈河家，看着餐桌上几乎没动过的饭菜，陈河开口，嗓子发哑："没吃饭就去找我了？饿不饿？"

苏唐点点头，又摇摇头。

陈河心疼得不行，让苏唐在沙发上坐好，自己去把菜热一热。刚起身，他的手就被拉住了。

"我不饿。"苏唐说道。

陈河知道，苏唐还在等着呢。

他抹了把脸，转身在苏唐身前蹲下："唐儿，这事，我其实一直想找一个恰当的时候再对你说。

"可我后来发现就算我们一天十二小时都在一起，也遇不到一个我觉得足够恰当的时间点。"

陈河轻叹了一口气，指了指苏唐胳膊上的石膏，说道："现在是足够特别了。"

他仰望着苏唐，深深地看着苏唐的眼睛，从里面看到自己的影子。苏唐的眼里满满当当的全是他。

"我没遇见过像你这样的人，你对我来说特别特别的重要。"

苏唐抿着嘴，眼底泛着亮。

"怎么了，哭什么？"陈河紧张道，"是不是手疼？"

苏唐低着头，用力地摇着头："没人说过我重要。"

在没有陈河的时光里，没有人向苏唐表达过这些，哪怕苏萤也没有。

苏唐就在冷冰冰的岁月里活了那么久，直到遇到陈河。

"那我以后每天都说，"陈河边说边轻轻捏了捏苏唐的肩膀，"你很好，很重要。"

苏唐眨眨眼，重重地点了下头。

苏唐本来没什么胃口，被陈河半凶半哄地吃了半碗米饭，躺在床上一个劲地打嗝。

旁边的陈河憋着笑，被苏唐瞪了一眼。

"今天那个警察怎么回事，你们认识？"当时情况那么乱，苏唐没有问。

"我朋友，家里背景挺大的，跟他爹较劲，在市公安局干刑警，这回就是怕局面太难控制，我就找他过来唬唬郝老二。"陈河说道。

苏唐直觉那名叫宋绍洲的警察和陈河之间没有他说的这么简单，陈河不细说，苏唐也就没有往下问。

"今天心疼死我了。"陈河不笑了，轻轻地抬起苏唐的右臂，摸摸上面的石膏，苦着脸说道。

"没什么。"苏唐微微闭眼，轻声说道。

"怎么没什么，"陈河皱着眉头，"挂三周石膏，你怎么画画？不是还有比赛吗？"

苏唐看陈河有些焦虑的样子，轻轻笑了一下，冲陈河招招手："给我一支笔。"

陈河从旁边书桌上拿了一支给他。

苏唐摁出笔芯，然后用左手在陈河手心里写下自己的名字。

工整有力，比右手写得还好看。

"我左撇子，练书法的时候就用左手练的。"苏唐说道。

陈河看了看自己掌心的字，把笔接过来，说："我也给你写一个。"

苏唐手都伸出去了，陈河却落笔在石膏上，边写边说："手上洗了就没了，写这里还能保留三周。"

只见他工工整整地在苏唐手臂的石膏上写下两个人的名字。

早上，苏唐被一阵行李箱的轱辘声响弄醒，挣扎着醒过来，发现自己和陈河睡在一张床上。陈河怕压到苏唐的胳膊，一晚上都规规矩矩地平躺着。

"陈河，"苏唐用脚端了踹陈河，"你去外面看看。"

陈河也听到了动静，有些烦躁地坐起来，以为是苟六还是谁带着行李箱来避难了，拉开卧室门有些不爽道："谁啊，大清早的做什么……爸？！"

从海南坐早班飞机飞回来的陈天游是羽绒服套短袖的打扮，正在门口换鞋，看着鞋柜下面多出来的一双篮球鞋还多看了一眼。

"你胳膊没事啊？"陈天游上下打量了儿子一番，话里还有点遗憾的意味。

"我怎么感觉你挺失望的。"陈河下意识往卧室里挡了挡，有些忐忑地说道。

"废话，六子打电话说你胳膊打石膏了我才飞回来看看你，你现在好端端的，苟六耍我？"陈天游梳着背头留着胡楂，眉眼和陈河相似，但比陈河犀利几分。

"他可能是说得太快说错了，不是我……"陈河抱着手臂，欲言又止的。

"那是谁？"陈天游话音刚落，只见儿子卧室出来一个男孩，看着文文弱弱的，手臂还打着石膏。

屋子里的三个人一时间都沉默下来。

苏唐看着陈天游，他见过陈河爸爸的照片，现在见到真人，有一种提神醒脑的感觉，一下就清醒了。

他看了看陈河，然后抬手缓缓地捂住了自己手臂上的石膏。

"叔叔好。"苏唐有些尴尬地问好。

陈河这才反应过来，噢了两声，侧身挡住苏唐的胳膊："爸，我介绍一下啊，这是苏唐，我同桌！"

陈天游点了点头，想越过陈河去看苏唐的胳膊，问道："这孩子胳膊怎么了？"

"没什么，就是……"陈河正斟酌着要怎么说，腰就被人戳了一下，陈河回头，听见苏唐小声嘟囔着："叔叔，我有点冷，我去套个褂子。"

"啊，快去，"陈天游挥挥手，"小孩就是火力旺，穿个短袖能不冷嘛！"

苏唐逃回陈河卧室。

陈天游叹了口气，锐利的目光扫向陈河，问道："怎么回事？"

陈河低着头走过去，说："就……荀六应该是说错了，不是我胳膊伤了，是苏唐。"

陈天游立马抬手拍了陈河一下："你可真行啊，你带人家出去的，让人家受伤，人家爹妈不心疼啊？"

苏唐套上长袖出来，已经把石膏遮住了，他走过来和陈河站到一起，说："是我自己不小心。"

陈天游看着眼前这瘦弱的男孩坚定的目光，又看了一眼他的胳膊，伤在右手，这会儿套上袖子肥大的长袖，看不到石膏。

陈天游看了一会儿，说："你父母知道了吗？我送你回去跟你父母解释一下，让陈河跟他们交代交代！"

陈河抬手冲陈天游轻轻摆了摆，神情有些尴尬。

苏唐摇了摇头："不用了，我父母他们不在这儿。"他不想让陈天游觉得自己是没爹没妈的野孩子。

他顿了顿，看了陈河一眼："我先走了。"

说完，他规规矩矩地向陈天游道别，在玄关穿上鞋，然后离开，把门带上。

"这孩子？"陈天游看了陈河一眼，总觉得苏唐神神秘秘的，再看自己儿子，胸膛起伏着出了一大口气，好像刚才如临大敌一样。

陈天游在沙发上坐下，拍了拍身边位置："坐下，聊会儿。"

"聊什么啊我还没吃饭呢，"陈河想着苏唐也没吃饭呢，一会儿给他点个外卖，"我先吃两口，吃完再跟你说秦叔的事。"

他以为陈天游急急忙忙地回来是因为秦优南出事了。

"小子，你有事瞒着我。"陈天游在他身后沉声道。

陈河端盘子的手顿了顿，回头向陈天游笑笑："怎么会，我能瞒你什么？"

"成绩退步了，交新朋友了，买卖赔钱了，你能瞒我的事多了。"陈天游哼哼两声，也起身过来看看厨房里有什么。

不愧是亲爹啊，说三件事就中了，陈河心里感慨着。

爷俩把杜春晓昨晚做的菜热了热，一人又盛了一碗米饭，面对面坐在餐桌上，两个人都盯着对方看了一会儿，陈河先低下头去扒拉一大口饭。

"秦叔那……"

"老秦的事我都知道了，不用你说，昨天晚上电话里我就已经跟你那几个叔叔打了招呼了，这事你就不用管了。"陈天游说道。

"那你回来干吗？"陈河皱起眉头。

"你缺魂啊，"陈天游啧了一声，"老子回来看你啊！荀六说话也说不明白，直接给我撂了句你伤着胳膊去医院了，我不得回来看看啊？"

"我这不是没事吗……"陈河下意识地搓了搓自己胳膊。

"那你同学呢！那个苏唐！"陈天游训斥道，"你看看人家瘦成什么样了，你还好意思带着人家打架！他是不是也没跟他父母说？要让他父母知道了不知道怎么心疼呢！"

陈河撇撇嘴，心里反驳一句：明明就我一个人心疼他。

"嘀咕什么呢！"又是一声低喝。

陈河吓了个激灵："心里吐槽您也管？"

"废话，我还不了解你，你撅撅屁股我就知道你……算了，吃饭吧，总之就是你自己磕着碰着没事，别连累别人。那孩子现在住哪儿，下午给他送点吃的去。"

"哎，知道了。"陈河应着，心里想着这还用你说。

陈天游抬头又看了他一眼。

吃饱了，爷儿俩对着打了个饱嗝，陈天游靠在椅子上，又打量儿子一会儿，笑了笑。

海青一中的冬季校服肥大，苏唐的腿都能塞进袖子里，本来藏个石膏没什么，可陈河非不同意夹板绑在袖子外面，说那样没效果了，苏唐无法，只能披着校服。

苏唐一进教室，郭曙梁就大喊一声："苏唐，你胳膊怎么啦？"

"小点声！大惊小怪什么！"陈河瞪了郭曙梁一眼。

"你懂什么，这可是第二名的右手啊！"郭曙梁扼腕长叹。

"借给你你也考不了第二，闭嘴。"陈河凶道。

郭曙梁悻悻地坐下，一会儿又转过头来，问道："苏唐，疼不疼，怎么弄的啊，是不是陈河欺负你了？我虽然没什么本事，但是，帮你向老师告个状还是可以做到的！"

只是告状而已，被郭曙梁说出了壮士断腕的悲壮。

"告个屁，"陈河把郭曙梁的头掰回去，"不要老觊觎我的同桌，他不属于你，再骚扰我们，我就去告诉老师。"

他话音刚落，杜明就踏着大步进来了。

"要告诉我什么？"杜明推推眼镜刚要问，就看到了苏唐的胳膊，"苏唐，你这胳膊怎么了？"

"摔的。"苏唐和陈河异口同声道。

杜明皱着眉头看了看苏唐的胳膊，看到这孩子正用左手写着题，欣慰地点了点头："好孩子，有什么不方便的就让陈河给你干去，别再碰到啊！陈河，照顾好苏唐！"

陈河冲杜明挥手示意。

课间，刘克洲竟然又拿着练习册过来了。

"他都这样了你都不放过他？"陈河指着苏唐的手臂，一脸"你还是人吗"的质问。

"废物，保护不了我们苏唐还祸害人家！"刘克洲义愤填膺道。

陈河恨得牙根痒痒，全然忘了这些年刘克洲给他背过的锅。

上课的时候，苏唐用左手记笔记，手臂就离陈河一拳的距离，陈河伸手就能拉住他，奈何被苏唐警告性地看过两眼，没敢耽误人学习。

苏唐一只手不方便，渴了陈河立马就把水拧好递过来，累了陈河就给他揉揉，被照顾得无微不至。

苏唐不堪其扰，拿了两本书夹在两个人书桌中间当隔断。

可这两本书它挡不住陈河的目光啊。

苏唐有些羞赧地把书拽出来甩到陈河身上。

"还要什么吗？"陈河问道。

"要你离我远点。"苏唐低声喝道。

陈河哼哼两声，把保温杯盖给苏唐拧开放在桌子上，然后离苏唐两拳距离玩手机去了。

杜春晓在给他发微信。

晓晓姐：我买了骨头，给苏唐煲汤。

爸爸又是第一：【嚼嚼嚼.jpg】

晓晓姐：别装傻，回来吃饭。

爸爸又是第一：【摇头.jpg】

晓晓姐：陈河，我的忍耐是有限度的。

晓晓姐：别废话了，带着苏唐一起来，你爸要看看他的胳膊。

陈河撇着嘴："我爸叫我带你回家。"

苏唐记着笔记的手顿了一下，纸张上瞬间多了一道印迹。

"你不想去？那就不去了，我和晓……"

"没有，我去。"苏唐急忙道。

　　傍晚，小区里大多是神色疲惫的学生和下班回家的人，空气中弥漫着一股油烟味。太阳早早下山，昏黄的路灯照着他们回家的路。

　　"想好了？"进楼道的时候，陈河又问了一句。

　　苏唐特别紧张，绷着脸点了点头。

　　陈河拿钥匙开了门，他们换鞋的时候厨房抽油烟机的嗡鸣声刚好停了，陈天游端菜上桌，看到陈河冷哼了一声。

　　陈河和苏唐来到餐桌旁，陈天游和杜春晓先坐下了，他们就在旁边站着。

　　陈天游招呼苏唐："小苏，坐啊，别管他，吃你的。"

　　苏唐看了一眼站得笔直的陈河，轻轻摇了摇头。

　　陈天游没好气地瞪了陈河一眼，别过头去，有些不爽地说道："坐吧！"

　　陈河这才赶紧让苏唐坐下。

　　杜春晓把清淡的几道菜换到苏唐面前，又给他盛了碗奶白的骨头汤，上面还飘着几粒红色的枸杞。

　　"来，尝尝，这骨头汤我用砂锅熬的，还加了点中药，给你补补！"杜春晓热情招呼着，"还有这些菜，我也做得清淡，让你的胳膊好得快一点儿。"

　　"谢谢。"苏唐说道。

　　杜春晓又冲苏唐笑了笑，扭头就看到还在对峙的父子俩，先是在桌子下面踢了陈河一脚，又拿手肘碰了碰陈天游："吃饭！"

陈家父子又互相看了一眼，才低下头去。

"小苏，你现在一个人在这边读书，你父母放心吗？"陈天游随便问道。

苏唐拿着筷子，一时不知道该怎么说。

他有些无助地看了陈河一眼。

陈河知道苏唐心中的顾虑，安抚着拍了拍苏唐的腿，开口："苏唐他妈妈已经去世了，他爸爸……"

看到陈天游脸色有些黯淡下来，苏唐立马接过话来："我现在还没有找到我父亲，但我会找到他的，您放心！"

"这孩子，"陈天游苦笑一声，"我放什么心？"

"我……"苏唐咬了咬嘴唇，不知从哪儿来了一股劲，大声道，"我不想您觉得我是个野孩子！"

陈天游愣了愣，像是被苏唐坚定的神色震撼到了一样，半天才开口道："孩子，这没有什么的，你是个很好的孩子，叔叔相信你和陈河会一直都是好兄弟的。"

苏唐半天才反应过来，眼睛亮晶晶的："真的吗？"

陈河也兴奋起来："陈哥！"

陈天游看着面前的两个孩子，笑着说："闭嘴，吃饭！"

这顿饭苏唐吃了不少，但是杜春晓炖的骨头汤实在是药味太浓了，苏唐前一阵喝中药喝伤了，现在一闻这味就反胃，就悄悄地都倒给陈河了。

"哎，陈河，你怎么才吃一碗饭啊？"杜春晓疑惑道。平时陈河都是两三碗的饭量，今天才吃了一碗就饱了？

"看着我吃不下去？"陈天游冷哼一声。

"说什么呢您，"陈河无奈笑笑，他把手搭在自己灌了两碗骨头汤的肚子上，"我是今天在学校喝水喝多了，这会儿吃不下去。"

吃过了饭，陈天游招招手让苏唐来沙发上："我看看胳膊。"

苏唐脱了加绒卫衣的一只袖子，让陈天游看。

陈天游又问了一遍医生怎么说的后，才点着头让苏唐把衣服穿好，拍拍苏唐肩膀，说道："好孩子，以后陈河要是欺负你了，别怕，来找叔叔！来，咱俩先加个微信！"

"对对对，"杜春晓把洗好的水果端出来，擦干净手上的水也把手机掏出来，"我也没有苏唐微信呢。"

等加好了微信，陈天游点点头，说道："好了，今天作业多吗，回去学习吧。"

陈河嚼着提子："这就赶我们走？"

陈天游挑起眉毛："不然呢，还要邀请你们留下来一块看个新闻联播？"

"不用了，"陈河立马起身，"我们这就回去学习，现在竞争太激烈了，第二名的右手骨折了还用左手笔耕不辍，一不小心我可能就要把第一的位置拱手让人了。"

玄关关门声响起，陈天游整个人跟泄了气似的瘫在沙发上。

"怎么跟快死了似的，合着刚才都是装的？"杜春晓坐在他对面，笑道。

陈天游闭着眼摇摇头："希望他俩的友谊是真的，就是生怕他们以后的路难走，怕我顾不好他们。"

"有多难走，你走过？"杜春晓看着陈天游，"他们是还小，但也不能总活在你的指导下吧。苏唐学习好、美术好，还会武术；陈河现在也能独当一面的了。路都是自己走的，你没法替他们什么，也指不明白方向的。该他们自己走的弯路他们一段都不会少走，该他们撞的南墙他们一堵都不会少撞。"

闻言，陈天游才睁开眼去看杜春晓，这个曾经被几个混混堵在小巷子里宁为玉碎的倔强姑娘，现在也出落成张嘴能说出几句道理的成熟女人了。

"怎么这么看着我？"杜春晓被看得脸红，偏了偏头。

陈天游收回目光："没什么，就是觉得你们都长大了。"

第十一章
初雪

CIA 大赛决赛前几天，苏唐向组委会申请在作品组装展示的时候带一名助手。比赛当日，司机荀六载着苏唐和苏唐的"助理"——陈河，一起抵达开发区博物馆。

这里到处张贴着海报横幅，让平日里有些严肃的博物馆变得分外热闹。这次的赛事备受重视，各界人士齐聚，陈河见苏唐虽然脸上的表情波澜不惊，但眼里还是放着光彩。

"紧张吗？"陈河轻轻捏了捏苏唐的手问。

苏唐摇摇头："就是，有一点儿激动。"

陈河点点头，煞有介事地叹口气："我有点紧张。"

苏唐挑挑眉："你有什么可紧张的，助理陈？"

"怕你拿了第一还得吊着胳膊去领奖啊。"陈河笑起来。

陈河一路贫嘴，两个人进了会展中心签到，这会儿是选手入场签到，等选手在比赛区就位后，主办方邀请的嘉宾才走红毯入场。

苏唐签下自己的名字，顺便把陈河的也写了上去。

他刚放下笔，手就被人碰了一下，在他身后有一个清瘦的少年抢过记号笔来，先是看着苏唐的签名出了一会儿神，而后冷笑着写下自己的名字——杨汝清。

苏唐看着那名字没什么印象，可周围有人窃窃私语起来，说着这男孩是杨老的孙子之类的话。

"你就是苏莹的儿子？"杨汝清看向苏唐，话语间十分不屑，一副傲气的嘴脸，就差把"你在我面前就是个垃圾"写在脸上了。

苏唐没说话，只是神色平淡地看着那个和自己差不多一样大的男生。

"我会让你带着你的那堆破纸从这里哭着出去的。"杨汝清一字一顿地说道。

陈河站在苏唐身后，苏唐没动他也没动，他知道，苏唐根本不会把这种毫无意义的挑衅放在心上。

苏唐确实不会。

周围的人都议论起来，也有认识苏唐的，这会儿都七嘴八舌地说开了，杨汝清有些得意地冲苏唐抬抬下巴，以为苏唐害怕了。

苏唐看着杨汝清，开口，轻轻地说了个"噢"。

虽然苏唐还吊着一只胳膊，可不影响他强大的气场。

杨汝清人看着就虚，气得脸都涨红了，恨不得扑上来跟苏唐打一架。

"怎么，"陈河挡在苏唐身前，冷冷地盯着比他矮一头的杨汝清，"你还想揪头发啊？"

杨汝清越过陈河去看苏唐："你还带保镖？"

陈河嗤笑一声，抬手扶在杨汝清瘦弱的肩膀上，神色狠戾地说道："两件事啊：第一，我们不认识你，别装熟，管好你自己；第二，离我们远点，为你好。"

他说着，反手用大拇指指了指苏唐："他一只手也能把你搋成灰。"

那边苏唐已经走开几步了，陈河放开杨汝清，追了上去。

"你得罪过他？"陈河问道。

"不记得了，"苏唐认真想了一下，在他有限的认识的人里，没有这么一号，"可能是我妈得罪过他们。"

陈河点点头："你脾气随你妈？"

苏唐看了陈河一眼，没说话。

他们在选手休息区候场，面前正对着的是比赛的立体海报，下面坐着这次出席开幕式的嘉宾。

苏唐无意中看到了杨婕的名字。也正常，毕竟她是这里的博物馆馆长。

休息区很安静，他们坐在角落，苏唐默默地复习着自我介绍和作品阐述，裤兜里的手机振动起来，是金子汇打来的电话。

"喂。"苏唐接起。

那边的金子汇有些着急的样子，气喘吁吁的："小唐，你是今天比赛吗，我有事和你说，方便吗？"

"方便，现在在候场。"苏唐往嘉宾入场那边看了一眼，说道。

"那好，我长话短说，我今天在整理你母亲的东西时找到了一堆笔记本，里面是二十年前的一些田野调查的笔记，这应该是唐穹留下来的，在笔记本上他写的名字叫唐轩横，轩辕的轩，纵横的横。"

苏唐猛然坐直了身子，他刚才在那里见到了这个名字，就在……那张海报上！

他冲过去，在主办方市文化局那里，看到了"唐轩横"三个字。

陈河跟过去，顺着苏唐的目光看过去，心里咯噔了一下。

完了。

可还没等他阻止，苏唐就已经向嘉宾入场那边跑过去了。陈河看着苏唐吊着一只手臂脚步有些不稳，却像风一样跑过去，心里有点难过。

主持人正在主持着嘉宾入场仪式，嘹亮的播音腔响彻会场，苏唐在红毯的旁边站着，等着那个他寻找了很久、很久的人。

"下面有请我市文化局局长唐轩横，及夫人、市博物馆馆长杨婕女士，感谢主办方与承办方对这次赛事的大力支持……"

苏唐看着从不远处走来的那对挽着手的夫妻，脑袋嗡嗡地叫着。

关于他要找的那个人已经成家立业、儿女双全的可能，苏唐不是没有设想过，可他想得更多的是，在这个世界上，是不是也会有一个同他一样找寻等待的人。

原来那些说是有缘的巧合都不是巧合，是他多年的执着给自己捅了刀。

他蹲下身子，大口大口地喘息着。

"苏唐……"陈河把人搂住。

苏唐把自己缩起来，哭都哭不出来。

唐穹，不，唐轩横，苏萤很少讲关于他的事情，偶尔讲起来，话里并不幽怨，还带着点对那段美好爱情的回味。

苏萤说，当初唐轩横离开的时候并不知道她已经怀孕了。苏唐问她知不知道的时候，苏萤笑着，那双和苏唐相似的凤眼就眯了起来，说："我知不知道又有什么所谓呢，总归我是要把你留下来的，总归，我也是留不住他的。"

苏萤就像是把自己都交付给了年少时的那一场爱恋，除了生命和画画天赋，没有什么能给苏唐的，连完整的爱都没有。所以苏唐就想看看苏萤至死都爱着的那个人，该是多么完美的一个人，以至于苏萤愿意为这份爱情成为一个注定不合格的母亲。

现在，苏唐看到了，他想问问苏萤看没看到。

那个你满心爱着的男人，抛下你奔赴前程的男人，有妻有女、家庭幸福、留你无尽孤独的男人，妈妈，你看到了吗？

苏唐死死揪着自己胸前衣襟，牙咬得咯咯作响。

好意外，苏唐只是难过，哪怕难过得要死，心里也并不荒凉，因为有陈河。

"苏唐，看看我，深呼吸。"陈河长大后为数不多的几次心慌，大部分都由苏唐而起。他单膝跪地扶着苏唐，让苏唐看着自己。

"陈河……"苏唐开口，"你扶着我，我腿软。"

"好。"陈河用力地扶住苏唐的身子。

是陈河，让苏唐这场无比荒唐、潦草收尾的找人变得有意义。陈河阴错阳差地成了苏唐来到这里的意义。

我本不是来找你的。

还好我找到了你。

他们在人声鼎沸的开幕式会场角落沉默良久，久到陈河的腿跪得都快没知觉了，苏唐小声说了句"腿麻了"，陈河就立马起身把人拉起来。

结果，陈河腿一软栽了回去，连带着苏唐一起。陈河摔到地上，苏唐摔在陈河身上。

"你怎么样，有没有事！"陈河头着地那一声动静吓醒了苏唐，他胡乱地摸向陈河的脑袋。

陈河看着苏唐为了他瞬间回魂的模样，没忍住，笑了起来。

苏唐看着陈河，也红着眼笑了。

"你笑什么？"陈河问道。

"那你又笑什么？"苏唐反问。

苏唐一只手不方便，还是陈河利落地从地上爬起来，再把苏唐搂起来，站直了身子活动着腿脚。陈河叹了口气，说："我仿佛看到了咱们七老八十的样子。"

苏唐看着他。

"就像这样，一个人摔倒了另外一个拉不住也一起摔了，"陈河摊摊手，"想我也曾是港城一霸，老年生活却这么凄凉。"

苏唐沉默了一会儿，抬起头，认真道："我觉得还不错。"

回到休息区，苏唐才开口："你什么时候知道的？"

陈河叹口气："我们推心置腹后的第二天。"他把"推心置腹"四个字咬得极重。

苏唐瞪了他一眼，说："你可以直接说上上周末。"

陈河偏不，又重复了一遍："就是我们推心置腹后的第二天，我二大爷孙子满月宴上遇到的。"

苏唐沉默了一会儿，说道："所以你上周一直说要和我说的事，其实是这个。"不是疑问，是肯定。

"这不是重点，"陈河道，"现在怎么办？"

苏唐像是缓过神来了一样，轻飘飘地说道："还能怎么办啊？照常比赛呀。"

决赛由选手展示和评委评价两个环节组成，历时一天半，从八十份参赛作品中评选。比赛全程录制，选手要做的不仅是展示自己的作品，同时还要按照导演导播安排调整自己的展示。

因为苏唐的作品在初赛时评分很高，备受关注，他的出场顺序就往后排了一些，到了第二天上午，组委会来人通知苏唐准备。

陈河把比赛证挂在苏唐脖子上，认真地说："苏唐，加油。"

"嗯，"苏唐点了点陈河胸前的牌子，"你也是，助理陈。"

他们在候场区等候，上一位选手已经展示完毕，主持人进行报幕："下面有请 72 号选手苏唐，作品《纸雕·落江南》。"

陈河和工作人员一起将苏唐制作的长达两米的纸雕作品搬上展示

台，大屏幕切到苏唐从台下缓步上台的画面。

苏唐一袭月白立领长衫，在聚光灯下整个人都发着光，如谪仙一般孤傲清冷，落入凡尘也不消一身仙气。

大屏幕切到苏唐近景特写，陈河在台下看着都心动。

"整体的设计参考了盼妆水镇以及……我母亲，画家苏萤的部分水镇的画作，化用《江南逢李龟年》中'正是江南好风景，落花时节又逢君'一句，将这纸雕水镇命名为'落江南'。"

苏唐说着，迎着耀眼的灯光看向台下。那里昏黑一片，可他就是知道陈河在那里看着他。

接下来，苏唐又冷静沉着地阐述了自己的设计理念，回答了评委提问。

就在评委准备打分的时候，选手区突然有人站了起来，大声喊道："我有异议。"

大屏幕切给选手区站起来的那位男生，他手拿一本画集看向台上的苏唐，说："苏唐母亲苏萤的水镇印象系列画作抄袭了我祖父1983年画成、1997年出版的画集《好风光》中收录的盼妆水镇的风景画作，所以苏唐的这个落江南也剽窃了我祖父的画作。

"苏萤不配作为画家，苏唐也不能凭借抄袭的作品获得奖项！"

场内顿时一片哗然。

杨汝清从选手区走下来，将手中的画集翻开展示在镜头前，里面的一幅水彩画作，赫然和刚才苏唐提供的参考作品里苏萤的水镇印象十分相像。

主持人与现场主办方和几位评委商量过后，将话筒交到国家美术学院的一位教授手里，请他为这场争议主持。

"两幅都是同一景物的水彩画作，你凭什么认定是苏萤女士抄袭了杨云桦先生呢？"老教授问道。

杨汝清不假思索道："凭借时间，这本画集出版面世的时间要早于苏萤的水镇印象。"

这回答太过于无争，以至于台下众人都纷纷点头，心里有数一样。

陈河看着台上的苏唐被无端污蔑，心急如焚，拿着手机搜索着那本叫作《好风光》的画集。从书名对应的时间确实是1997年出版，但事实上那本画集并没有卖出去多少，网上相关的资料也很少，倒是对于画集作者杨云桦，网上众说纷纭。

大概总结一下，都在说这老头不是什么好人，德艺双失的老阴阳。

这时，台下有人拿过一支话筒，喂了一声。

"诸位，我是唐轩横，1981 年到 1999 年，我在盼妆水镇所在的永安市文化宫任书记，我想，关于这两幅画的时间先后我可以为大家讲一讲。"

男人嗓音浑厚有力，听得台上的苏唐浑身僵硬。

"我并非美术专业人士，就我看来，两幅画最大的不同点在于苏萤女士画中左下处有一间红亭子，而杨先生的没有……"

唐轩横话没说完，杨汝清就插话进来："红亭子显然是苏萤抄袭画作后为了掩人耳目自作聪明加上的。"

"并不是。"唐轩横道。

"红亭子是真实存在的，是当年水镇居民为纪念市文化宫而建立的，这是有照片留存的，事后我可以提供。后来因为旅游发展，红亭子被拆，所以现在的盼妆水镇桥头是没有红亭子的。

"苏萤的作品显然是在红亭子未拆除之前所画，早于拆除年份1997 年，而杨先生的画作的创作时间晚于红亭子建造年份 1981 年，却没有红亭子。"

唐轩横话音落下，场上更是一片喧嚣，比刚才杨汝清站出来斥责抄袭更热闹。

"你、你胡说！也许我祖父画的时间比 1981 年更早呢！"杨汝清涨红了脸，竟然在这么正规的赛场上指着主办方文化局局长说他胡说。

一旁一直受冷落的苏唐抿着嘴，心情复杂。

唐轩横并不恼火，语气冷漠："我只是提出我知道的客观事实，至于真相如何，我不做决断。据我所知杨先生和苏萤女士都已过世，我们所能参考的，就是这些已知的年份，以上是我个人意见。"

他说完后，将话筒还给导播，又坐了下去。

苏唐后面的选手展示完作品后，组委会临时决定，由大赛组委会的人抓紧进行调查，等调查有结果的时候，就可以公布成绩。本来两天就会有结果的比赛，被杨汝清搅和而延期。

苏唐从台上下来，陈河把羽绒服披到他的肩上，两个人一起走出录制现场。

长长的走廊里，唐轩横在那里等他。

苏唐看着有些凄冷的白色灯光落在那个一身肃穆黑色的男人身上，浑身血液都冷了下来。

"你母亲以前是杨云桦的学生，他们渊源颇深，后来青出于蓝而胜于蓝，杨家人不过是跳梁小丑罢了。"唐轩横低沉的声音在走廊里回响。

苏唐下意识地皱起眉头，心想，他在说什么。

苏唐虽然不知道他们这对素未谋面的亲生父子，见面第一句应该说什么，但也不该是这些吧，比如可以问问他吊着的胳膊是怎么回事、问问他最近过得怎么样。

苏唐下意识地往后退了几步。

他和唐轩横之间的距离差不多五米。

"这事我会处理，你不用担心，"唐轩横说道，"你的作品我看了，很不错，会得奖。"

苏唐过了好一会儿才艰难地开口："没了？"

唐轩横嗯了一声："什么没了，你是说奖项吗？这个应该会酌情调整，具体我可以去和组委会谈，至于你被泼脏水这事，如果你实在咽不下这口气，我会为你找最好的律师。"

苏唐从来没想过，他在遇到自己一直盼望可以见到的父亲的同时，也经历了被污蔑抄袭、母亲名誉受辱。

可他觉得最重要的是第三件事。

他一直觉得自己是个没有家的人，可事实上，他给自己框了一个只有他自己的家出来。

无论唐轩横或是苏萤，都不在他的家里。

他有家，只是没有一个爱他的妈妈和一个爱护这个家的爸爸而已。

"你……想知道我的胳膊是怎么弄的吗？"苏唐颤着音开口，想再挣扎一下。

可唐轩横的疏离冷漠就像是一张沉重的大网，遮住苏唐的天日，让他挣脱不开。

唐轩横的目光这才落到苏唐的手臂上，短暂停留片刻，淡淡道："打架了？"

苏唐摇了摇头："没有，只是摔了一跤，现在没事了。"

唐轩横皱皱眉头："小心一点儿。"

苏唐又往后退了两步，快撞到陈河身上了，他强忍着心里的慌乱，点着头："知道了，我先走了。"

说完，苏唐就转身跑开。陈河看了唐轩横一眼，迈步追了上去。

博物馆很大，苏唐一路从会场跑下来，跑到外面的广场上，靠在石雕的柱子上微微喘息着。陈河跟过来，看了看苏唐，抬手把他额前因为冷汗浸湿的头发拨开，给他擦了擦汗。

"还好？"陈河问道。

"还好。"苏唐点点头。

陈河退开一步，苏唐就把头靠了过来，说："帮我捏捏。"

陈河听了，把手搭在苏唐的后颈。

苏唐喜欢陈河给他捏后颈，这样他能放松很多。

"其实这两天，我脑子都是蒙的，什么也想不了，在台上说的那些，也都是很早就记熟了的，不用过脑子。"苏唐说道。

"那，那个杨什么说的那些你也没反应过来？"陈河问道。

苏唐点点头："没太反应过来，他说的那些我都不知道。"

陈河笑了两声："当时他说完我还有点紧张，怕你在众目睽睽之下揍他一顿。"

"不会，"苏唐道，"我要真动手了，你一定会飞上来拦着我。不过我真的没太听明白他在说什么。"

"没关系，唐轩横听明白了就好。"陈河说道。

他话音落下，两个人对视沉默片刻，都笑起来。

因为这场风波，比赛延期，选手们还要在组委会安排的酒店继续住一段时间，当然了，觉得自己铁定陪跑不会得奖的就可以自行离开了。

苏唐本来也想回家，可陈河说开发区这边好玩的多，反正假也请了，就安心住着五星酒店，吃吃喝喝等着拿奖好了。

开发区的这栋三十层的五星酒店目前还是接待会议来宾多一些，因为入住的人很少，所以给选手们统一安排了套房。房间装潢华丽，软装内饰也很有格调，最重要的是，在二十七层高的落地窗旁竟然还有一个内嵌式的浴缸。

陈河刷房卡进屋，看到那个浴缸时，眼睛都亮着异样的光彩。

苏唐面不改色地绕过他。

晚上荀六来了一趟，给苏唐带了一个保温壶。苏唐拿在手里沉甸甸的，刚想问这是什么，荀六就说："这是春晓给你熬的骨头汤，她还嘱咐你在外面别跟河儿胡吃海喝什么乱七八糟的东西都往嘴里送，还是多吃清淡的，比赛期间别上火，回去给你做好吃的。"

苏唐听着，笑了一声，点了点头。

荀六没见过苏唐笑，愣了一下："你还会笑？"

"呵，他还会揍得你哭呢，要不要试试？"陈河洗了澡，裹着浴巾从浴室出来，睨着荀六说道。

荀六看着陈河赤着的精壮胸肌，皱了皱眉头："苏唐胳膊还没好呢，你注意一点儿。"

苏唐被杜春晓的温情感动出的笑容瞬间消失，先是冷着脸看了荀六一眼，往房间里走去路过陈河的时候又意味深长地看了陈河一眼。

"赶紧滚蛋，挺远的别跑了，我回头跟杜春晓说别送东西了，过两天就回家了。"陈河把荀六轰到门口，"我家苏唐脸皮薄，你管着点你的嘴。"

荀六比了个 OK 的手势，让他们早点休息就走了。

陈河关上门，回头看到苏唐正在给浴缸里放水。

苏唐放好水后，把裤子往上挽到膝盖，然后在浴缸边上坐下，试了试水温，把脚放进去。

陈河走过去，问道："你这是干吗呢？"

苏唐看了他一眼："空调不暖和，脚冷。"

这里没有暖气，都是中央空调供暖，可能是新酒店的原因，温度并不那么适合。陈河光了一会儿上身也感到冷了，把睡衣套上。

苏唐往旁边挪了一点儿，给陈河让出地方。

浴缸里的水还冒着热气，陈河过来坐下，把脚也伸了进去，确实舒服。

他仰着头笑了两声："真有你的，用浴缸泡脚。"

"还想再养生一点儿吗？"陈河说着，端起了那壶骨头汤。

苏唐抿着嘴思考一会儿："来一点儿吧，暖胃。"

陈河笑着给他拧开盖子，就被热气熏了一脸，扑面而来的就是骨头的香气。

"今天还好，没有那么重的中药味，估计是我姐看出来你不喜欢喝加了好多药材的汤。"陈河把保温壶捧给苏唐，苏唐喝了一口。

"可以吗？"陈河问道。

苏唐点点头："你也喝点。"

陈河喝了一口，说："这个可以，上次那两碗骨头汤跟药汤子似的，我也闻不了那个味。"

肚子里暖烘烘的，脚也泡在热水里。

苏唐看看陈河，好像有陈河在身边，好多事都可以过去，不容易过去的也没有那么糟糕。

"聊聊？今天的事。"陈河去床上把枕头拿过来，又跳进浴缸里，把枕头放在旁边枕着，拍拍旁边给苏唐留出来的位置。

"我可能是把他想得太好了，"苏唐说着，也仰着躺到了枕头上，"可能他就是这样的人，是我非要把他安在一个好爸爸的形象上，今天见了面，我好像也不那么难以接受这样的人放弃了苏萤和我了。"

"那他说的那些事呢？怎么听着他还要暗箱操作帮你得奖一样？"陈河道。

"我不用他暗箱操作，"苏唐果断说道，只要谈到专业，苏唐整个人都是带着一点儿轻飘飘的自信，"我凭自己本事。"

"那个杨什么……"

"杨汝清。"

"对，这个人，他怎么想的，就算是真的要给你和你妈妈泼脏水，也不该在他祖父也去世以后干这种说起来死无对证的事吧。"陈河感慨道。

苏唐摇摇头，他没兴趣了解那个杨汝清究竟是哪根筋搭错了，但唐轩横愿意为他处理这件事，他很省心。

没什么可感激的，也叫不出口他从小都没叫过的称呼，只是觉得还不错，最差也不就是这样了吗？

两个人躺了一会儿，苏唐闭着眼说道："陈河，水凉了。"

也不是凉了，只是没有刚才那么热了。

陈河起身问道："还泡吗？"

苏唐点点头。

陈河把温水放走一部分，又打开水龙头，放进来温度很高的热水。放好了水，他准备重新躺下，又听到苏唐问："饿了，骨头汤还热吗？"

"热，荀六新买的保温壶，特别保温。"陈河拧开盖尝了一口。

苏唐躺着没动。

陈河瞥了苏唐一眼，问道："这里没有勺子没有碗，你不坐起来怎么喝？"

苏唐这才坐起来，夺过陈河手里的保温壶自顾自地喝起来。陈河单手撑着头，看着苏唐。

"明天去生态园玩吧，那里有室内的植物展馆，不冷。"

"嗯。"

"去完生态园再去看个电影吧，之前漫威的电影还没有下。"

"嗯。"

"看完电影去吃烧烤，咱们不听杜春晓的，清淡的哪有热量，把你饿着怎么办？"

"嗯。"

"带你去哪儿都去？"

"嗯，哪儿都跟你去。"

清晨，苏唐感觉外面好亮，睁开眼睛，才看到昏暗的天空飘着雪花，俯瞰下去，整座城都覆上皑皑白雪。

陈河正靠在床头看书，见他醒过来，揉了揉苏唐松软的头发。

"什么书？"苏唐眯着眼醒盹。

"数学竞赛的题，"陈河给苏唐展示了封面，"最近事多，只能抽空看看。"

"那还出去吗，在酒店学习也行，下雪了……"

"下雪了才要出去，"陈河道，"这是今年的第一场雪，也是我们一起看的第一场雪，应该好好玩一下。"

苏唐没有意见，他只是担心陈河因为自己耽误很多事情。

看出苏唐的顾虑，陈河把书合上，半拉半拖地把苏唐拖离被窝："起来洗漱。"

洗漱过后，他们去餐厅吃了早餐，搭旅游专线大巴去了生态园。

外面的雪下得很大，好在开发区车流稀少，一路看着外面雪花纷飞的景象，他们很顺利地到了生态园。

苏唐对于自然景观其实兴趣不大，严格来讲，他感兴趣的事物、事情并不多，只是和陈河一起，过去很多索然无味的事情都变得有意思起来。

陈河在售票口买票，苏唐就坐在热带植被展区入口处的巨大仙人掌下等着陈河，几分钟后，那人就一脸抑不住的笑向他走来。

"你笑什么？"苏唐左右看了看，没发现有什么不对。

"你自己没发现吗，你坐在了一株巨大的仙人掌下面。"陈河指了指苏唐头上的那长株浑身都是刺的植物。

苏唐眉头一皱："所以……"

"我觉得这应该是你的本命花，"陈河诚恳道，"和你的气质特别贴合。"

苏唐听说过本命花这个说话，是那些喜欢研究星座血型的人编出来的。只不过别人的本命花都是月季、向日葵、牡丹、满天星之类的，他的怎么会是仙人掌？

浑身都是刺，这么明显的隐喻真是大可不必了。

"刚见到你的时候，你确实浑身都是刺，谁挨你近一点儿都得被扎，后来认识久了，就发现你就是看着冷漠，其实心软，就跟仙人掌一样……"

陈河话没说完，就被苏唐揪住领子："那都是我包容你，可没有人会把自己兄弟形容成仙人掌还觉得这种形容贴切，你就别得意扬扬了好嘛！"

两人对视片刻，陈河先笑起来，苏唐被他气笑了，也松了手。

室内展厅的顶棚是透明玻璃材质的，因为有热带植物的原因，里面温度很高，热带展区这边玻璃外壁的雪都融化了，可以看到室外的景象。

外面是寒冷冬季，大雪满天；室内是温暖如春，植被旺盛。就像是两个世界一样。

其实不去参观，只是坐在这里感觉就很好。

陈河找了条长椅坐下，给苏唐捏了捏一直吊着绷带的脖子，叹了口气："这边有一个有全省最大的摩天轮的游乐场，要不是你胳膊这样，我就带你去那里了。你现在吊着胳膊，估计连旋转木马都坐不了。"

"下雪了，这里就很好。"苏唐说道。

这边的开发区像是要打造和大都市一样的商业中心一样，在生态园附近建了地标广场，周围是购物中心，苏唐和陈河还是第一次一起逛街。

陈河是很久没有来过商场了，上一次还是和杜春晓一起。就是那次，他才清楚地认识到原来他对女人的恐怖力量一无所知，杜春晓竟然能从中午逛到晚上商场关门，六个大商场，当天陈河成了微信步数排名第二。

杜春晓是第一，因为把陈河累得后面要借着杜春晓在某一层逛的时候找地方坐一会儿。

跟苏唐一起逛街就比较轻松了，他们直奔运动潮牌那一层，对方喜欢穿哪个牌子心里都有数。

苏唐是夏末过来的，只拎了一个箱子，带着夏天的衣服，后面快递也只寄了书和工具，并没有寄过来秋冬季节的衣服。换季那段时间苏唐在做纸雕也不出门，生活维持纯靠陈河和某宝、某团，现在穿的厚衣服也是网上随便买的。

陈河就想给苏唐再囤点冬天的衣服，就像每家都有个觉得自己儿子冷的妈一样，拿各种过冬装备把苏唐裹得严严实实的。

苏唐将买的衣服、鞋寄存到电影院门口的储物柜，一回头，见陈河取了票，手上还抱了一桶爆米花。

"你买这么一大桶干吗？"苏唐皱了皱眉头，他没怎么来看过电影，也不是很喜欢吃这种齁甜，而且吃着吃着还有可能被没爆开的玉米粒硌到牙的东西。

"这是流程啊，"陈河指着购物袋，然后扬了扬手里的电影票，"逛街，看电影，电影伴侣爆米花。"

苏唐扶额依着指引去了他们的影厅。

今天是工作日，上学的上学，上班的上班，陈河是借了苏唐的光才能在空无一人的 IMAX 影厅看一场漫威电影。

他们在倒数第二排的正中坐下，全场真就他们两个人。苏唐坐在那里等着火场安全宣传片播放完，影厅的灯光突然暗下来。

"苏唐？"陈河叫他。

"干吗？"

"确认一下你鼻梁的位置。"陈河窃笑两声，在黑暗中，把 3D 眼镜架到苏唐鼻梁上。

苏唐扶着眼镜坐好，屏幕上已经开始播放正片了。

因为电影院里就他们两个，也就不用那么注意，主要也是因为苏唐真的没有看过漫威，谁都不认识，看着看着就一头雾水了。

"钢铁侠为什么要签那个协议啊？"苏唐迷惑道。

"因为他经历了很多，也看到过未来，认为他们部分能力需要得到约束才能换取更多的支持，为他后面更好地保护地球做准备。"陈河道。

苏唐似懂非懂地点了点头。

全程下来苏唐觉得自己像个天真懵懂的小傻瓜一样，不仅不清楚人物关系也不清楚人物目的，就是跟着陈河看个乐，也很有意思。

陈河看电影，他就一直在吃爆米花。

正片结束等彩蛋的时候，苏唐打了个饱嗝。

陈河这才去看爆米花，已经被吃掉了三分之一。

"香不香？"陈河笑着，仗着苏唐只有一只手揉乱了苏唐的头发。

苏唐没有答话，冷漠着脸，又打了一个嗝。

陈河趴在前面的座椅靠背上笑得停不下来。

彩蛋结束，苏唐也没看明白这个电影，但他知道彩蛋的作用，这是为了让观众看完所有参与这部电影的人员的名字，并为后面的故事做铺垫。灯亮起来，苏唐还有点意犹未尽地呆坐在座位上。

"怎么了？"陈河看着苏唐。

苏唐轻轻摇摇头："不知道为什么，虽然看不懂，但觉得很有意思。"

陈河笑笑："我以为你会喜欢这种电影。"

"还好吧，我看老片和文艺片多一点儿，我很少来电影院，也没怎么去过电玩城、游乐场、KTV、酒吧。"

"那你之前……"陈河顿了顿。

苏唐点点头，说："之前的生活就是学校和画室两点一线，还会经常住在画室，不怎么回家。"

如果不是遇到陈河，苏唐不会觉得自己过去的日子多么单调。

"好玩的地方多的是，以后都带你去。"陈河看着苏唐的眼睛承诺道。

雪下到中午就不下了，下雪不冷化雪冷，他们晚上从烧烤店出来的时候，陈河把买的围巾在苏唐脖子上围了几圈，把脸颊都捂住才罢休。苏唐露出一对亮晶晶的眼睛瞪着陈河。

他们就这样带着一身烧烤油烟味回了酒店，刚从旋转门进来，就有人拦住了他们，是个穿着西装的中年人，像是做秘书助理一类的。

"你们好，我们小姐在等你们，这边请。"男人冲他们做了个请的手势。

苏唐和陈河对视一眼，在酒店大堂的贵宾休息区，背对着他们的沙发上坐着一位女士。

苏唐走过去，杨婕抬头看着他，笑着招呼道："小苏，来，坐！"

杨婕一边请他们坐下，一边吩咐人再去端两杯热饮过来，很关切地问道："这么晚了你们这是去哪儿了？外面那么冷，先喝点热乎的暖暖身子。"

"杨……杨女士，有什么话您可以直说。"苏唐垂着眼，轻声道。

他对杨婕真的很有好感，甚至曾经有一点儿嫉妒唐嘉昕有这样的母亲。

"关于参赛选手污蔑你和你母亲的事情已经查清了，明天上午就会有调查结果公布出来，你可以放心了。"杨婕笑笑，并不在乎苏唐对自己称呼的改变。

苏唐点点头，示意自己知道了。

"阿姨这次来找你，其实是因为另一件事，你已经见过你的爸爸了，对不对？"

"您，其实早就知道了，是吗？"

苏唐怔怔地看着面前端坐着的温柔端庄的女人，开口问道。

杨婕微微笑了一下，点了点头："事实上，我比你父亲还要早知道。"

苏唐放在腿上的手紧紧攥起来，脸色也不是很好看："为什么？"

杨婕垂下双眸想了一下，端起杯子轻轻呷了一口热茶后，将杯子轻轻放下，才又看向苏唐。

"我和你父亲是在二十年前认识的，那时候他还和你妈妈在一起，当时他们两个人一个在文化宫工作，一个背着画板到处画画，在旁人眼里就是神仙眷侣一样的存在，我曾经一直以为他们甚至可以不吃不喝，只靠爱情就可以过活。"

那时的杨婕刚刚大学毕业，从家里偷偷跑出来要看看外面的世界。一个豪爽干练的北方女孩子一个人跑到南方，诸多不适应，人生地不熟加上水土不服，让杨婕第一次对自己产生了怀疑。

直到她遇到唐轩横，得知这个高大帅气的大哥哥和她来自同一个地方，是老乡，杨婕开心坏了。虽然唐轩横这看起来冷冰冰的，不苟言笑，但偶尔也会主动帮她的忙，或者是送她回家。

杨婕一度以为自己遇到了爱情，直到她看到唐轩横打横抱着一个女孩，那个女孩亲昵地窝在他的怀里搂着他的脖子，两个人都笑得像花一样。杨婕当时心里无比苦涩，原来那个人还会笑啊……

后来，她从文化宫的同事嘴里听到了关于唐轩横和苏萤的爱情故事，说不羡慕不嫉妒是假的，可杨婕也是真心希望他们可以长长久久。

杨婕上学时因为家庭的原因，同学们都不是很愿意和她亲近，觉得她是高门大户的大小姐，玩不到一起去，所以她连恋爱都没谈过。虽然也有喜欢她的男生，但后面了解到她的家世，就都退却了。杨婕并不知道谈恋爱该是什么样的，她以为幸福成唐轩横和苏萤那样，这辈子都不会再有烦恼。

可她错了，唐轩横和苏萤之间不再那么甜腻了。唐轩横每天在办公室待到很晚，有时候还会在办公室过夜。苏萤一开始并不来找唐轩横，结果唐轩横将行李都搬到办公室后，苏萤才追了过来，哭着缠着唐轩横。

那几次苏萤来找唐轩横给杨婕留下很深的印象，苏萤哭得她的心都揪在一起了，唐轩横还是一脸冷漠。之后苏萤又来文化宫大闹了几次，同事领导都看不下去了，出面劝说二人，唐轩横才不得不跟着苏萤回家。

那一次杨婕以为他们真的会分开，自己会有机会，可看到他们又和好了，她心里也没有那么难过。

她是和家里置气跑出来的，虽然家里对她的去向有掌握，可架不住杨婕一点儿都不和家里通信。一天下午，杨婕下班，家里的几个保镖就在文化宫门口截住她，要强制把她带回家。

那时候杨婕刚毕业也不怎么懂事，索性什么脸面都不顾了，就在大庭广众之下喊着"耍流氓啦——""非礼呀——"。那几个保镖正窘迫得要死时，唐轩横冲了出来，将杨婕从一个保镖手里拽回来，护到自己身后，一身凛然正气地冲那几个保镖喊道："我是她的领导，有什么事冲我来！"

后来双方争执起来，杨婕拦不住，只能给家里打了电话，那几个保镖见目的达到了，也就痛快离开了。天都黑了，唐轩横和杨婕面对面坐在池塘边上，杨婕拿着棉签给唐轩横擦药水。

那天两个人说的话比认识以来说过的话都要多。虽然唐轩横脸上青一块紫一块的，但还是吸着气笑了。

直到杨婕有些苦恼地叹了口气："你今天被揍得这么严重，回去苏萤姐不知道怎么心疼呢！"

听到"苏萤"两个字，唐轩横的脸一下子阴沉了下来。

"怎么了，你要是不好和她说，我去帮你解释，就是打架打输了而已嘛，那几个人五大三粗的，你又没练过，输了也不丢人啊！"杨婕宽慰道。

唐轩横摇了摇头，没再说话。

杨婕看唐轩横并不想谈苏萤，便没有继续说下去。第二天她听说，苏萤因为唐轩横回家晚了，又和他大闹了一场，闹得街坊四邻都知道了。

没过多久，唐轩横就收到了调令。

唐轩横离开的那天下着蒙蒙细雨，一切都特别有离别的氛围。可杨婕知道，她不是那个最伤心的人，苏萤才是。唐轩横坐船离开，苏萤哭晕在小码头。

唐轩横离开没多久，杨婕也被家里人带回家了，父母说给她安排了工作和对象。杨婕本无心见什么相亲对象，奈何母亲直接把人领到了家里，她从楼上下来，就看到唐轩横拘谨地坐在他们家客厅沙发上，神情严肃地和她父亲探讨着什么。

杨婕从来没想过她这么快就又能看到唐轩横，还是以这样的方式。

杨家和唐家算是世交，只不过杨家从商，赶上了下海经商的好时候，现在家大业大；唐家从政，在唐轩横祖父那一代衰落了，到唐轩横这里，他凭借自己的努力往上爬才获得了调回港城工作的机会。

如此，杨父看中的不仅是唐轩横踏实上进的品质，也不只因为是世交，更是唐轩横当时人微言轻，招来做个上门女婿也不怕自己女儿被人欺负。

杨婕看出父亲的心思，换成是自己这绝对忍不了，更何况是心性高傲的唐轩横，可她万万没想到唐轩横居然一口应下。

杨婕不是苏萤，她眼里装的不全是小情小爱，所以唐轩横应下婚事，她心里除了欢喜惊讶，还有一点点的心悸。

他们结婚后的前几年，唐轩横忙事业，一路晋升得很快，家庭生活也还算温馨幸福，唐轩横很尊重和爱护她。可后来问题还是出现了，因为他们一直没有孩子。

就在他们寻医问药，想尽各种办法要一个孩子的时候，苏萤出现了，她带着两岁不到的小苏唐来到唐轩横和杨婕的家，一脸阴霾，阴狠地盯着自己曾经的恋人，向他们介绍着苏唐。

"唐轩横，你看，这是咱们的儿子，我给他起名叫苏唐。"苏萤原本青春靓丽的脸庞此时无比狰狞，她抱着怀里的孩子也毫无母性的温柔。

"你们不用紧张，我不会让这个孩子影响你们的家庭，我只是来让你看看他，"苏萤说道，"我会一个人把他养大，他不会知道自己的父亲是谁。我要你永远记着你还有一个儿子，可你以后永远也见不到他。"

苏萤离开后，唐轩横也迷茫过一段时间，后面杨婕怀孕，才将他从苏萤的刺激中拉出来。可惜那是个女孩，唐轩横虽然嘴上不说，但杨婕知道，唐轩横心里是很介意的。

所以她装作不知道唐轩横暗中关照着苏萤母子，而自己也出于爱屋及乌的心态同样在暗中关照着他们。

她知道苏唐来了港城，但苏唐兼职教自己女儿唐嘉昕画油画是她没有想到的，她也没想到他们的碰面会是因为这种阴错阳差的缘分。

这些事杨婕省略了很多细节，只是大致和苏唐说了自己与唐轩横、苏茧的事情，这些事苏唐都是第一次听说，可他却莫名地感觉，杨婕讲述时是很诚恳的，就真的是在用旁观者的角度叙述而已。

听完了这些，苏唐心里有种说不出来的滋味，这种感觉并不好受。

自己父母对于他的抚养关照还没一个毫无血缘关系的人来得纯粹坦然。

陈河也缓了一会儿，他听见身边的苏唐垂着头低笑起来。

"苏唐……"陈河担忧地扶住苏唐。

"我没事，"苏唐摇摇头，深吸了一口气，"我就是觉得太可笑了。"

杨婕将热茶推到苏唐身前，说道："阿姨知道你是个好孩子，我不能自私地要求你理解大人们的决定，但我希望你可以不受这些影响，不要让我们的错误影响到你。"

苏唐看着那杯热茶出神。

"这几天你好好地在这边散散心，顺便可以想一下比赛结束后的安排。阿姨不知道你还打不打算回南方，如果不回了的话，你可以来你爸爸家里，我们一起生活。阿姨很喜欢你，你妹妹也是。"杨婕说道。

苏唐摇了摇头："我不回南方去，也不去和你们一起生活了，谢谢您的好意。"

杨婕听了并不意外，她轻轻点了点头："那好，阿姨不勉强你，但随时欢迎你过来，这件事你可以再考虑一下。另外你现在胳膊不方便，陈河同学一个人照顾你也会有麻烦的地方，我会给你们安排一个助理过来，他就住在这里，一会儿你们留下手机号，有事情可以直接找他。"

杨婕伸手揉了揉苏唐的后脑勺，说道："阿姨知道你在抗拒什么，但是在比赛这几天有助理还是会方便一些，你就别客气了。"

分开的时候，是陈河和那个助理交换了联系方式，他们乘电梯，在不同的楼层分开了。

电梯里，苏唐靠着陈河立着，双眼目光呆滞。

"杨阿姨，人很好。"陈河说道。

苏唐点点头。

他知道杨婕人真的很好很好，他就算是和她走得近了，也不能算是对自己母亲的背叛。

陈河拉住他的手："别怕，有我在呢。"

苏唐轻轻出了一口气："我知道。"

他知道有陈河在。

他好幸运，可以被人坚定地选择。

这场来得莫名其妙的抄袭风波平息得也有些太快了，就好像它还没有掀起很大的风浪就被人压了下去。苏唐从杨婕为他们安排的助理那里听到杨汝清还有他家人道歉了的消息，但他并没有去社交媒体和比赛官网上看。

他不在乎。

他不知道那些人意欲何为，他只能管好自己，问心无愧。

这天彩排起了个大早，苏唐是被陈河从床上拉起来的。三九寒天，把苏唐从床上拉起来，陈河还出了一身的汗。

在颁奖仪式的彩排现场，苏唐接受着来自四面八方的目光，并没有什么表情，只是听着导播的安排。

"刚才他说的那些你都听明白了？"陈河拿自己的外套裹着苏唐，两个人亦步亦趋地晃进电梯里。

苏唐面无表情："当然没有。"

陈河愣了一下才笑出来："我看你一直在那里若有所思的，不会又是在冥想吧。"

苏唐撇撇嘴："困，脑子不转，而且，不是还有你嘛。"

陈河听了苏唐的话，心里还是美滋滋的。他抬手揉了揉苏唐发梢，问道："你觉得自己能拿什么名次？"

苏唐闭着眼靠在陈河身上："第一。其实也有几个不错的作品，相比之下我的纸雕就显得有些烦杂，带着点炫技的成分了，可能没有他们那么有深度。"

陈河捏捏苏唐鼻子："分析得还算客观。但我也认为你是第一，要是没拿第一哥回去给你找个白萝卜咱自己雕个奖杯出来！"

"那不也是我自己雕吗？"苏唐轻轻笑了一声，"给你雕一个倒是可以。"

"雕个什么？"陈河期待地问道。

"再说吧，"电梯停到二十七层，苏唐率先走出去，"给你雕个'蝉联年级第一大满贯奖'，前提是这次期末你还能考第一。"

颁奖典礼如约而至，会场里大部分人都盛装出席，苏唐也不例外。

苏唐在前天晚上央求了很久，陈河才同意他今天可以不绑绷带。因为这件礼服袖口设计肥大，苏唐刚好可以把石膏藏好，只要注意不活动右手就可以。

陈河平时散漫惯了，连校服都不好好穿的人突然穿上正式的西装，将头发用发胶打理好，看着成熟了很多。

他们两个在镜子前照了照，陈河弯起手臂："来，挽着我。"

苏唐抽抽嘴角："滚。"

他走开没两步，陈河从后面赶上来，扶住他那只没受伤的胳膊，说道："那我扶着你也行！"

两个人一路步入颁奖典礼的大厅，里面已经坐了很多人，苏唐按照那天彩排时安排好的座位和陈河一起坐在了第二排。

等到选手们差不多都落座，评委和主办方请来的嘉宾也进入会场，在第一排落座。

苏唐看到杨婕一个人进来的，唐轩横没有来。她在苏唐斜前方的位置坐下，回过头来看了看苏唐和陈河，赞赏地说："小伙子们今天很帅。"

"谢谢您的衣服。"苏唐说道，这两套礼服都是杨婕送过来的。

"不客气，"杨婕笑笑，"一会儿结束了让我拍几张照片就好，衣服是昕昕给你们挑的，因为上学不能来看你的颁奖典礼，她昨天晚上难过了很久。"

苏唐点点头，没想到衣服会是唐嘉昕挑的。也是，苏唐抖了抖自己欧式古典风格的花袖，这确实是唐嘉昕会喜欢的。

"你胳膊受伤之后她已经很久没见到你了，她很想你，在家又不能画画，所以最近她情绪一直都不怎么好，"杨婕叹了口气，看向苏唐，

"你和昕昕加微信了吗？如果方便的话，阿姨还是想拜托你有时间就给她发条信息，鼓励也好，指导她学习也可以。她真的很喜欢你。"

苏唐听了，点了点头。

杨婕又和陈河寒暄了两句，直到过来熟人和她打招呼才把身子坐正。

苏唐沉默一会儿，突然叫了一声："陈河。"

陈河扭过头去，苏唐正用手机对着他，拍了一张照片。

"做什么？"陈河凑过去。

只见苏唐把微信点开，从联系人里找到唐嘉昕，将他们早上换好衣服一起在镜子前面拍的照片，还有刚才拍的陈河的照片都给小姑娘发了过去。

唐嘉昕这时候应该是在上课，苏唐看没有回复，就把手机收了起来。他长腿交叠，坐直身子，就好像什么都没有发生过一样。

"你还是挺喜欢唐嘉昕的吧，"陈河笑笑，"酥糖，糖夹心，你们俩连名字都是这种甜甜的。"

苏唐抿了抿嘴，没有说话。

颁奖典礼开始了，从优秀作品、创意作品开始颁发奖杯，这些奖项虽然不如第一、第二、第三名有分量，但同样也是对创作者的一种肯定。

虽然苏唐坐在那里什么也没说，但陈河知道苏唐心里多少都有点紧张。

第三名已经上台领奖了，现在第一名和第二名就在苏唐和另一位老先生之间。

"下面宣布本次大赛第二名，选手苏唐，有请苏唐选手上台领奖，请张鹤延教授为我们的获奖者颁奖。"

陈河拉了拉苏唐的手："去吧。"

苏唐这才回过神来，向台上走去。在聚光灯下，周围的掌声都不那么真切，他微微眯着眼，从那位白发苍苍的老教授手里接过奖杯。

"年轻人，来日可期啊。"老教授拍着苏唐肩膀，指了指台下摄影，示意苏唐合影。

手里的奖杯攥着很凉，可苏唐心里像烧着了火一样炙热，这是他参加第一个大型赛事得到的奖项，是他一直想做给苏莹看的。

妈妈，你看到了吗？我在这里过得很好。虽然不知道你是否关心，可我还是应该告诉你，我有朋友了，我很快乐。真的，从来没有像现在这样快乐过。

如果不是大庭广众之下，苏唐真的很想从台上冲下来飞奔到陈河身边，可是不行，他要一步一步稳重又得体地从台上走下来，走向陈河。

"来来来，快让我爸看看你的奖杯。"陈河说着，把手机对着苏唐，微信视频电话里是陈天游和杜春晓，两个人倔强地挤在一个画面里和苏唐打着招呼。

"陈叔叔，春晓姐。"苏唐说着把奖杯放进画面里。

陈天游和杜春晓都相当兴奋，两个人还给苏唐看了看餐桌上的面盆和馅料，镜头还扫到正在一边苦哈哈地擀面皮的蔡财。

"快回家，咱们今天包饺子！"杜春晓笑道。

颁奖典礼后还有一个宴会，毕竟苏唐这个年纪的参赛者只是少数，更多的还是需要更多机会和人脉资源的成年人，所以主办方办了这样一个宴会，也是为选手们提供更好的机遇。

但苏唐目前不需要这样的机遇，他需要快点回家去吃饺子。

让杨婕又给他们拍了几张照片后，他们就道别离开了。

他们一进家门，就看见饺子已经包出来一些了。见他们回来，杜春晓赶忙起身去煮饺子。苏唐看着餐桌上白花花的饺子，难得地有些馋，还问了一句："这么多饺子吃得完吗？"

陈河嘿嘿笑了两声，说道："这不是六哥和老蔡也在吗，一会儿你就知道了。"

杜春晓把饺子下锅就过来要仔细看看苏唐的奖杯，她学历也不高，身边也没有像陈河、苏唐这样厉害的孩子，看到奖杯兴奋得不得了。

苏唐被陈天游拉着坐下歇一歇，陈河就拿着苏唐的奖杯到处显摆。

"你知道这是什么吗？"陈河把奖杯递到正在包饺子的荀六跟前，语气激动地问道。

"这是一个奖杯，这是比赛第二名的奖杯，这是苏唐比赛第二名的奖杯，"荀六把饺子摔到盘子里，冷眼看着陈河，"跟你有一毛钱关系吗，臭嘚瑟什么！"

"当然有，这是我兄弟的奖杯啊！"陈河骄傲道。

蔡财和杜春晓一个自己是厨子，一个父亲是厨子，所以他们俩都十分利索，很快就把饺子都包完，锅里的饺子也都盛出来端上桌了。

荀六挑了一瓶陈天游的好酒打开，给他们几个倒上，就连杜春晓杯子里都是白酒，苏唐看了看自己杯子里的橙汁，多少有一点点不满。

"来，尝尝三鲜的，里面的虾仁是整个的，大虾买回来都是活的，特别新鲜！"杜春晓让苏唐赶紧趁热吃。

苏唐不去纠结白酒还是橙汁，夹了三鲜的饺子咬了一口，眼睛亮了亮，好吃！桌子上一共三种馅的饺子，苏唐吃着起劲。

"来，庆祝苏唐得奖，咱们先走一个！"陈天游端起杯子，众人纷纷举杯，五杯白酒和一杯橙汁碰到一起。

"陈哥，你啥时候回海南啊？"蔡财问道。

陈天游摆摆手，说道："我今年不走了。"

"真的？"陈河抬起头。

"真的啊，"陈天游笑笑，"我等你们寒假过完了再回去，今年咱们一起过年啊！"他说着，和苏唐碰了碰杯。

苏唐有些意外地抬起头，看向陈天游。

"别看我啊，吃，冬至还有一顿饺子呢，你要喜欢吃咱们常做！"陈天游大笑道。

第十二章
陈河是第一

　　高中生的快乐差不多就是每个学期为数不多的几次班级活动了，平时都是一群上四十五分钟课，然后休息十分钟就开心得不得了的孩子，在班主任宣布了元旦联欢会结束，下午三点放学就放假了之后，文科三班突然爆发了一阵欢呼。

　　鼓掌的，拍桌子的，引得隔壁班主任和年级主任一块在他们班窗户外面站着往里看。

　　杜明连忙摆手，示意这帮崽子们安静下来，眼神疯狂暗示窗户外边。

　　班长李涯率先接收到杜明的眼神，大声地清了清嗓子："君不见黄河之水天上来，奔流到海不复回——"

　　"君不见高堂明镜悲白发，朝如青丝暮成雪——"副班长付轻轻跟上。

　　"人生得意须尽欢，莫使金樽空对月——"全班一齐背诵道，声音高昂洪亮，把对元旦放假的喜悦都注入进去了。

　　杜明欣慰地点点头，让同学们继续背着，自己把头从教室前门探出去："宋主任！李老师！我们班背课文呢！"

　　宋主任呵呵笑了两声，背着手离开了，留下隔壁班主任在那儿不知道说什么好，愣了很久才说："我们班自习呢，你们小点声！"然后也气哼哼地离开了。

　　这你就是没办法，文科三班的学生皮是真皮，前有班主任撑腰，班长带头，后有校园一霸陈河携港城三杰管制学校里这些学生。可是人家成绩好啊，高二年级文科生一共四百多人，前五都是他们班的，校园一霸是年级第一。

隔壁班主任曾经还把自己班第一第二趁没人叫到办公室，苦口婆心地教导他们："你们看看陈河，去看看他每天都怎么学的，怎么人家就能考那么高的分呢！"

过了两天，第一第二回来了，哭丧着脸说："老师，他也不学习啊！"

隔壁班主任不信邪："不可能，老师跟你们一起去看！"

于是，师生三人就守在文科三班窗户和后门外面能看到陈河的位置。

前两节语文课陈河迟到，而且进了教室就睡觉，好，可以，可能是杜老师上课太催眠了，再加上学霸晚上肯定熬夜学习了。后面越观察，隔壁班主任脸色越不对，陈河一天几乎都没碰过书，除了摆弄手机打什么吃鸡农药就是随便翻出来张卷子胡乱写写，眼睛就没往黑板上看过几眼！

隔壁班主任像吃了只苍蝇似的，心说看看陈河晚上回家都怎么学的啊。还没等她去问陈河同学呢，放学就遇上了，她眼睁睁地看见陈河悠着校服进了网吧。

回家后，隔壁班主任怒吞几粒速效救心丸，誓要让自己班的第一第二把上课睡觉、下课撒尿、放学网吧、把她气到吃药的陈河从年级第一的位置上挤下来。

一年过去了，隔壁班主任看淡了吗？

没有。

一年过去了，陈河还是年级第一吗？

依旧是。

元旦联欢会在放假前的下午，上午的课大家显然都有些上不下去了，好在是语数英连排，语文和数学老师都很佛系，不会说他们什么，而脾气火暴的英语老师，文科三班成精了的同学们自然也不会去招惹她。

中午午休时间，每个班都在布置联欢会的教室，文科三班由付轻轻和宣传委员刘克洲组织，把去年元旦剩下来的拉花和气球拿出来，交由班里的男生打气。

戴子同看着一百只一包的气球和面前孤零零一个的打气筒，有些难以置信地抬头冲刘克洲问道："就一个打气筒？"

刘克洲点点头："是的，加油啊！"

陈河、戴子同、徐灿阳三人看了看对方，好像都从其他两人眼里看出了一些龌龊的小心思，三个人同时出手，手长腿长的徐灿阳顺利抢到打气筒。

戴子同愤愤地捏起一只气球，刚要放到嘴边吹，就看到苏唐跟付轻轻、蓝多多坐在一起说话。

"为什么苏唐可以和女生聊天！"戴子同气道。

"因为他一会儿要画元旦的黑板报，你会画吗？"刘克洲抱着手臂，轻蔑地看着戴子同。

戴子同感觉被冒犯到，抬手甩了气球："这有什么不会的，我当年在幼儿园的时候，这只手也是拿过毛笔画过猫的！"

他一只脚踩在凳子上，说道："兄弟们，怎么着，跟我一起杀过去吧，咱们把前后两个黑板都给他画得满满当当！"

刘克洲翻了个白眼："你以为陈河和徐灿阳是傻子吗……"

他话音未落，陈河和徐灿阳也站了起来。

"我小学还是美术课代表呢！"徐灿阳说道。

"我同桌还是特别牛的美术生呢！"陈河附和道。

刘克洲太阳穴突突地跳着，气得说不出话来，这边陈河三人已经一人端了一盒新粉笔开始画了。

十分钟过去了，刘克洲拎着椅子看着还在黑板上大展宏图的三个人，冷冷地说："你们擦了吧，别逼我。"

苏唐那边拉花和剪纸已经都粘贴好了，准备来拿气球才发现陈河三个大高个站在椅子上正在后黑板上认真地涂涂画画，旁边刘克洲的脸都绿了。

见苏唐过来，刘克洲恨不得扑在苏唐怀里哭："怎么办啊？"

苏唐叹了口气，拍拍刘克洲肩膀："没关系的，擦我画，很快。"

苏唐空着手站在他们身后，那威慑力比拎着椅子的刘克洲高出不知多少。陈河三人利索地扔了粉笔头，一人拿块抹布把黑板擦了，之后又拿着书把黑板扇干。

苏唐胳膊上的石膏已经拆了，这是他痊愈后第一次用右手画画，他稍微活动活动了胳膊，轻轻捏起一支粉笔。

"嗯，不错，也就比我厉害一点点嘛！"戴子同看完苏唐的黑板报，摸着下巴评价道。

"嗯，确实不错，我要是老师我就让他当美术课代表。"徐灿阳赞同道。

"不错，不愧是我同桌。"陈河点点头。

刘克洲拎着椅子把那些气球送到他们跟前："再说最后一次，别逼我。"

苏唐的黑板报和他平时在本子上随便画的风格不一样，颜色红红绿绿的看着非常喜庆，很有节日氛围。

最最重要的是，苏唐画一个黑板报的时间还没有陈河他们连画带擦黑板的时间长。

元旦联欢会的顺利举办离不开班委和热心同学们的努力，班主任杜明也很兴奋，快到点了才打电话叫两个男生去学校门口接下他。

然后，大家就看着杜明，还有几个男生抬着几个大箱子进来。

"我不知道你们都爱喝什么啊，可乐、雪碧、橙汁都买了，还买了糖、薯片、花生、瓜子，还有砂糖橘！注意啊，果皮都自己收进垃圾袋，别给值日生同学添麻烦！"杜明招呼同学拆了箱子，抬着箱子给大家分下去。

"谢谢老杜！"李涯抬着箱子喊了一声。

班里同学一齐喊道："谢谢老杜——"

老杜乐开了花："哎，好，不客气不客气啊，你们吃好喝好就行，咱们今天下午什么都不想，就是吃喝玩乐啊！"

"好——"

不得不说，文科三班的同学实在是多才多艺，苏唐听说了这次节目报得都超量了，可他没想到会这么有意思。

付轻轻还有几个女生一起，有穿汉服的有穿JK的，然后搭配着网络红曲编了个舞；刘克洲是吉他弹唱；后面还有女生弹琵琶弹了一曲

《十面埋伏》；戴子同和徐灿阳两个人也不知道从哪儿弄了一身大褂，竟然说了个相声。

陈河看着苏唐看节目时眼睛亮亮的，嘴角上扬着，最后还被戴子同他们逗得笑出来，他也跟着笑了笑，把剥好的砂糖橘塞到苏唐手里。

联欢会散场后，刘克洲问晚上跨年怎么安排，说他已经和家里请好假了。

"我也是，我可提前好几天就跟我妈说了！"戴子同点着头，几个人一脸期待地看向陈河。

"看我干吗？你们爱上哪儿上哪儿，酒吧再给你们疯一宿也行，就是第二天得给我打扫干净了。"陈河一脸"我不想和你们一起跨年赶紧滚蛋"。

"那苏唐呢？苏唐来和我们一起跨年吧！"刘克洲问苏唐。

"苏唐也不和你们一起，"陈河替苏唐说道，"我俩都有事。"

和那伙人分开，苏唐才问："咱们有什么事？"

陈河笑笑，没说话。

港城在跨年倒计时后有烟花表演，在苏唐租的那间房子的客厅落地窗前就能看到，陈河早就打算好这样和苏唐跨年了。他们先关了灯，用投影放着电影，等着十二点的到来。

十二点好漫长啊，漫长到苏唐陪着陈河重温了"复联"并且搞清楚了其中的人物关系。

窗外突然响起欢呼声，房间里的墙壁映着绚烂的光，陈河爬起来，看向窗外，在城市的另一边，烟花从海上的夜空绽放，照亮了夜幕又落入海底。

苏唐眼里泛着光，惊喜地看向陈河。

"好看吗？"陈河和苏唐在落地窗前坐下。

苏唐点着头，这是他看过最好看的一场烟花。

陈河笑笑，从窗帘下摸出来一个方形盒子，上面还系着蝴蝶结，说道："我猜你应该是饿了，所以我准备了一个蛋糕。"

陈河拆开盒子，苏唐看到里面是很漂亮的造型蛋糕，蛋糕上写了一行字——

苏唐，新年快乐。

临近期末，苏唐忙着复习，杨哲通知他来画室收拾东西，马上要过年了，他们的工作室要关门一段时间，怕苏唐有什么工具在过年期间要用，就提前通知他来拿。

苏唐手臂骨折后就一直请假，不过唐嘉昕也在期末复习，就暂时停课了。他想起来，除了上次颁奖典礼时给唐嘉昕发过几张照片，后来晚上唐嘉昕回过来一堆表情包夸他们之外，他们也很久没联系过了。

唐嘉昕知不知道他们这么狗血的关系苏唐不知道。

如果知道了，应该会躲得远远的吧。

冬天的清晨，文化园静悄悄的，好像没有人一样。苏唐自己从家跑出来，陈河还在床上睡觉。临走前，他去看了眼陈河，那位爷难得地动动眼皮，把胳膊从被子里伸出来，伸了个懒腰，然后是一声舒心的长叹。

他哼哼唧唧地问苏唐："这么早去干吗啊……"

"去工作室收拾东西，"苏唐看着陈河的头发，"你今天没事去剪剪头发吧，不然我觉得你会一直拖到二月二。"

"没事，正月我也可以剪，我没舅舅。"陈河哼唧道。

苏唐无奈地摇摇头，把那人的胳膊塞回被子里："你再睡会儿吧。"

陈河闭着眼点点头："拿完了给我打电话，我去接你。"

"摩托车太冷了。"苏唐说道。

"那我，开公交车去接你。"陈河含糊道。

苏唐笑着从家里出来，都走到工作室楼下了，想起早上陈河半梦半醒间的话还是没忍住笑了笑。

工作室都是在校大学生，别看杨哲满脸胡子，也是在港城读研究生的。大家这会儿要么是窝在学校自习，要么是已经考完试解放回家了，苏唐自己拿钥匙开的门。

小楼里空荡荡的，他走进画室，看到那里摆着唐嘉昕上次没画完的半幅画，他接了水过来坐下，把颜料调出来。

他正要落笔，门外传来动静，没等他回头，那人就已经蹿过来，捂住了苏唐的眼睛。

女孩子身上薰衣草甜甜的香气扑过来，苏唐有些意外，抬手拍拍女孩手腕，示意她松开。

"你怎么过来了？"苏唐看着眼前穿着红色羽绒服衬得皮肤更加白皙的唐嘉昕，问道。

"我来找你呀！"唐嘉昕笑起来，微微上挑的眼睛眯了起来，"我期末考完了，杨哲说你来这儿拿东西，我看楼下门没锁，猜你没有走，就来啦！"

苏唐点点头，才意识到自己还拿着笔。

"呀，你要帮我把这幅画画完吗？"唐嘉昕眨眨眼，有些惊喜道。

苏唐半天才点点头："嗯，我来收拾东西，看这幅画还没画完，就……"

"你怎么啦，"唐嘉昕看出苏唐很有顾虑的样子，眉头皱起来，"你是不是不希望我来，不想看到我啊！"

"不是，"苏唐立刻否认，他眉头颤了颤，"我以为是你不想看到我……"

"怎么会！"唐嘉昕叫起来，"你是我哥哥啊！"

苏唐有些难以置信地看向唐嘉昕："你都知道了？"

唐嘉昕点点头，眼睛亮晶晶的看向苏唐："是的，我妈妈和我讲了。我们是同父异母的兄妹，你知道吗，我一直想要一个哥哥的！我开心死了！"

苏唐张了张嘴，想说什么，又不知道该怎么说。在唐嘉昕看来，他们的关系并不复杂，其中的血缘羁绊是令人喜悦的。可在苏唐看来，赋予他们共同血脉的人，并不希望他来到他们的生活里。

"嗯……其实我今天来找你是想带你回去吃饭的，我妈妈邀请你一起吃饭！"唐嘉昕看苏唐不怎么自然的脸色，说话时也有些不那么雀跃了。

苏唐愣了愣，有些东西可能也值得尝试吧，他这样想着，然后点了点头，说道："好。"

"你说什么？"唐嘉昕瞪大了眼睛，"你答应了？"

苏唐点头。

唐嘉昕大叫着抱住苏唐："你要和我回家啦！"

唐嘉昕的家就是杨家的老房子，在开发区那片独栋别墅区里，苏唐和唐嘉昕乘车过去，路上苏唐和陈河说了自己去唐嘉昕家的事。

"小苏哥哥，"唐嘉昕叫他，"我现在是不是可以不叫你小苏哥哥，直接叫你哥哥了？"

苏唐点点头。

无论他们父母的关系多么复杂，可他和唐嘉昕的关系其实并不复杂，一个是想要一个哥哥的善良天真的女孩，一个是渴望拥有家或者亲人朋友的孤独少年。

小丫头又是一声欢呼。

司机将车开进院子里刚刚停稳，唐嘉昕就迫不及待地跳下车，催促着苏唐快一点儿下来。

这是一栋有 20 世纪建筑风格的小洋楼，整体精致大气，看着有翻新装修过的痕迹。

他们走到大门前摁铃，门开，苏唐看到了等在门口的杨婕。

"小苏。"杨婕有些局促，但还是微笑着和苏唐打了招呼。

"妈妈？"唐嘉昕有些莫名，杨婕怎么不请苏唐进去呢？

杨婕往屋子里看了一眼，而后皱皱眉头，同唐嘉昕说道："宝贝，你不是想吃那家西餐厅很久了吗，今天中午由你带小苏哥哥去那里吃饭好不好？"

"啊，不是在家吃吗？"唐嘉昕嘟起嘴，不明白为什么变了计划。

苏唐也有些尴尬地站在那里。

这时，杨婕身后突然走出来一个男人，看着不过三十来岁，油头满面的，挺着啤酒肚，开口道："哟，姐，这就是那小子啊，你让他进来啊，来来来，别在门口站着了，进来啊！"

唐嘉昕这才明白妈妈为什么让他们先离开，她有些不满地皱起眉头："他们怎么在这儿？"

杨婕见拦不住，只得请苏唐进来，介绍道："这是我弟弟杨硕。杨硕，这就是苏唐。"

"噢，你好你好，"杨硕笑起来，他虽然满脸笑容，可苏唐从他脸上看不出一丝一毫的欢迎，只见杨硕转身招呼，"倩儿，来，带闹闹来，让你们看看谁来了！"

很快，一个胖墩墩的小男孩就跑过来，也就十来岁的样子吧，比唐嘉昕小一点儿，见了苏唐指着他道："这就是妈妈说的那个野孩子吗？"

"闹闹！"一个打扮得花枝招展的年轻女人跑过来，捂住男孩的嘴，然后冲杨婕尴尬地笑笑，"姐，小孩子胡说八道呢！"

杨婕皱着眉头，没理他们，带着苏唐径直走过，请苏唐在沙发上坐下。那一家三口也过来了，目光时不时瞟向苏唐，两个大人挤眉弄眼的，那个叫闹闹的小胖子则直愣愣地看着苏唐。

唐嘉昕气得帮苏唐瞪回去。看得出来，唐嘉昕并不喜欢这一家三口。

家里的阿姨将饭菜端上桌，唐轩横才从二楼下来，见苏唐在那里，也没说什么，在餐桌旁坐下。

"杨硕他们来，让昕昕带小苏去外面吃吧。"杨婕同唐轩横建议道。

唐轩横眼都不抬："不用，一家人，都坐吧。"

杨婕眉头从苏唐进来那会儿开始就没松开过，不满杨硕一家三口不请自来还在苏唐面前胡说八道。可她又不能刻意安排，怕伤了苏唐的心。

让苏唐和唐嘉昕挨着坐下，她在唐轩横旁边坐下，说："小苏，喜欢吃什么就自己夹，这就是你自己家，不要客气。"

苏唐点点头。从他进来，唐轩横只随意地看过自己一眼，说不上来这种感觉，他早就料到会这样，可还是忍不住失落。

杨硕那一家三口在餐桌上有说有笑的，反正他们是真没把自己当外人。反观杨婕和唐嘉昕，除了给苏唐夹菜和他说两句话，都十分沉默。

那个小胖子很快就吃干净一碗饭，左右看看，没看到阿姨的身影，于是把饭碗往苏唐身前一推，蛮横道："你！再去给我盛一碗。"

要不是那个碗碰到了自己的饭碗，苏唐都没想到这小男孩是在和自己说话。

他反应的工夫，唐嘉昕气得放了筷子，抬手就把那个碗推回小胖子跟前："要吃自己盛，使唤谁呢！"

"我就要他去！"闹闹大叫道，"我妈说可以使唤他！"

这次轮到杨婕放下筷子，冷冷地看向弟弟和弟媳，问道："你们就是这么教孩子的？"

弟媳张倩赔笑着还没说什么，唐轩横开口道："行了，孩子还小，吃饭吧。"

"爸！他都十一岁了！"唐嘉昕大声道。

"那他也是你弟弟，吃饭！"唐轩横严厉呵斥道。

唐嘉昕被吼了，气得睫毛直颤，这边苏唐放下筷子，看着唐嘉昕委屈的神情，在桌子下面轻轻握了握唐嘉昕的手，示意她自己没事。

虽然他也很生气，但是他总不能在饭桌上揪着这十岁小男孩打一顿啊，毕竟杨婕对他真的很好，所以他决定忍到这顿饭结束，然后立马离开。

后面大家都吃得差不多了，唐轩横突然开口："苏唐。"

苏唐有些意外，原来唐轩横知道他也在啊。

唐轩横冷冷地说："以后不要再教昕昕画画了，她没有天赋，这也不适合她。"

唐轩横说的话让苏唐有些无法忍受。

"为什么？"唐嘉昕不满地叫道。

苏唐拉住她，看向唐轩横。

这男人后面还有话。

"而且，你也一样，把画画当作兴趣爱好就可以了，不要走艺考上艺术院校的路。还有一年半就高考了，你要把心思放在学习上，少和那些不三不四的人接触。报考名校，选一个好专业才对你今后发展有助益。"

苏唐猜，唐轩横话里不三不四的人应该说的是陈河。

他低着头没有说话，放在腿上的手机亮了一下，正是那个"不三不四"的人。

"我到门口了。"

苏唐这时特别想和唐轩横说一句：不三不四的人来接我了，我们要一起回家了！但他忍住了，没必要，血缘关系上是父子一场，没必要非把唐轩横气死。

于是，他点点头，站起身来说："我吃好了，我先走了。"

杨婕欲言又止的，十分内疚，也站起身来："阿姨送你。"

唐嘉昕被气得不轻，见苏唐要走，有些舍不得地拉拉他的手。苏唐让她别出来了，有事可以微信找他。

杨婕送苏唐出门。

"小苏，不好意思啊，阿姨今天只邀请了你一个人，我也没想到我弟弟他们会突然过来，如果让你不舒服了是阿姨不好，阿姨给你道歉。"杨婕陪着苏唐走到小院门口，皱着眉头说道。

苏唐连忙道："没有，不是您……您别这么说。"

"这次没让你尽兴阿姨也很遗憾，下次，下次你再来，想吃什么告诉阿姨，阿姨给你准备。"杨婕道。

苏唐点点头，说了声"好"。

"那，你今年要不要过来咱们一起过年呢？"杨婕问道，"如果你来，昕昕一定很高兴。"

苏唐向院子外看了看，能看到那个人一角身影。

他轻轻摇了摇头："不了，我和朋友一起过年。"

告别杨婕，他跑向陈河。

陈河来了一会儿了，虽然站在背风的地方，脸颊还是被冻得有些红。见苏唐过来，陈河吸着鼻子冲他招手。

出别墅区的路上，苏唐把唐轩横说的话复述给了陈河听。陈河听了后哼哼两声："真有他的，年级第一不三不四，年级第二心思不在学习上。我当然不三不四，我是第一好吗！"

苏唐也学着他哼哼两声："未必。"

"未必？"

陈河的声音是飘着的，带着那么点难掩的笑意。

苏唐拳头攥得咯咯响。

今天是出期末成绩的日子，陈河为了和苏唐分开走，故意起了个大早，让苏唐多睡会儿，不和他一起进学校。苏唐也是走到教学楼下看到光荣榜时，才想起来今天是什么日子的。

大冷的天，杜明好像感觉不到这呼呼的寒风一样守在教室门口，来一个人，就拍拍他们肩膀，说一句"这次考得不错啊，寒假回来别退步"。

见了苏唐，他脸上笑容就更灿烂了，可不知怎么，苏唐一出现，整个楼道的气压都低了很多，突然就有了一种"黑云压城城欲摧"的感觉。

杜明扯扯嘴角，觉得可能是自己的错觉，于是笑着迎上去："苏唐来啦，这次考得很不错啊，寒假你是怎么打算的啊，我听说你是不打算回老家了，那你三十要不要来老师家，让你师娘给你包饺子？"

苏唐抬眼看了看杜明，轻轻地摇了摇头："谢谢老师，不用了。"

杜明点点头："老师看你……有心事？"

苏唐抬起头，抿住嘴然后往上扬了扬嘴角，说道："没有，谢谢老师关心，我很好。"

杜明觉得自己耳朵是不是有问题了，他总感觉在苏唐说"我很好"的时候听到了咬牙声。

苏唐缓步走进教室，将书包放在书桌上的瞬间，身边的人身子明显地颤抖了一下。放假前的最后一天，教室里人声嘈杂，只有陈河一个人受到了苏唐拉开椅子、椅子与地面摩擦发出的尖锐声响的折磨。

陈河缩缩脖子，他已经感受到了阵阵杀气。

苏唐在他身边坐下，郭曙梁立马扭过头来："苏唐！你真厉害！你又考了第二！"

"第二"两个字一出，陈河立马瞪向郭曙梁，挤眉弄眼地示意郭曙梁闭嘴。

可不知什么时候，郭曙梁渐渐地眼里不再都是陈河了，苏唐取代了他在郭曙梁心目中的地位，郭曙梁现在眼里只有苏唐，压根儿接收不到陈河的信号！

陈河在心里怒骂郭曙梁。

"是啊，我又是第二。"苏唐清冷的声音泛着寒意，让人听了不寒而栗，最可怕的是，这种感觉只有陈河一个人能感到。

郭曙梁就是这么的没有眼力见儿，偏偏要拉着苏唐鬼扯。

"苏唐，你说这大冷天的，李涯是怎么做到每天上学还能走一万多步的啊，天天在我微信步数第一，我又落他们两千步，气死我了！"郭曙梁给苏唐显示自己的微信步数界面截图，李涯永远都是第一。

"这很简单，"苏唐冷冷地笑了笑，"你想当第一，只要把现在的第一删了就可以。"

苏唐心想，我就不一样了，我要想当第一，就得"杀人灭口"。

这事的起因是临近期末的时候，苏唐每天都复习到很晚才睡觉，有时候陈河在他家留宿，见凌晨一点了苏唐还不睡，就跟苏唐说自己也不学习，苏唐不用这么拼，到时候第一不一定是谁的呢。

苏唐想了想，觉得陈河这段时间光顾着照顾自己了，确实也没怎么好好学习，觉得他说的有些道理，就听了陈河的鬼话，之后就每天十一点半之前睡觉。

这也就导致了他真的有一段时间觉得自己比陈河刻苦努力多了，期末一定能考第一，所以才和陈河信誓旦旦地说了那句"未必"。

结果就打嘴了，最气人的是陈河还记得他说的那句"未必"！

"年轻人，不要那么急功近利！第一没了可以再考，友情没了就……"

"你没了也可以再找其他人做朋友。"苏唐冷漠地接道。

陈河哎呀一声，凑到苏唐肩膀上："真生气了？"

"起来，别影响我自己反思！"苏唐抖抖肩膀，想把陈河弄走。

"反思什么？"陈河压着嗓子道，"你这么完美，需要反思什么！"

"反思我对自己认知不够清晰，明明学习不如你还天天和你厮混。"苏唐说道。

陈河嘿嘿笑了两声："厮混这个形容我喜欢。"

苏唐冷冷地看着他，他立马收敛了笑容："你什么意思，你不会要和我分开吧！"

苏唐被气笑了，撇撇嘴："这倒不至于，就是以后不会每天和你一起混日子了，从今天回家开始，我们除了吃饭……最多加上晚上睡觉，别的时候都别一起待着。你和我在一起我效率低。"

"我在你眼里就只是饭友床伴？"陈河瞪大了眼睛，委屈地说道。

苏唐看了看四周，皱着眉头看向陈河："你别这么大声！"

陈河立马坐直了身子："好啊，现在嫌我声音大了，以前你可不是这副模样，为了个名次，咱们好好的兄弟都分崩离析成这副模样了吗！"

苏唐眉毛皱起："没有，我不是这意思……"

"那你是什么意思，你说啊！"陈河长腿交叠跷起二郎腿，大有一副"你说吧我听着呢"的架势。

"我是真的认为我应该好好学习了。"苏唐正色道，"刚开学我状态不好，后面慢慢调整好就一直去忙纸雕作品的事了，也没有好好学习。笔记虽然都记了，但是我的学习节奏都乱了，虽然也没有落下很多，但没有在之前的学校那么好的状态了。"

"我没有怪你的意思，是我自己的问题。"苏唐被陈河一脸委屈的模样弄得有些不好意思，马上就忘了是谁刚才还一脸欠揍地学"未必"了。

陈河看苏唐一脸认真，怕自己这时候憋不住笑被人揍死，于是也煞有介事地板起脸，说道："既然你都这么说了，那就按照你说的办，不过……"

苏唐不知道陈河的"不过"是什么意思。倒是陈河，死里逃生，一上午就这么有惊无险地过去了。

放假前的班会上，杜明还重点地表扬了陈河和苏唐，因为他们把文科三班的平均分拉高了几分，再次成功地把隔壁班的班主任气得跳脚。

杜老师虽然不是攀比心那么重的人，但是看到自己的学生取得这么好的成绩还是忍不住多说两句，之后又在班会上强调了几件事：一是好好完成各科作业；二是假期里注意安全，不许去河上滑冰——以前有学生掉进去过；三就是假期多和家人在一起，有条件的可以出去走走，过个好年。

"我不喜欢现在就给你们很大的升学压力，我希望你们可以珍惜这个寒假，毕竟这是你们高中时期最后一个可以过得比较放松的假期了。"杜明叹道。

他们今年高二，高三前的那个暑假就只放一个月假，八月就开学补课。之后的大小节假日都会严重缩水，所以，这确实是个很有必要珍惜的假期。

抱着这学期的课本从学校出来，陈河让苏唐先回家，他一会儿过去。

过了一会儿，苏唐家的门被人用钥匙打开，只见陈河端着个台灯走进来，把台灯放在了餐桌上。

苏唐不明所以地歪头看着陈河。

"你说的啊，我和你一起会影响你，那咱们就一人一个房间，你在卧室，我在餐厅，互不打扰。"陈河笑笑，为自己的机智骄傲地扬起下巴。

苏唐抬手扶着额头，叹了口气。他早就该料到，陈河这副模样怎么可能会乖乖按照他的计划执行呢。

不过这样也好，如果开着门的话，他一抬头就可以看到陈河。

也还不错。

"晚上吃什么？"苏唐问道。

陈河想了一下，陈天游跟朋友喝酒去了，杜春晓不知道最近怎么了，好几天没露面了，听说这几天陈天游都是自己煮的面条，因为陈天游就只会煮这个。

陈河那天还调侃陈天游呢，说他看杜春晓做饭看了这么多年还只会煮面条。陈天游当时表情还挺不自然，过了一会儿才骂道："就会煮面条也没把你饿死！"

"咱，下馆子去吧。"陈河想起来有一家新开的重庆火锅，冬天暖暖和和地吃顿火锅，再拉着苏唐去逛逛，完美。

那家火锅店新开的，外面停车场都停满了，看来生意不错。

苏唐本来不是很饿，进了火锅店闻到这麻辣鲜香的味道，瞬间就饿了。陈河也有些饿，就想着换一家，下次再来。

他刚要和服务员说不领号了，随意一瞥就看到了熟人，他冲服务员笑笑："姐姐，不用了，我有朋友在这儿。"

他说完，拉着苏唐径直穿过厅堂走向隔断边的一个四人桌。

四人桌上，杜春晓正一脸敷衍地微笑着拒绝对面的男人给自己夹菜，只见一只胳膊从后面探过来搂住那男人脖子，那男人被勒得莫名其妙有些慌乱。

陈河的头歪出来："姐，这是吃什么好吃的呢，怎么不叫我一起啊？"

杜春晓皱皱眉头。

苏唐从后面走过来，愣了愣，在她身边坐下，喊道："春晓姐。"

杜春晓皱着眉头看向陈河："撒手！"

陈河这才松了手，挨着那个男人，坐到苏唐对面。

男人显然有些不待见陈河，这人刚上来就给他来了个锁喉，现在又大大咧咧地在他旁边坐下，怒道："你谁啊！"

"这是我弟弟！"

杜春晓本来就对面前这男人没什么太大好感，陈河和苏唐的出现让她勉强能把这顿饭吃完。见这男人对陈河大呼小叫的，她没好气地翻了个白眼。

"听到了吗，我是她弟弟，您哪位？"陈河扶着头看向身边的男人，笑盈盈地问道。

男人一脸尴尬地看看杜春晓又看看陈河，结结巴巴道："我、我叫于洋……"

"噢——"陈河意味深长地点了点头，"于洋。"

男人点点头。

陈河抬手搭住他的肩膀："你多大了，做什么工作的啊，年薪多少，父母健在吗，独生子女吗，有房有车吗？存款多少……"

"陈河。"杜春晓制止道。

陈河眯着眼睛看向于洋，语气不善地问道："你是想追我姐吗？"

本以为这个看着就挺肾虚的男人能就此退却，结果过了一会儿，于洋突然把头抬起来，看向杜春晓，目光炙热地答道："是的！"

在场几个人都愣住了，只有苏唐在默默地涮菜。

陈河愣了愣，松开于洋，抬手拿过苏唐的杯子喝了口水，又似笑非笑地上下打量于洋一番。

于洋是杜春晓新约的影棚的摄影师，技术没的说，就是人有些木讷。平时半天憋不出一个屁来的人也不知道是抽了什么疯，突然向杜春晓表白。杜春晓混社会这么多年，不正经的她看不上，太正经的人又看不上她，已经很久没人跟她说过什么喜欢啊、在一起之类的话了。

不过于洋确实不是她喜欢的类型，可是她喜欢的类型还一直在拒绝她。

这顿饭于洋是吃不下去了，他被旁边这个气场强大的高中生盯得有些发毛。于是，他匆匆起身，向杜春晓告别："我、我还有点事，单我去买，我就先走了，春、春晓，咱们下次再约！"

他说完，还没等杜春晓说什么，就快速跑出去了。

陈河得意地哼哼两声，看向杜春晓，问道："姐，怎么了，跟你陈哥吵架了？"

杜春晓冷笑两声："我和他吵什么架？人家拿我当小孩，说教育我是为我好，我只要反驳就是不懂事，就是抬杠！"

陈河挑挑眉毛："你这不行啊，跟人约会你得让陈哥知道啊，你不让他知道他怎么吃醋？"

杜春晓虽然认同陈河的话，但嘴上依旧带刺："是啊，你们老陈家人就是心眼多，是吧，苏唐？"

正在吃双椒嫩牛的苏唐一口辣椒呛在嗓子里，弯身剧烈咳嗽起来。陈河给他拍着后背，等苏唐直起腰，见他咳得眼泪都出来了。

"辣……"苏唐眼眶泛红，气道。

"我给你拿瓶汽水去啊！"陈河急道，然后跑向店里的冰柜。

陈河跑回来，将汽水瓶在桌边磕了一下，就把瓶盖掀开了，然后把冒着寒气的汽水递给苏唐："来，快喝一口。"

冰凉的橘子味汽水滑过嗓子，稍稍缓和了刚才呛到辣椒的灼烧刺痛感，苏唐又喝了两口，才感觉活过来，长出了一口气。

"小可怜儿，"陈河揉揉苏唐的头发，"别吃红油锅底了啊，吃清汤的。"

苏唐抿着嘴点点头。

陈河这才又看向杜春晓，只见杜春晓一脸鄙夷地盯着他们。

外人走了，杜春晓终于挽起袖子吃起来，一边吃一边和陈河讲自己为什么几天没露面。

因为陈天游好不容易从海南回来，杜春晓就想着把握住机会，一举拿下陈天游这个难搞的老男人。结果也不知道这人抽什么风，比之前更油盐不进。他每天吃着她做的饭，一句好听的话都说不出来，杜春晓才抱怨一句，陈天游直接就说以后不用她来做饭了。

"你听听，这是人说的话吗？"杜春晓义愤填膺道。

"老娘又不是没人追，虽然我是文化不高，家庭条件也不太好，但姐要身材有身材、要脸蛋有脸蛋，每个月挣两三万也不靠男人养！追我的里面还是有那么两三个像回事的啊，我就想先接触两个，回头领到陈天游面前去让他气死！"杜春晓说着，脑海里都已经浮现出陈天游醋意滔天，一把把她搂住让那些人滚蛋的场景了。

陈河干笑两声，又点了点头，表示自己对杜春晓的计划的支持。

这时，一直低头吃东西的苏唐突然开口："那，要是陈叔叔不生气，怎么办？"

餐桌上顿时安静下来，火锅咕噜咕噜地响着。

陈河摸摸下巴，据他对陈天游不怎么全面也不怎么透彻的了解，陈天游应该是有点喜欢杜春晓的，但是吧，这人又重感情念旧还好面子。一方面可能是陈天游怀念陈河的妈妈，另一方面又怕自己耽误杜春晓。但是这两个问题都不怎么好解决，就得看陈天游自己。

"这样，我有个主意……"陈河一拍大腿道。

旁边的苏唐翻翻白眼，陈河从来就没有过什么好主意。

晚上，陈河从餐馆打包了菜，苏唐拎着一瓶酒，两个人一起回了陈河家。

陈天游正在沙发上看笔记本电脑，见他们来了，摘了眼镜招呼苏唐赶紧坐下，让陈河自己忙活就行。

苏唐乖巧地在沙发上坐下，陈河就一个人在厨房把打包好的菜装盘子。

陈天游问道："你们这回期末都考得怎么样啊，你有没有超过陈河？"

苏唐摇摇头："没有。"

陈天游笑了笑："没事，你刚来，教材还有老师讲课方式肯定都不一样，等你适应了，肯定就超过他了，是吧，陈河！"

"啊，对对对！"在厨房装盘子的陈河忙不迭地回头应道。

过了一会儿，苏唐有些犹豫地开口道："叔叔，我们菜买多了，春晓姐今天过来吃饭吗？"

陈天游愣了愣："她……应该不过来吧。"

陈河端着菜从厨房出来，像心里有事一样皱了皱眉头："爸，你是不是好几天没和春晓姐联系了？"

陈天游啊了一声，算是承认了。

"我就说嘛，"陈河立马凑过来，"爸，你绝对想象不到我和苏唐今天看到了什么！"

说完，他用眼神示意苏唐。

苏唐会意，开口道："我们今天看到春晓姐和一个男的一起吃火锅，之后春晓姐还和他一起逛街看电影。"苏唐的语气平缓，和平时没什么两样，但说的内容却让陈天游皱紧了眉头。

陈河一看陈天游表情不对了，就知道自己这招没错，马上说："你看，我说的你不信，我和苏唐一起看到的你还不信吗？"

主要是苏唐说的。要是陈河说的，陈天游就当陈河皮又痒痒了动心思撮合他和杜春晓，可要是苏唐这么老实的孩子说的……

陈天游皱着眉头，问道："那男的什么人啊？"

陈河立马在陈天游身边坐下，开始形容该名与杜春晓约会的男子样貌。

"他染了一头黄毛，特别瘦，比荀六还瘦，比蔡财还丑，跟春晓姐逛街都不帮她拎包，也不等她试衣服，态度还挺恶劣的。要不是苏唐拦着，我早就冲上去抽他了！"

陈天游抬手拍了陈河一下："苏唐拦得住你？你别找借口，还不是怕被她发现你跟踪她！"

陈河疯狂点头："是，就是这样。"

陈天游叹了口气："唉，她那脾气太倔。"

他话音落下，苏唐接收到陈河的眼神，接着说："但是我觉得春晓姐会听您的，因为那个男人看起来真的不怎么样。"

苏唐说完，陈河在陈天游看不见的地方给他竖起了大拇指。

陈天游沉思片刻，又是一声长叹："算了，先吃饭吧。"

苏唐有些意外，这和之前陈河设想的反应不一样啊。

陈河也张了张嘴，心想，别啊，别算了啊！吃什么饭啊？这么重要的问题都没解决呢！

饭桌上，陈河和苏唐吃火锅吃撑了，现在吃不下什么，陈天游也没喝酒，就吃了两口菜就放了筷子。

"爸，你就吃这么点啊？"陈河问道。

陈天游闷声应了一句："这几天肚子不太舒服，晚上少吃点。"

"那用不用去医院看看啊？"陈河有些紧张。

陈天游摆摆手·"看什么啊，我这是老了知道吗，你少气我比什么大夫都管用！"

陈河干笑两声："成吧，那你真难受了别不告诉我啊，咱们该去医院还得去。"

陈天游点点头。

陈河知道，他妈妈就是在医院去世的，陈天游对医院一直很抵触。不过陈天游身体一直不错，只是偶尔会有小感冒，平时也没什么毛病，之前还去练过一阵肌肉，他也就没坚持非要让陈天游去医院。

坐了一会儿，餐桌都没收拾呢，陈天游就要赶他们走，到门口的时候，陈天游嘱咐陈河这几天放假，带着苏唐去周边好玩的地方逛逛，别天天窝家里学习。

见陈河在门口站着不走，陈天游才小声说了句："我回头，还是跟春晓打个电话吧。"

"哎，好嘞！"陈河痛快地应着，然后拉着苏唐离开了。

陈天游把门关上，抬手捂着小腹吸了口气，快步走到自己卧室翻出药来干咽了一片。

第十三章
成长就是一场和解

    高二的寒假其实距离新年并不遥远，腊月二十八转眼就到，看着前两年早早就囤满了而今年却空荡荡的冰箱，陈河有些不满地一屁股坐到陈天游旁边。

    "你起来，坐到我合同了。"陈天游盯着笔记本的屏幕，头也不抬。

    "不会吧，我现在都没个合同重要了？"陈河虽然嘴上抱怨，但还是挪了挪身子。

    陈天游把合同从陈河身子底下抽出来，压了压上面坐出来的折痕，冷笑两声："何止是现在，你以前也没合同重要。"

    陈河翻了个大大的白眼，见陈天游的目光一直落在笔记本屏幕上，他酝酿一下，趁陈天游手指离开键盘那一瞬间，直接抬手合了笔记本。

    陈天游愣了一下，皱起眉头："你是好久没挨揍了，特别难受？"

    陈河梗着脖子，说道："你别说我了！你看看你自己！"

    "看我什么？"陈天游大声道，"老子好得很！"

    "好屁啊，你、我、苏唐，咱仨大年三十都要没饭吃了你还好呢？葱烧海参、溜肉段、红烧肉、烤羊排，通通都没有了！就连炸丸子也没有了！"陈河拍着沙发，难过得像个饿了十几天就等大年三十这一顿的孩子。

    陈天游张了张嘴，回身从自己钱包里拿了五百块钱递给陈河，说："去，带苏唐去超市买点好吃的。"

"买什么好吃的！再好吃的也不是杜春晓做的啊！"陈河激动道。

陈天游啧了一声，把五百块钱塞回钱包："你想她了那就给她打电话啊。"

陈河瞪着眼睛："我给她打电话有什么用，她一直等你的电话呢！是谁那天说的会给她打电话的啊？"

陈天游的合同又被陈河坐在屁股底下，笔记本也被陈河摁着打不开。陈天游索性靠回沙发里，抱着手臂跷起二郎腿，问道："你到底想干吗？别折腾我了行吗，直说！"

陈河这才嘿嘿地笑了两声，狗腿地凑过来："老陈，陈哥！你看，你儿子我今年就成年了是吧，我也算是个大人了，对你的事呢，我也应该稍微地关心关心。"

"说实话啊，我真觉得你跟杜春晓特别合适。"陈河音量不大，但很诚恳。

陈天游哼了两声："特别合适？哪里合适？年龄？"

陈河咳了两声："除了年龄……但是，其他都合适了，那年龄还叫事吗？"

陈天游叹了口气，把儿子推开一点儿："你啊，就是放假给你闲的，天天美滋滋的，看见路上两只狗都想给人家配个对！"

陈河厚着脸皮凑上去："那是，狗我都能给配上对，何况你俩！"

陈天游被他气笑了，捏着陈河脸蛋把他摁倒在沙发上，之后起身拍拍手，又从钱包里掏出一小沓钱来。

"干吗？"陈河没接。

陈天游把钱塞到他衣兜里，拿起手机说："你和苏唐去采购，我叫杜师傅回家。"

陈河反应过来后，马上从沙发上弹起来扑向陈天游，大叫道："陈哥——"

陈天游一手拿着手机，一手扶住儿子的脑袋，把人转了个向，在陈河屁股上踹了一脚："快滚吧，多买点苏唐爱吃的。"

于是，陈河就兴冲冲地拉上在家写作业的苏唐去了市里最大的百货超市。他拿着手里的钞票在手上拍了两下，一副他们要去学校小卖部的架势："想吃什么随便拿，哥请客！"

苏唐径直越过他，推了购物车，说道："有病。"

这还是陈河和苏唐第一次一起逛这么大的超市，上下两层，各类商品应有尽有。他们从一楼逛到二楼，买了各种水产牛羊鸡猪肉，蔬菜水果垃圾食品快乐肥宅水，还有这家超市一大特色主食肉龙，陈河一下就买了六个。

要不是陈河看着快二十的人了，就他那副馋样，苏唐都怀疑要是陈河年纪还小，是不是直接拿着就吃，然后到收银台把袋子上的条形码给人家扫。

他们有种要把陈天游给的钱都花完的信念，苏唐推的一辆购物车不够放，后面陈河和苏唐两个人一人一辆购物车，陈河在没人的地方还推着车跑两步之后踩上去飞一会儿。

"看我，苏唐快看我——"

陈河跃上购物车，冲苏唐招手。

苏唐看着，偏过头去笑了一下，竟然也迈步推着车跑了起来。

结账的时候，苏唐看着长得掉在地上的小票，开口道："我们一会儿怎么回去？"

他们是坐公交车来的，回去的话……陈河看着收银小姐姐已经扯下第五个大的购物袋装东西了，果断决定道："打车。"

他们在超市逛了两个多小时，逛到天都黑了，打车到小区门口，一路把袋子提进电梯，两个人才松了口气。

陈河摊开手掌，手心被沉甸甸的购物袋勒出了红痕，他冲苏唐招招手，说："我看看你的手。"

苏唐一下子就紧张起来，警惕地往后退了一步："看什么？"

"看看你的手勒红了没有啊，"陈河看苏唐不自然的样子，往前逼近一步，"怎么了？"

好在这时电梯门开了，苏唐立马提着东西闪身出去敲门，陈天游给他们开了门。

进了家门后，陈天游告诉他们，他和杜春晓和好了，陈河也没有太多心思，就一直盯着苏唐紧紧攥着的手看。

他们拎了一部分吃的回苏唐那里，一路上苏唐都走在后面。

进了家门，陈河佯装去整理东西放冰箱，苏唐才松了一口气，快步进了自己房间，刚要关门，陈河的手臂就抵住了门。

陈河把门推开，抓着苏唐的手腕说："手伸出来。"

苏唐见拗不过陈河，半天，还是把手掌张开了。

从前陈河就很喜欢盯着苏唐看，苏唐长得好看，他的手也好看，皮肤白皙，手指骨节分明修长，写字画画时一拿一握都特别好看。

此时，苏唐摊开手掌，上面深深浅浅的划痕，指甲边还生着毛刺，粗糙得好像苏唐这几天去搬砖了一样。

"怎么弄的啊？"陈河拉着苏唐到书桌旁边坐下，开了台灯，仔仔细细地去看苏唐的手。

"没什么，就是……刻了点东西。"苏唐说道。

"给我的？"陈河问道。

苏唐见被陈河发现，于是起身拉开床头柜的抽屉，从里面取出一个巴掌大的锦盒，索性将东西拿了出来。

陈河接过，轻轻地打开，里面静静地躺着一枚玉牌。

玉牌有半个手掌大小，手指粗细的厚度，通体墨绿，颜色浑厚，唯独精雕出来的一朵盛开的荷花尖尖上，带着点点莹润的白色，就像是神来之笔，给本就细雕精致的荷花添了几分真切。

玉牌上是一片荷塘，"荷"与"河"谐音。

陈河将玉牌捧在手上，指腹轻轻摩挲着。

"这块料是云南的翡翠，是一柄如意的边角料，对于行家来说水头不够、颜色不纯，没有很高的收藏价值。我用我比赛的奖金，还有兼职攒的一些钱买了下来，样式是我自己设计的，也是我自己雕出来的，可能没有那么好……"

"特别好。"陈河打断他。

苏唐愣了愣，他看见陈河抬手拿袖子蹭了一下脸。

陈河眼眶红红的，笑起来："这是我收到过最好、最有收藏价值的礼物了。"

苏唐没想到陈河会哭，一时间也怔住了，有些紧张地说："你别哭啊……"

苏唐拍了拍陈河的肩，然后仰起头，轻轻地出了一口气，真挚地说道："荷花寓意清高圣洁，而我也希望你一生和美、平安顺遂。"

"你知道吗，你给我的很多东西，都是我从小到大特别特别想要拥有，但都得不到的。你给我的友情是我快绝望、觉得我这辈子都不可能有的东西，所以我就总想着，我可以回报给你什么。后来我发现，我有的，你都不缺。"

"是你让我觉得，我这个人还不错。"

我的全部，我所有的喜怒哀乐，所有成功与失败，所有的物与事，从今往后，都和这个叫陈河的人脱不开干系。

陈河心尖颤了颤，闷声道："你真是让我……心疼惨了……"

苏唐笑了一声："切割玉石嘛，总会划到手，那些工具我用得也不是那么顺手。"

像是要应着"瑞雪兆丰年"似的，在大年三十这天，港城又飘起鹅毛大雪。天气状况不好，置办年货的车都堵在路上，陈天游就在家端着热茶杯感慨自己提前让陈河和苏唐去超市是多么明智的决定。

上午的时候，杜春晓就裹着鲜艳的大红色羽绒服来了，她在门垫上踩了踩，然后摘了帽子进来。

没人知道陈天游到底和杜春晓说了什么，才让杜春晓今天冒着大雪赶过来和他们一起过年。不过陈河和苏唐都不那么关心，两个人正在比赛做卷子。

苏唐在陈河卧室写，陈河在陈天游房间写。

杜春晓挨个去看这俩神经病，去陈河那儿的时候，那个臭小子还抬头有些不耐烦地看了她一眼："干啥？考试呢！"

"老娘监考！"杜春晓喷了一声，"也不知道抽什么疯呢，平时都没见过写作业，大年三十倒热爱学习了。"

陈河翻了个白眼，没理杜春晓。

陈河和苏唐差不多的时间从房间出来，杜春晓看了看表，再看看一脸肃穆的两个人，像是什么特殊部门的特工交换情报一样交换了那两张卷子。

要不是他们两个都穿着睡衣，代入感会更好一点儿。

他们交换完卷子，就又回了房间。

这次时间就快一点儿了，因为不是自己做，只是判卷子，再加上他们的错不会太多，很快，两个人又几乎同时拉开了门。

"两位学霸，都多少分啊？"杜春晓啃着苹果问道。

苏唐有些不爽地撇着嘴："陈河139。"

陈河笑笑，把卷子递给苏唐："苏糖糖，125。"

苏唐气鼓鼓地把卷子从陈河手里扯回来，之后把陈河的卷子甩给陈河。

"怎么还生气了？"陈河笑笑，过来拉苏唐，在他耳边小声哄道，"没事，今年哥的压岁钱都给你，开心点！"

陈河小声得屋子里其他两个人也听见了，陈天游和杜春晓翻了个大大的白眼。

他们家中午饭吃得简单，杜春晓就随便给他们下了点面条，凑合吃点，毕竟晚上还有年夜饭。往年吃完了饭，他们都去睡个午觉，下午起床开始准备年夜饭。

今年多了个刚刚被自己和陈河的分数差距气到了的苏唐，吃过了饭，苏唐又翻出来两本习题，在陈河的桌子前坐得笔直。

"糖儿，别看了，晚上还得守岁呢，中午睡会儿。"陈河过来撑在桌子上笑道。

"不，我熬得住。"苏唐拒绝道。

"不行，熬坏了我心疼。"陈河道。

苏唐醒过来时，厨房已经响起抽油烟机的工作声了，他可能是这个房子里起得最晚的人。苏唐心里暗骂陈河不叫他，然后整理好衣服，先把门拉开一点往外看了一眼。

厨房里陈河正在给杜春晓打下手，围裙下面罩着的是他们比赛的时候去逛街买的红色卫衣，苏唐看了看自己身上的红色线衣，嘴角轻轻扬了扬。

陈天游在沙发上看电视，听到苏唐开门的动静，就探过头来笑呵呵地看着苏唐。苏唐与陈天游视线对上，多少为自己起晚了有些不好意思。陈天游冲他招招手，让他过去坐。

厨房的香气很快就飘满了整个屋子，噼里啪啦的油炸声在这时候听起来也有些悦耳，厨房里还不时响起杜春晓嫌弃陈河碍手碍脚的抱怨。

这是苏唐过得最热闹的新年了。

以前的年是怎么过得呢？苏唐回忆着，突然觉得过去的那些事都变得好遥远。

以前每个新年都只有苏唐和苏萤两个人。金子汇家里就他一个孩子，过年他必须要回家，回去之前他会先把年夜饭给母子俩准备出来。也没有什么特别好的，就是他炖的鱼和炸的酥肉，别的菜不经放。大年三十苏唐就闷一锅米饭，桌上摆着金子汇做的鱼和酥肉。苏萤通常会选一部电影来放，这几年他们连春晚都没看过。

他们也没有放鞭炮的习惯，但小城镇上家家户户都噼里啪啦响得很热闹，苏萤喜静嫌烦，但苏唐觉得还挺有意思。

吃过了晚饭，苏萤就回房间戴上耳机睡觉了，苏唐则一个人坐在家门口的石阶上，听着鞭炮声，看夜幕里绽开绚烂的烟花。

这是一年一次的限定夜晚，是苏萤心底不为人知的期待。

他喜欢过年，喜欢放鞭炮，喜欢看烟花，喜欢大家热热闹闹地吃年夜饭，甚至还喜欢看春晚。

他喜欢听那些主持人穿着耀眼喜庆的礼服，一人一句用播音腔说着新年祝福；喜欢看穿得花花绿绿、喜气洋洋的歌曲舞蹈节目；喜欢看那些不说话都惹人发笑的演员表演相声小品……

苏萤自己活得像个织女一样，除了爱情什么也不要，她自然不会在意苏唐这么接地气的喜好。

可现在有人在乎苏唐了。

陈河抓了两个刚出锅的喷香肉丸子从厨房溜出来，吹了吹，塞到苏唐嘴里。

"怎么样，好吃吗？"陈河眨眨眼，笑道。

苏唐点点头，这是他吃过的最好吃的炸丸子。焦香的丸子在苏唐嘴里炸开，汁水充斥着整个口腔，香甜鲜咸，特别好吃。

"好吃吧，我炸的！"陈河扬扬下巴，得意道。

那边正在看手机的陈天游咳咳两声，然后微微抬眼看了陈河一眼。

陈河愣了愣，苏唐两边腮帮子鼓鼓地也看向陈天游。

陈天游被看得有些尴尬，叹了口气："算了。"

陈河还想说什么，就听到厨房里传来一阵怒吼："陈河！你跑哪儿去了？回来看着锅里！"

陈河长叹一声，拿没沾油的那只手揉了揉苏唐头发，"我去打下手去了啊，你要饿了就洗个苹果……"他话还没说完，看了陈天游一眼，"算了，我给你俩切点苹果端过来。"

晚上七点左右，杜春晓准备好材料就开始下锅做年夜饭了，陈河一道菜一道菜地往外端。苏唐闻着太香了，也去帮忙端盘子。他们从厨房出来，看到陈天游已经在挑酒了。

"苏唐喝点什么？"陈天游指着柜子里的白酒、红酒，还有苏唐叫不上名字的洋酒问道。

陈河端着菜路过："他喝饮料。"

陈天游哈哈笑了两声，拍拍苏唐有些单薄的肩膀："这男孩怎么也得能喝一点儿啊。"

"他就是一罐啤酒的酒量，一点儿都不能喝。"陈河道。

菜都端上桌，就四个人，可杜春晓做了十道菜，十全十美的寓意。陈天游也开了两瓶酒，四个人都坐了下来。

"来来来，咱们先来欢迎一下今年的新成员苏唐！"陈天游端起小酒杯，和苏唐碰了一下杯。

"欢迎苏唐！"杜春晓和陈河一齐道。

"苏唐，说两句？"陈天游冲苏唐笑道。

苏唐愣了一下，随即轻轻点点头，端起自己的杯子。

"我，特别开心能认识陈河，也很开心能认识叔叔、春晓姐，还可以和你们一起过年。我想，以后每一年我们都能一起过年。"苏唐轻声说道。

在场的人都愣了愣，还是陈天游先应道："好啊，没问题，咱们以后都这样，每年都一起过年！"

苏唐低着头笑了一下，然后放下了自己的杯子，端起陈河的酒杯，说："我就……喝一小口吧。"

辛辣的液体入喉，苏唐兴奋得要命。

他所渴望的，不是凭借不可放弃的执念，而是特别神奇的阴错阳差。

他爱这种阴错阳差爱得要命。

春晚过半，窗外传来的鞭炮声响几乎盖过了电视里的声音，他们爱吃的馅料被摆在茶几上，一边看春晚节目，一边包饺子。

苏唐不会包饺子，擀皮又慢，陈河便给了他四颗糖，说："喏，剥了，一会儿塞到饺子里。"

陈河特意给四个包着糖的饺子捏了花边，边捏边说："一人一个，吃到来年走大运啊。"

几盘饺子端上来，陈河把显眼的捏了花边的饺子夹给了杜春晓和苏唐。

陈天游也夹出带花边的饺子，往陈河碗里夹了一个，最后一个给了苏唐。

"苏唐来年又要艺考还要高考，你得吃俩！"陈天游道。

苏唐点点头，咬了一口，水果糖甜滋滋的。

吃饱喝足，陈天游给了陈河车钥匙，他后备厢里准备了鞭炮和烟花，让他们俩出去玩，放完再回来。

陈河拉着苏唐出去，在雪地里，点起一挂鞭炮。

"我觉得鞭炮和咱们的友情特别像。"陈河看着一路火星燃起炸裂的鞭炮，说道。

苏唐看向他。

陈河笑笑："特别激情四射，特别轰轰烈烈。"

大年初一，外面的雪积了厚厚一层，皑皑一片，房间里隔着窗帘都能感觉外面特别亮。苏唐隐隐听见外面电视机的声音，好像在重播昨天的春晚。

他们过了零点就回房间去睡了，苏糖和陈河睡一起，杜春晓睡陈天游房间，陈天游睡沙发。听外面的声音应该是杜春晓和陈天游起来了。

杜春晓早上起来时，她爸爸叫她回家，说她一个大姑娘天天跟一个大老爷们还有他儿子混个什么劲，让她早早回家，大年初一还要去拜年。

"什么叫混啊？"杜春晓不满道，"您别忘了，当年您医药费都是陈天游掏的啊……人家这情您不记着啊？"

杜春晓她爸知道女儿牙尖嘴利，打小就说不过闺女，嗯嗯啊啊半天，就是让她快点回家。

杜春晓哼哼两声："您随便吧，反正就冲这，我给他们做一辈子饭我都愿意，要回家我也得先给他们安排好早饭！"

她说完就挂了电话，出卧室正好跟从卫生间出来的陈天游碰上。

"昨天睡得怎么样，你爸叫你回去了？"陈天游神情平淡地说道。

杜春晓点点头："我把饺子煮上就走。"

"春晓。"陈天游叫住她。

杜春晓愣了愣，回身勉强笑笑："怎么了？"

陈天游笑着从口袋里掏出一个鼓鼓囊囊的红包，说："大年初一，不给你叔拜个年吗？"

杜春晓看了那红包一眼，脸色有些发白，不知怎的，两人之间萦绕着一股诡异的气氛，并没有新年喜气洋洋的感觉。

"我不……"杜春晓咬了咬嘴唇，眉头皱在一起，难过得让人看着心疼，"谁是你侄女啊？"

"我不在家这段时间辛苦你了，拿着吧。"陈天游苦笑着，把红包往前递了一下。

杜春晓眼泪就在眼眶里打转，她死死咬着嘴唇，不让难过的哭声溢出来。

"春晓听话，拿着。"陈天游嗓音微微发哑。

杜春晓怔怔地看着陈天游，好久，才开口道："陈天游，你敢说你对我没有一点儿喜欢吗？"

她抬手指着那个红包，问道："这是压岁钱还是遣散费啊？陈哥。"

女孩声音发颤，其中百转千回的难过听得人心中尽是悲凉。

"我拿了，以后还能再来吗？"杜春晓望向陈天游，非要从这个男人眼里扒出来一点儿自己的影子一样。

"能啊，这永远是你家。"陈天游眸色黯淡无光，这句话像是他咬牙说出来的。

"那行啊，"杜春晓抬手狠狠地擦了擦眼泪，把白皙细嫩的皮肤都蹭红了，她哑着嗓子开口，"陈叔，新年快乐。"

陈天游手里的红包被杜春晓抽走。

陈天游僵在原地，看着杜春晓有些慌乱地裹上羽绒服，把围巾挂在脖子上，逃一样地离开。

那道大红色的鲜艳背影看着像是在映衬这场有些残忍的别离。

苏唐被玄关处的声响震得颤了一下，身边的陈河翻了个身，含糊地问道："怎么了……谁出去了……"

"春晓姐。"苏唐道。

"嗯……"陈河应了一声，把头埋在被子里，还准备继续睡。

"九点了，别睡了。"苏唐有些冷漠地推了一把陈河后，起床去洗漱了。

陈河愣了愣，叹了口气，也从床上坐了起来。

他们从房间出来，陈天游正在厨房给他们煮饺子，陈河在客厅喊了一嗓子："爸！新年快乐！Happy new year 啊！"

陈天游拿着汤勺出来，皱皱眉头，笑骂道："少整你那没有用的洋词儿！"

"陈叔叔，新年快乐。"苏唐在一旁中规中矩道。

"哎，好，新年快乐，唐唐，来，红包！"陈天游说着，把早就准备好的两个红包拿起来。

苏唐晃了晃神，陈天游就已经把红包直接塞到了他手里，两个都给了他，陈天游说："昨天陈河不是说红包都给你吗，那就都给你，你管着，别让他天天瞎浪瞎花钱，什么好几千的那个破积木，不给他买，知道吗？"

苏唐干笑着点了点头。

"行，饺子好了，咱们准备吃饭，吃完了陈河跟我去拜年。"陈天游招呼他们吃饭。

吃过了早午饭，陈河和陈天游出门了，苏唐则回了自己家，等陈河拜完年再去和戴子同他们几个一起吃饭。

陈河那边结束已经下午了，苏唐感觉自己早上的饺子要消化完的时候，陈河就给他打了电话，告诉他戴子同他们都去了网吧，在那里集合。

再一次来到风云电竞馆，苏唐有了不一样的感觉，就像这全城唯一一间大年初一就营业了的网吧一样——特别。

网管荀六从吧台露出头："米啦。"

苏唐点点头。

荀六道："陈河说他一会儿就过来，让你等他。"

"苏唐！"旁边深深陷进沙发里，脸上还带点泪痕的刘克洲冲他招手，"跟我一块看剧吧，特别好看。"

苏唐走过去，正好看到几个女人互相揪头发的情节，听配音就知道是很久远的电视剧，里面女人的尖叫声刺痛了苏唐的耳朵，其间还有人叫着"世贤"。

"怎么样，好不好看？六十八集，内容满满特别刺激，超级适合用来打发时间，还过瘾！"刘克洲激动地和苏唐安利着。

苏唐是不了解这些，但比起那边戴子同、徐灿阳他们在吃鸡的枪声，还有他们的怪叫声，刘克洲这里还是好一点儿。

毕竟，女人的战场和男人的战场是不一样的。

苏唐看着那个传说中的绝世渣男看得入迷，身下的沙发椅忽然往后沉了沉，他回过头去，陈河正趴在他的椅背上，笑盈盈地看着他。

"无聊吗？"陈河小声和苏唐说道，没惊动正看得疯魔恨不得钻进屏幕跟女主一块手撕恶毒女配的刘克洲。

"还好，"苏唐笑笑，"感觉，这是第一次好好地坐在这里。"

陈河笑起来："是啊，因为这回你不是来砸场子的。"

苏唐皱皱眉头，也没说什么。

"真奇怪，你是不是被夺舍了，何方妖孽，快把我家暴力甜心苏糖糖还回来！"陈河故作严肃道。

苏唐脸微微泛红，轻哼了一声，也压低音量，凑到陈河耳畔："非得在这个你朋友们觉得是全世界最快乐的地方揍你一顿你才开心吗？"

陈河抬手示意自己错了。

吃饭的地方就在网吧旁边，是一家老字号的铜锅涮肉，陈河一伙人进去，直接和服务员打了招呼就进了包间，菜都不用点，服务员知道他们的老规矩。

羔羊、肥羊、高钙羊肉各两盘，蔬菜菌菇拼一盘，自己喜欢吃什么再单独点。

服务员拿啤酒进来后，陈河又跟着出去拿了两瓶汽水回来。

"谁喝汽水？"刘克洲看了看在座的大家，难不成是荀六、蔡财一会儿要开车不能喝酒？反正不会是苏唐，毕竟认识第一天苏唐摔了酒瓶子抵在那人脖子上的画面还历历在目，那么能打的人怎么可能不会喝酒。

只见陈河把一瓶汽水放到了苏唐手边，说："我俩。"

然后，他又补了一句："昨天晚上喝的白的，今天就不喝了。"

刘克洲他们家长大年初一初二都走亲访友档期排得满满，他们就相当不要脸地用自己马上就高三了要好好学习为借口逃出来玩，并向他们的家长表达了不能走亲访友的遗憾，请他们代自己收好压岁钱。

"多吃点。"陈河给苏唐夹肉。

其他人看见了，一阵啧啧。

戴子同说："这么说吧，认识陈河六年，别说他给我夹肉了，就是这锅里给我留口肉的时候都没有。"

"看开点，我也没有。"徐灿阳道。

"我也没有。"刘克洲也举起手。

陈河给他们翻了个大大的白眼，起身把那一盘羔羊肉都下进了锅里，说："你们把我形容得这么薄情寡义，但我大度，包容你们，今天肉敞开了吃，我请客。"

陈河说完，坐回去靠近苏唐，小声说道："给点零花钱呗，我的钱不是都交公了吗？"

苏唐思索一会儿，微信给他转了五百块钱。

没过一会儿，陈河给苏唐转过来两千块钱，然后又转来两千，一会儿的工夫，苏唐的微信界面就被陈河的转账刷了屏。

苏唐呆住了，扭头看陈河。

陈河笑笑："不是以后你管钱吗？都给你了，每个月给我点买早饭的钱就行。"

那枚玉牌，虽然是苏唐自己收来的边角料雕的，不算上乘品，但也很不错，陈河找人看过，这种成色的玉石价钱不低，不像苏唐说的那么轻飘飘的。

"干吗？收啊。"陈河笑着催他。

苏唐举着手机，脸颊被热腾腾的火锅热气熏得泛红。

"收敛一下表情啊，我可就这么多都给你了，被那帮饿狼看到该来抢了，"陈河说道，"不过，抢也不给他们，都给你保管。"

海青一中高二年级不仅在元宵节这一天开学了，还在这个本该是阖家欢乐、一家人围在一起吃汤圆的日子安排了开学考试。

脾气不好的英语老师的原话是："过节？我看你们脑子里装的都是汤圆，考试也考个大汤圆！"

第二天出成绩的时候，英语老师又重复了一遍这句话，说完抬头就看到教室后门那两个男生脑袋对脑袋地缩在一起，教室里还飘着淡淡的清甜香味。

"后门那俩！"英语老师把卷子砸到讲台上，"站着！"

苏唐被突然点名，一口汤圆卡在喉咙处，脸都憋红了，费力地往下咽着。

本来他上课从来不吃吃喝喝，这次是陈河早上买的早饭是热汤圆，早读没来得及吃，上英语课上得他有些低血糖了，陈河才赶紧让他吃一个。

陈河拍着苏唐的后背，两个人把餐盒塞进桌肚里，然后站起来。

"又是你们！出去，拿着吃的外面吃去——"英语老师气得都说不出话来。

他们又被英语老师请出了教室。

陈河真的端着汤圆出来了。苏唐皱皱眉头，想说陈河不该那么挑衅英语老师，但是刚才那个花生馅的汤圆真很好吃，他只咬了两口就吞下去了，确实还想再吃一个……

于是，他们在背风的地方靠墙坐下，陈河把餐盒递给苏唐。

苏唐正吃着，听到他们隔壁班传来一声声响，紧接着老师怒吼着说了句"滚出去"，然后教室门被人拉开，郝昊天从里面出来，又砰的一声把门摔上。

巨大的声响在整个楼道里回荡。

郝昊天走了两步看到正笑着看着他的陈河，还有对他熟视无睹、默默吃汤圆的苏唐，愣了愣，他没想到年级第一第二也会被老师赶出来，年级第二被赶出来了还坐在地上吃汤圆。

苏唐注意到郝昊天的视线落在自己的汤圆上，有些警惕地别过一点身子，然后又快速地舀起一个汤圆塞进嘴巴里。

郝昊天翻了个大大的白眼，说道："我难道还会抢你的汤圆吗？"

陈河笑笑，拍拍身边的空地，示意郝昊天坐下。

郝昊天皱皱眉头，一脸烦躁地坐到了陈河对面的台阶上。

"你最近怎么样？"陈河看向郝昊天，是真关心他。

郝昊天撇撇嘴："就那样。"

陈河张了张嘴，有些意外："我还以为你会说'关你屁事，滚'。"

老城区那边的拆迁风波也在前一段时间平息下来，最后还是以大梁恒际妥协，会将从前定好的拆迁款如数付给拆迁住户们结束。秦优南还带着几个拆迁户代表请陈天游吃了个饭，他们和开发商僵持了那么久，还是陈天游回来从中调和，才能这么短时间内就谈拢一切，让大家都得到了一个心满意足的答复。

而之前带头骚扰恐吓住户、试图强拆的郝昊天的父亲郝峰，在大年初三那天被警察从家里带走了，他除了涉嫌参与非法团伙活动外，还有其他别人不好打听的事项，据说现在还在拘留所，等候证据收集，还会被起诉。

郝昊天之前张牙舞爪的，秉性和他父亲有点像。他们父子关系虽然不像陈天游和陈河这样处得特别好，但也还可以。郝峰这事一出，郝昊天整个人就像只没了爪牙的小狗，有种从头到脚的落魄感。

郝昊天听了陈河的话，只是轻轻地斜了他一眼，没说话。

"蔡辉他们也进去了，你最近自己稍微注意点，之前得罪的人挺多的，别让人揍了回家再吓到你妈。"陈河嘱咐道。在他眼里，郝昊天永远都幼稚得要命，有时候就为了逞一时之勇，不知道干了多少缺魂事。

听陈河提到自己母亲，郝昊天眼眶有些发红。他们小的时候，陈天游兄弟三个还没断了来往，陈河总去郝昊天家蹭饭。郝昊天的妈妈是陕西人，做饭相当好吃，人也是特别温柔，陈河现在都记得清楚。

那位母亲脆弱到就连郝昊天出门平地摔一跤都会搂着郝昊天哭半天。

这次的事不知道她得受多大打击。

郝昊天还是没说话，把头埋在手臂里，整个人都蜷在台阶上，身子轻轻颤着。

陈河也没想到自己两句话这么大力量，他叹了口气，冲苏唐打了个手势，示意自己去安慰郝昊天一下，随后起身，坐到了郝昊天身边。

他抬起的手臂在空中顿了顿，才搭在郝昊天肩膀上。

他们已经很多年没靠得这么近过了。

英语老师下课出教室的时候，看到苏唐手里捧着吃干净了的餐盒，还有在楼梯上坐着搂着别班男生的陈河，气得甩手下了楼。

楼道里人渐渐多起来，苏唐看了郝昊天一眼，把纸巾抛给陈河。陈河单手接了纸巾，塞到郝昊天手里："别哭了啊，擦脸。"

郝昊天低着头，把纸巾抽出来，糊在脸上。

"我和你说的话你记住，有事给我打电话……你还有我电话吧？"陈河道。

郝昊天闷声道："有……我回头从黑名单里把你拉出来就行了。"

陈河一时无语，又重重地拍了拍郝昊天，起身从楼梯上下去。

陈河和郝昊天的教室虽然挨着，但两个人平时很少能碰见，主要是他们都有意避开彼此。

陈河的活动路线之前就是厕所到教室和小卖部到教室，现在则是围绕着苏唐活动；郝昊天则和他的狐朋狗友一起上天台扯淡。所以他们平时都不怎么能碰到。

再看见郝昊天是周五放学的时候，陈河和苏唐并肩出校门，远远地就看到郝昊天跟着一帮人走了。

苏唐听见陈河低骂一声。

来不及问清楚，苏唐就跟着陈河一起往那边跑过去。陈河边跑边嘱咐："你胳膊可才养好，不许硬来，你的安全最重要知道吗？"

苏唐皱皱眉头，心想，不就是一帮混混吗。

看出苏唐在疑惑什么，陈河啧了一声："他们可不是一般的混混。"

昏暗的胡同里，本就寒冷的空气现在变得更加肃杀。郝昊天看着眼前这个面黄肌瘦的男人，狠狠地咬住自己的后槽牙，眼中恨意抑不住。

郝昊天跟着一帮人走进胡同，把书包丢在一边，然后把肥大臃肿的冬季校服也脱下来放在书包上。只穿着一件单薄卫衣的郝昊天，迎向那伙人的目光。

领头的男人双目无神，咧嘴露出一口黄牙，他先是看着郝昊天嘿嘿笑了两声，夹着烟的手点了点郝昊天，说道："小子，你挺有种啊，一个人就敢跟我们走，不怕一会儿打得你跪下叫爸爸吗？"

"噢，我忘了，是你爸那帮狗腿子们都不在了，就剩你一个了啊。"那男人继续说道。

"爸爸"两个字一出，郝昊天怒目圆瞪，拳头死死地攥着，愤怒得像是要一拳打掉那个男人的头。

"这样，哥哥不难为你，你叫两声爸爸，认个乖，咱们这事就算了了，怎么样？"男人邪笑着，全然不把郝昊天的愤怒放在眼里。

"算个屁！"郝昊天怒吼一声，冲了上去，打倒了挡在男人身前的一个混混，下一拳只差那男人鼻梁一点儿的时候，他被人扯住，甩在了地上。

郝昊天挣扎着要从地上起来，后面就有几个人一起摁住了他，他被死死地摁在地上，膝盖在地上磕得生疼。

"小子，你说你逞什么能？收拾完你这不是分分钟的事嘛，"男人笑笑，把烟头比在郝昊天脖子上，"你说，我在这儿摁一下，能把你大动脉烫出洞来吗？"

郝昊天往后躲了躲，头发被人狠狠地揪住。

眼见着燃烧着的烟头就要落在脖子上了，郝昊天眼睛死死地瞪着，牙关紧咬，说什么也不叫一声。

男人愣了一会儿，说："摁脖子上没意思，你眼睛瞪这么大，那就来眼睛吧，哪只呢……"

男人话音未落，旁边摁着郝昊天的混混突然感到身后一阵风袭来，紧接着左右两个人都被人从后面踹飞出去。苏唐把摁着郝昊天脑袋的混混踹到墙边，陈河越过其他人，直接将那男人揪着领子撞到了墙上。

"孙立军，你想再进去蹲两天？"陈河眯着眼看着这男人，语气冷到极点。

孙立军的胳膊瘦弱得好像陈河只要稍稍用力就能给他掰断一样，他自然反抗不了陈河，只能大口地喘着气，面部表情狰狞地笑道："我都在里面待了一年多了，还差这两天？"

陈河冷笑一声，把孙立军甩在地上，孙立军伏在地上剧烈地咳嗽起来。

陈河居高临下地睨着他："别再来骚扰郝昊天，他爸不在，还有我爸呢。"

"你认识我爸吧？"陈河看着狼狈地倒在地上抽搐的男人，一字一顿道。

另一边，苏唐扶起郝昊天，拉住他不让他过去。郝昊天目眦欲裂，挣扎着想冲过去，叫道："我杀了他——"

陈河头疼地看着郝昊天，又回身在孙立军身上狠狠地踩了一脚，才和苏唐一起拉着郝昊天离开。

"陈河！你松开我！我要弄死他！"一路上，郝昊天胡乱地吼着，要苏唐和陈河松他。

"你弄死他，你不用坐牢？你妈怎么办？"陈河低声问道。

郝昊天瞬间安静下来，眼泪一颗一颗滚落下来："怎么变成这样了啊……"

陈河看郝昊天情绪太激动，不敢放他回家，怕他吓到他妈妈，干脆给他妈妈打了个电话，说郝昊天晚上去他们家睡。

打完电话，陈河强行拉着郝昊天去了网吧，把他拽进包间里，关了门，才松了一口气。

郝昊天就一个人伏在桌子上号啕大哭，像是要把这段时间的情绪都宣泄出来一样。

苏唐看了他一眼，问陈河："这是怎么回事？"

陈河叹了口气："孙立军以前跟着郝峰混社会，后来不知道从哪儿搭上了卖摇头丸的线，就开始怂恿去夜店酒吧的学生买。郝峰这人虽然次，但也算小心真怕摊上事那种，直接就把他揪出来揍了一顿，然后送派出所了。前前后后这么闹了几次吧，后面就把郝昊天也牵扯进去，那个孙立军还拿郝昊天威胁过郝峰。最后这才给他关进去，就是没想到他出来得这么快……"

陈河回头看了郝昊天一眼，从前横着走的螃蟹精小霸王现在哭成这样，他心里也不好受。

陈河和苏唐两个人都默默地掏出了作业本，在郝昊天对面的电脑后面开始写作业。

　　不知道过了多久，郝昊天才哽咽地抬起头，看到对面两个人竟然开始写起了作业。

　　沙沙的笔声，还有他们小声交流题的声音听起来莫名和谐，这两个人突然都变得没有那么不顺眼起来。

　　他愣了一会儿才哑着嗓子开口："我饿了。"

　　陈河听了，抽抽嘴角，看向苏唐："你饿了吗？"

　　"我说我饿了你问他干啥？"郝昊天拍着桌子道。

　　"因为你现在在我的地盘，麻烦你有一点儿把我当死对头的自觉行吗？电话都把我拉黑了，我还巴巴给你做饭？我太贱了吧！"陈河起身撑在桌子上，越过电脑皱着鼻子看着郝昊天。

　　郝昊天被说愣了，陈河说得好像没错，起码在此刻他们还没有和好，他也还没把陈河的电话从黑名单里拉出来呢。

　　他咬了咬牙，看向苏唐："那你饿了吗？"

　　苏唐有些无奈地扫了一眼这两个幼稚鬼，最后看向陈河，说："我饿了，想吃汤圆。"

　　"我不……"郝昊天刚想说自己不喜欢吃汤圆，陈河和苏唐一齐看过来，目光犀利，这次很难得他把话咽回去得那么快。

　　网吧有小厨房，锅碗瓢盆一应俱全。平时员工会在这儿做饭，陈河偶尔也会在这里煮面吃。

　　隔壁便利店有汤圆卖，陈河想了一下，又拿了两包速冻水饺，然后回了网吧的小厨房。

　　把煮好的汤圆连锅端出来后，陈河进包间冲还红着眼睛，有些无所事事的郝昊天抬抬下巴："厨房锅里有饺子，自己盛。"

　　郝昊天眨眨眼，看到陈河给苏唐盛汤圆，才皱着眉头出去。他把饺子端回来，陈河正和苏唐用一个碗吃着汤圆。

　　郝昊天皱皱眉头，觉得自己应该有一点儿寄人篱下的自觉，开口道："要不……我再给你们拿一个碗？"

　　陈河和苏唐再次目光犀利地看向他。

　　郝昊天被看得莫名，愣愣地坐下来，又不甘心地在陈河和苏唐之间来回看了看，总觉得哪里不对，可他又说不上来。

他吃着饺子，听陈河开口道："晚上你跟我回家，你睡沙发啊。"

"我为什么睡沙发，你房间不是双人床吗？"郝昊天立马反对道。

陈河有些心累地掐了掐自己眉心："第一，咱俩还没和好呢，你要是晚上打击报复踹我影响我睡眠怎么办？第二，和好了你也不能上我的床。"

郝昊天琢磨了一会儿，突然反应过来什么："凭什么！"

陈河翻翻白眼："反正今天说什么你都得睡沙发。"

"我大大不会让我睡沙发的。"郝昊天笃定道。

大大就是陈天游。

"那你和你大大一起睡去。"陈河抱着手臂，毫不退让。

苏唐咽下最后一口汤圆，想了想，开口："要不让他去我那儿住一晚吧，还有一间客房……"

"不行。"两个人异口同声地拒绝道。

"晚上我不在，郝昊天欺负你怎么办？"陈河痛心疾首道。

郝昊天眼珠子都快瞪出来了："他一只手就能把我摁地上，我能怎么欺负他？！我还怕他揍我呢！"

苏唐忍无可忍："那你们随便吧，我回去了。"

第十四章
少时游

　　本来在走廊里就甚少能碰到的郝昊天，那次之后就像人间蒸发了一样，有时候陈河上课被英语老师赶出去，他们也碰不上了。

　　不过他和苏唐两个人全然没有自觉，完全没有想到那天郝昊天一个人缩在陈河他们家的沙发上时内心是多么荒凉。就连陈天游安排他睡陈河卧室，让陈河睡沙发，他都连连拒绝。

　　好好的发小，说弯就弯了？

　　自那之后，郝昊天都避免和陈河他们碰上，尤其是不想见到苏唐。

　　在他眼里，苏唐就像是妲己、褒姒那样祸国妖妃一类的人物！

　　牛啊！

　　苏唐根本不关心郝昊天心里的弯弯绕绕，海青一中的艺术节即将到来，一系列的活动把整个四月排得满满当当的。作为班上唯一一个美术生，苏唐被杜明安排做他们班艺术节参谋团的一分子，为班级荣誉做贡献。

　　"今年的艺术节安排，四月上旬是男生军体拳和女生啦啦操比赛，中旬班歌比赛，同时开始报名艺术节文艺汇演的节目，每个班都要出一个参加评选。"顶楼的空教室里，班长李涯拿着学校教务处和学生会联合举办的艺术节活动流程表，跟几位班委严肃地概括着。

　　"军体拳？咱们班就十四个男生啊……"体育委员贺赫有些为难道。

十四个男生，排队形都是问题，站得密集了就没人家理科班看着声势浩大；站得松散了吧，就这么几个军训都顺拐的货，动作稍微出点错，台上评委都看得一清二楚。

"干脆跟她们女生一起跳啦啦操去得了。"贺赫吐槽一句。

这时，正好班主任杜明推门进来听到了，有些惊讶地问道："跟女生一起？"

众人皆愣了一下，贺赫有些尴尬地抓抓自己的刺头，说："我开玩笑呢……"

"别，"杜明抬抬手，"我觉得这个主意可以啊，我刚还跟宋老师发愁呢，贺赫这主意好，咱们两个班男生都少，干脆和女生一起去跳啦啦操好了。我听说这个啦啦操也是技巧和力量的结合啊！"

隔壁班主任宋老师从杜明身后闪进来，她们班男生更少，就九个。

"有点道理。"她点了点头。

参加这次班委会议的苏唐在一旁听着，看着李涯他们几个男生都没做反驳，眉头都快拧在一起了，心想，两个文科班的男生拼在一起不就可以了吗？

"苏唐，你有什么好的意见吗？"杜明看一旁沉默的苏唐眉头紧锁，开口问道。

苏唐抬起头，愣了一下才说道："没有。"

"很好，那就这么定了！宋老师，咱们一会儿一起去和体育组的老师说，"杜明和宋老师说完，又回过头来，"这件事解决了，你们继续开会吧！"

苏唐无声地叹了口气。

体育课上，隔壁班包括郝昊天在内的九个男生一人拿着一枚花球，正用幽怨的目光看着文科三班的班委们。

排练休息的时间，隔壁班的男生就凑了过来，带着点找李涯他们算账的意思，说："我们班主任说是你们班班委出的主意啊，你们想跳啦啦操你们自己跳呗，带我们干吗！班委都谁啊！"

"人间小辣椒"刘克洲叉着腰站起来，歪着头瞪着隔壁班男生，嗓音尖厉："干吗呀你们，我、李涯、贺赫，还有苏唐，怎么着，定都定了，你们还想找我们打一架啊？"

隔壁班的男生本来是有这个冲动的，最后听到还有苏唐的名字，就都退却了，毕竟那是个能把郝昊天摁在地上、几乎顶替了陈河的地位的男人。

郝昊天听到苏唐的名字，头发都参起来了，他从来没有觉得谁这么可怕过，苏唐是第一个。这个男生看着白白净净、弱不禁风，实则不仅武力值高得可怕，就连这手段也相当之牛啊。

不仅能和陈河走得这么近，还能摆弄心机，让两个班的男生都去跳啦啦操！

太可怕了！

"郝昊天最近怎么了？"陈河碰碰苏唐手臂，示意他看不远处一个人蹲在篮球架下面的郝昊天，"怎么感觉他最近有点怕你似的。"

苏唐摇摇头："不知道。"

事实上，苏唐是唯一一个想过试图阻拦让两个班的男生和女生一起跳啦啦操的人啊。

既然是高一高二年级唯二两个要把男生也加进啦啦操的班级，就得让男生发挥作用，弄点特色出来。

刘克洲叉着腰站在队伍前面，铿锵有力地说道："咱们班得玩点花样，加上点杂技的元素！"

众人洗耳恭听。

到了啦啦操比赛那天，文科三班率先进场。大家早就听说这个班是全班上阵，男生也加入进来了。当他们看到队伍里一下子高出来的海拔，都沸腾了，看台上的班级都挥着手里的花球大声地喊着"文三加油——"

文科三班全体学生都穿着秋季校服，女生拿的是银色和红色的花球，他们十四个男生拿的则是金色和蓝色的，在人群中分外扎眼。

啦啦操相当有节奏的动感音乐响起，男生们站在队伍中央，手中别样颜色的花球在一片红白之间显得别有新意。他们长手长脚的，虽然动作不像女生那么有韵律，但力量十足，从看台上往下看，别有一番风味。

接近尾声的时候，几名男生迅速聚拢在一起，在女生还在继续舞动的时候，他们分为左右两组，每组有四个人蹲在最下面，另外两个人踩在他们腿上，像是叠罗汉一样，而后爬上来一个人被他们托起来。

在最后一个节拍落下之前，被人高高托起的苏唐和陈河对望一眼，随后飞跃过前排女生，以一个漂亮的姿势落地，最后，一个精彩亮相。

陈河笑得张扬，偏头看向另一侧的苏唐；苏唐微微喘息着，也看向陈河，嘴角泛着淡淡笑意。

最后这个相当精彩又有一定难度的动作顿时让观众沸腾起来，有认识陈河的学生开始大叫陈河的名字。而文科三班在最后亮相结束收拢队形的时候，有人带头喊了苏唐的名字。

看台上的人在喊陈河，他们就喊苏唐。

最终，他们班的啦啦操获得了最佳创意奖。杜明拿着奖状回来的时候，嘴笑得都合不拢了，让班长抓紧时间把奖状贴上墙。

啦啦操取得斐然的成绩之后，班委们觉得班歌比赛也不能随随便便糊弄过去，戴子同会架子鼓，徐灿阳会点 RAP，他们唱的是一首讲述同窗情谊的歌曲，中间还可以让他们俩来点嗨的，调动一下气氛。

于是，班里就选领唱、选指挥展开了一系列的讨论。

"领唱四个人，两男两女最好。"班长李涯道。

"班长副班长一起吧！"台下有人说道。

高一元旦联欢会的时候，当时还是同桌的李涯和付轻轻一起合唱了一首《同桌的你》，大家都觉得他们在谈恋爱。虽然后来他们也澄清了，但大家依旧觉得他们 CP 感满满。

一对领唱定了，还需要一对。

"赵露梓！"有人推荐道。

赵露梓是个瘦瘦高高的女生，皮肤很白，五官很精致，听说她拿过歌唱比赛的奖。

大家征求赵露梓的意见，为班级争光这种事她自然责无旁贷，很痛快地就应下了。

"你想和谁搭档啊？"李涯问道。

赵露梓在后排男生里来回看了看，为了演出效果，选和李涯身高差不多的最好。

"陈河吧，"赵露梓说道，而后看向陈河，"可以吗？"

陈河啊了一声，有些意外。

和李涯身高差不多的男生就剩下他和苏唐了。

他看了看苏唐，后者无声地用眼神告诉他自己不想唱歌。

于是，陈河点了点头。

领唱定下来后，还差一个指挥。

陈河抬手指了指自己的同桌，说道："苏唐！"

苏唐皱着眉头看向陈河，陈河冲他笑笑，贴着他耳朵小声道："我在前面领唱，你当指挥才能看到我，我也想看着你唱。"

苏唐嘴角下意识地扬起，随即点了点头。

于是，在啦啦操比赛中表现突出的陈河和苏唐又分别作为了文科三班的领唱和指挥登上了班歌比赛的舞台。

在聚光灯下，穿着燕尾礼服的苏唐从舞台一侧缓缓步到中央，弯身款款向观众致意后，又转回身来，双手优雅地架起。

苏唐半长的碎发由"托尼"刘克洲抓弄后偏分开，露出光洁的额头，微微修饰的眉眼在灯光下更加好看，眼尾那颗小痣又添了几分俊俏，更让人移不开目光，修长的身子包裹在裁剪合体的礼服里，闪亮的样子无比耀眼。

陈河穿着和大家一样的校服，站在领唱的这一排里，不那么显眼，可苏唐的目光还是一直落在他身上。陈河说得没错，站在这里，他们就能看到彼此。

两个人眼里都盛着清澈的光，望向彼此。

就像这世界上一颗闪亮的星星，与另一颗同样耀眼的星星相遇。

不知道是不是因为第一轮复习快要开始了的原因，高二下学期的课程安排得相对满当许多，学习的每一天都过得很快。

一个学期倏忽而过，苏唐已经找到了自己的学习节奏，也不那么在乎第一名或是第二名了，哪怕他这学期又是第二。

几乎每次考试拿到成绩单后，杜明都会站在走廊的那个位置，挨个拍拍路过自己身边的学生，鼓励他们考得不错，或是指出哪科比较薄弱让他们自己重视起来。

苏唐和陈河都换上了夏季校服，白色短袖上衣看着相当清爽，两个常驻光荣榜的少年从楼梯上上来，总是惹眼。杜明看着这两个大男孩向自己走过来，心里满是欣慰。

陈河不用说，像是长在了第一名一样，除非试卷选择极其偏怪的题，一般他的总分上下浮动都不大，一直都是重本线以上。苏唐上学期的成绩虽然也不错，但总觉得还差一口气，这次期末这口气算是有了，虽然依旧是第二名，但在分数上和陈河开始有咬紧的趋势了。

"苏唐这次进步很大啊！"杜明笑着，用力捏了捏苏唐肩膀。

苏唐轻轻地点了点头，然后冲杜明笑了一下。

杜明见苏唐笑，不由得都愣住了。

趁杜明发愣的工夫，陈河直接握住杜明搭在苏唐肩上的手，问道："您不夸夸我吗？"

杜明感到有些莫名其妙，说道："你有什么好夸的，保持住就行了。有目标院校了吗？"

陈河握着他的手晃了晃，随即松开，揽着苏唐肩膀进教室，另一只手冲杜明挥了挥："没想好呢，到时候再说吧！"

期末考试结束后，高二还要再多上一周的课。正值七月，天气炎热，作为全港城唯一一所有空调的中学，海青一中的夏天是十六度的。

教室前后一共有两台壁挂的空调，虽然年份相对长一点儿，但风力十足，制冷效果绝对不输现在的这些名牌电器。因为教室大的原因，前后两个空调都得开着，像他们班的男生怕热的多，女生大多都得裹上校服。

苏唐坐在最后一排，被空调吹得瑟缩在一起，也裹上了自己的秋季校服。

陈河看了他一眼，把自己的秋季校服也递了过去，小声道："明天再带件长袖来吧。"

苏唐打了个喷嚏，说道："我想去外面暖和一下。"

这节课是数学，现在是自由问题时间，数学老师被蓝多多他们团团围住，陈河就往后仰着身子伸出手去，一边看着教室前面的老师，一边反手把后门拉开了。

他们两个就在后排这几个男生的注视下走出了教室。关门时，陈河还皱着眉头点了点回头张望的郭曙梁，示意他不许多嘴。

外面的风是热的，苏唐长长地出了一口气后，才把外套脱下来，两个人一路小心翼翼地逃到了操场，找了一处低矮的围墙爬上去，身影被茂密的枝叶挡住，没人会发现他们。

阳光从枝叶缝隙中斑驳地洒落下来，苏唐突然说："我已经联系好画室了。"

陈河沉默半晌才开口，故作轻松道："是嘛，要去哪儿集训？"

苏唐很早之前就提过他要去集训的事情。一般美术生集训在高二寒假结束后就开始了，苏唐比他们晚了半年。他虽然有基础在，但已经耽误了很多时间，所以他选择了业内顶尖的艺考集训画室，准备做最后半年的冲刺。

"可能是北京，也可能是在杭州，"苏唐说道，"要看我想跟的那个老师今年在哪里带班。"

陈河听着，点了点头，笑道："北京最好，还离得近一点儿，我想去看你也只用坐两个小时的高铁就到了……杭州也行，飞机也就一个小时。"

苏唐看向陈河，问道："你会去看我吗？"

陈河笑起来："当然会啊，只要你想我了，一个电话我就过去了。"

苏唐之前一直都在回避这件事情。要去集训，就要和陈河分开，而且不只是地理位置上的分开，两个人的生活作息都对应不上。

他知道，如果开始集训了，可能就真的没有时间再去看手机，每天和陈河发很多微信，他对陈河的依赖就无从安放。

那句"地球没了谁还照样运作，没有谁离不开谁"在苏唐看来就是唬人的。

他就是离不开陈河。

"我要是可以带着你去集训就好了……"苏唐呢喃道。

"等你临走前去给你买个玩偶，破个例给它取个名叫陈河，你就当是我在陪你。"陈河还笑着开玩笑，他心中的不舍一点儿都不比苏唐少。

什么"短暂的分离是为了更好的相聚"，他知道苏唐集训是为了以后更好的发展，可他就是一分一秒都不想和苏唐分开。那句买个玩偶是他说出来的玩笑话，但是，没准他真可能会在苏唐离开后，去买个小熊玩偶，天天抱着睡觉。

两个人默默地坐了很久。

"唐儿，别想那么多了，既然决定了要走那条路，就大踏步地往前走吧，"陈河捏了捏苏唐手臂，开口道，"反正我就在这儿等你，你艺考回来，咱还是可以一起上学。"

苏唐心里有一种说不出来的慌乱，好像他去集训只是两个人分开的开始一样，以后不在一个大学怎么办？

像是看出苏唐的顾虑一样，陈河想了想，说道："我之前查过，美院也有产业管理一类的不需要艺考就可以报的专业啊，就我这分，分分钟跟你报一个学校你信不信？"

苏唐嘴巴微微抿起，想了一会儿，说道："算了，你还是去学个你喜欢的专业吧。"

"行啊，那就学个经管类的专业吧，以后回家把网吧、酒吧做大做强。"陈河笑着说道。

比起苏唐，他可能目标性不是那么强，真的为了和苏唐读一所大学而报个自己一点儿不感兴趣的专业也不是不可能。他觉得现在的生活就很好了，也不需要上大学改变一下命运，如果能和最好的朋友一起度过大学四年，对他来说可能更有意义一点吧。

起码他现在是这么想的。

中午回家的时候，走到家门口就听到了里面有动静，陈河示意苏唐等一下，他先趴在门上听了一会儿。

"有小偷？"苏唐小声问道。

陈河摇摇头："应该不是，大白天的哪来的……"

他话音未落，房门就从里面被拉开，陈天游穿着围裙站在门口，皱着眉头看向他们："你们走到楼下我就看到了，磨磨叽叽这么半天不进来，在门口站着干吗呢？"

"陈哥！"陈河眼睛亮了亮，"你回来了！"

陈天游在他们开学后没几天就回了海南，他们虽然经常会微信联系，但是期末这段时间陈河和苏唐都忙着复习，谁也没想到陈天游就这么直接回来了。

"你不是说暑假让我和苏唐去你那儿玩几天吗，怎么自己先回来了？"陈河坐到餐桌旁边，看着陈天游煮的面条，纳闷道。

"那边你去年不是去过吗，今年你和苏唐找个凉快的地方玩多好，"陈天游解了围裙，把餐具递给他们，"苏唐什么时候去集训？"

"八月，等陈河开学。"苏唐道。

陈天游点点头，说道："干脆你们上云南去玩得了，问问小戴他们，你们可以一块去玩。"

"那你呢？"陈河问道。

陈天游挑起眉毛："你管我呢，你玩你自己的，你老子也有事干！"

陈河哦了一声，低下头去吃了口面，嚼了嚼，说道："陈哥，面咸了啊。"

"咸了啊，"陈天游扭头问苏唐，"唐唐，咸吗？"

苏唐也吃了一口，点了点头。

陈天游叹了一口气瘫到椅子上："我都好久没做过饭了，小时候养你那点手艺早就用光了。"

陈河去厨房把面汤倒出去一点儿，又加了开水，回到餐桌边问道："你在海南天天不是应酬就是吃外卖，那么吃能行吗？你今年去体检了吗？"

"去了去了，"陈天游不耐烦道，"我就那点老毛病呗，没什么事，少喝点酒就行了。"

"我感觉，叔叔好像瘦了。"苏唐说道。

"嗯，是吗？"陈天游摸摸自己脸颊，而后在桌子下面踹了闷头吃面条的陈河一下，"你看看人家苏唐多关心我，看看你，就知道吃！"

陈河翻了个白眼，这跟苏唐在不在没关系，苏唐不在他也是陈哥不受宠的儿子，苏唐在只是显得他更不得宠了而已。

"那我也看出你瘦了啊，"陈河道，"你说体检没事，那就是健身练的呗。"

陈天游哼哼两声："那是，我这次回了海南，比之前练得凶多了，没事我就去举举铁，等你们旅游回来，咱俩去健身房，让你看看我的成果。"

陈河点点头："行。"

"那你们出去玩的事就这么定了啊，我跟我云南的朋友说让他给你们安排，"陈天游生怕陈河和苏唐改变主意似的，匆匆忙忙地就要把这事定下来，他又看看苏唐，"出去玩玩散散心，回来不就集训了吗，这次去玩个痛快。"

苏唐总感觉哪里怪怪的，但还是点了点头。

饭后，苏唐想和陈河说这事，就看到陈河坐在床上兴致勃勃地联系着戴子同他们。

苏唐张了张嘴，便不好再说什么。

这时，陈河抬起头看他，说道："戴子同他们跟着去也没事，到了云南咱俩就把他们甩了自己玩去，怎么样？"

苏唐见他兴奋的神情，觉得自己可能是想多了，自己集训要离开很久，和陈河他们一起去旅游也不错。

暑假一开始，陈河和苏唐携三个千瓦电灯泡一起坐上了开往云南的动车。在车上睡一宿，第二天清晨就可以到目的地。

他们在港城燃起绚烂灯火照亮一方天际的夜晚，离开了这座城市。列车行驶得飞快，掠过远处的万家灯火。

四人的小包厢里，唯一一个被分到别处的徐灿阳死皮赖脸地坐在戴子同的床上，说什么也不回自己的包厢。

包厢本来就狭小，他们一群大男生在下铺坐着腿都能碰在一块，更别提三个人挤在一起了，徐灿阳挤戴子同，戴子同就挤刘克洲。

刘克洲刚要张嘴骂他们，眼睛不经意瞥到对面的陈河和苏唐。

陈河坐在餐桌旁看着手机，苏唐则躺在床上休息。画面有一种岁月静好的感觉，让刘克洲都快忘了苏唐是照着陈河胸口踹过两脚的人了。

刘克洲冲徐灿阳和戴子同甩甩下巴，小声道："你们觉不觉得，咱们这儿的气氛特别诡异啊？"

"我都闻到徐灿阳的脚味了，气氛当然诡异。"戴子同没好气道。

"你真的是能同时和十几个妹子聊天的渣男吗，你能不能发挥你的专业素养感受一下？"刘克洲压低声音道。

戴子同皱了皱眉头，环视周围后说道："除了徐灿阳特别多余以外，我真没感觉出来有什么不对。"

徐灿阳本来也想点头表示自己也没觉得有什么不对，听到戴子同后面那句话，抬手拍了戴子同一下。

刘克洲翻了个白眼，他总觉得多余的不止徐灿阳一个……可能他们三个都挺多余的。

坐在他们对面的陈河抬眼看了神情有些复杂的刘克洲一眼，从小桌板上不知道谁的书包里掏出来一副扑克牌，说："你们三个安安静静地斗会儿地主吧。"

他又看向徐灿阳，说道："你要实在不想回去，就睡我们上铺。"陈河指了指头顶的床铺，那本来是他或者苏唐的床位。

徐灿阳眨眨眼，他以为闹烦了陈河，陈河会把他直接踹出去呢。

"安静点就行。"陈河道。

陈河偏头往身后看了一眼，苏唐闭着眼，呼吸均匀而轻，睡得安稳。

列车夜里经停了几个地方，苏唐中间醒过来，听着昏暗的包厢里此起彼伏的小呼噜声，他看到旁边的陈河伏在小桌板上睡着了。

苏唐轻微的动作让本来也没睡熟的陈河醒过来，他揉了揉眼睛看向苏唐，借着从窗口照进来的朦胧月色，打量着对方。

"你来床上睡吧。"苏唐小声说着，就准备起身和陈河换位置。

"不用，"陈河拉住他，"挤一挤。"

苏唐有些为难，但还是往里挪了挪身子。

陈河起身活动了一下坐僵了的身子，然后侧着躺在苏唐身边。

苏唐再醒过来时，外面的天已经亮了，陈河还像之前那样坐在桌子旁。见其他的人还没醒，苏唐悄悄地松了一口气。

感觉到自己身后有目光投来，陈河回过身冲苏唐笑笑，而后拿过来洗漱用品，说："去洗漱吧，现在人少。"

车上冷气开得十足，苏唐披着陈河的外套去刷牙，路过车窗的时候往外面望了一眼，好多好多的云彩，到云南了。

等他洗漱完回去的时候，陈河已经开始收拾行李了，其他三个人也被陈河叫醒："麻利起来收拾行李，在火车上还睡不醒，我是带了三头猪出来玩吗？"

对于陈河把自己的床铺让给他的这种大恩大德，却一点儿也没有感恩之心的徐灿阳坐起身来，揉着眼睛，不满地说："你怎么对苏唐就不是这种态度啊，喜新厌旧！"

"朝秦暮楚。"戴子同接道。

只听刘克洲冷笑两声："重色轻友。"

端着洗漱用品站在包厢门口的苏唐耳根子有些发烫。

"你这用词不准确，亏你还是咱们港城三杰里学习最好的呢。"徐灿阳晃晃手指，一脸不屑。

刘克洲呵呵两声："傻孩子，我好同情你，活该你是喜新厌旧的'旧'和朝秦暮楚的'秦'。"

苏唐过了一会儿才进来，刘克洲眼尖地看到苏唐耳朵都红了。

很快，他们到站了，几个人背着包提着行李，从车上下来。

不像车上空调温度那么低，冷气吹得不舒服，这里的空气凉爽舒适，在月台上，风轻轻吹过，是很清新的味道，与北方雾霾严重的地方的气味完全不同。

苏唐穿着白衬衫，单肩背着背包，身边放着一个拉杆箱。

陈河借着戴子同他们在拍照的工夫看了苏唐好久，他第一次见到苏唐时，苏唐也是穿着白衬衫，一身煞气，让人感觉疏离、不好靠近。

一年过去了，类似的场景，类似的穿搭，给人的感觉却不同。

苏唐变得坚强又温柔。

陈河勾起嘴角，一年过去了，他们成了最好的朋友。

陈天游的朋友是在大理古城里开客栈的，陈河他们出了车站，见客栈的车已经等在那里，接他们去住宿的地方。

这家客栈就在大理古城里，往上走是去往苍山的公路，往下就是大理古城商铺聚集的街道。陈河他们在房间放好行李，就出来准备逛一逛，去吃点云南这边的特色小吃。

正值暑期旅游旺季，大理古城里人流涌动，陈河顾不上东看看西摸摸的电灯泡三人组，只拉苏唐，生怕把他弄丢。

他们选了一家米线店，进去看看菜单，基本都是他们不知道是什么的食物，饵丝、卷粉、粑粑……就每一样都点了一些。

粑粑就像他们那边早餐摊上卖的锅盔一样，只不过这边有甜的，里面夹着玫瑰酱。苏唐咬了一口，觉得好吃，下意识就要递给陈河，反应过来还有别人在，他又拿了一张油纸，把粑粑掰了一半递给陈河。

陈河接过来，看了苏唐一眼，抬手把他嘴边的酥皮渣渣擦掉了。

刘克洲就稍微抬了下眼就又看到了这一幕，心里暗暗骂了一声，并且纳闷苏唐为什么不揍陈河了呢。苏唐是从什么时候开始就不揍陈河的？

他想不出来，看看左右两边这两个狼吞虎咽吃着东西，最后抬起头来就会说个"真好吃"的废物，有些泄气地长叹一声，低头接着去吃自己的饭。

解决完午饭后，陈河提出他们自由活动。

戴子同和徐灿阳两个没心没肺的当然没意见，分开的时候，刘克洲回头看了一眼陈河和苏唐。

大理古城很大，一墙一角都能做风景，布着历史的斑驳印迹。苏唐和陈河穿梭其间，累了就拐进没人的小巷子坐一会儿。傍晚的时候还下了一场小雨，他们坐在人家屋檐下，吃着刚出炉的牛肉干巴。

雨后古城里的游人少了一点，苏唐在前面走着，突然听到陈河在后面叫他："苏唐，回头。"

苏唐回头去看陈河，看到那人举着手机，咔嚓一声。

"你看，有彩虹。"

照片里的苏唐头顶着彩虹，双眸清亮。

晚饭时，他们和戴子同三人会合，吃过晚饭后，又去了客栈推荐的酒吧玩了一会儿，将近十一点，他们才回了客栈。

苏唐去洗澡的工夫，陈河给陈天游发了个视频。

那边很快接起来，陈天游一张大脸怼在屏幕上。

陈河吓了一跳，问道："你怎么离这么近啊？吓我一跳。"

陈天游脸色泛红，看着有些没精神的样子，含糊地啊了一声。

"你咋了，喝多了？"陈河问道，"回家了吗？"

"回了回了，"陈天游连忙说道，"我都准备睡觉了。你们今天玩得怎么样啊？"

陈河点点头："挺好的，没啥事就是跟你说一声。"

陈天游又问了两句苏唐干吗去了，他的小伙伴们怎么样什么的，过了一会儿才说："儿子，明天生日了啊。"

陈河愣了一下，随后点点头："嗯。"

陈天游笑起来，眼角褶子皱到一起，说道："十八了，大人了。"

"你什么时候把我当大人过啊？"陈河说完咬咬嘴唇，故作不满道。

"以后，以后都把你当大人，"陈天游道，"你爹老了，还好你长大了。"

陈河鼻头一酸，把视线别开："干吗啊，别煽情啊，你今天晚上真是喝多了……"

陈天游哈哈笑了两声："钱给你打卡上了，跟他们好好玩吧，生日快乐啊。"

徐灿阳和戴子同也记得明天就是陈河生日，赶在十二点前的最后几分钟，拉着刘克洲要去给陈河送上第一份生日祝福。

"信我，他不会希望你们这个时候去的。"刘克洲语重心长地劝道。

奈何这两个死直男又直又倔，非说好兄弟就要第一个祝陈河生日快乐。刘克洲拦不住他们，只得跟他们一起去了陈河和苏唐的房间。

他们敲了半天门都没人开。

路过的客栈员工告诉他们，这间房的人去楼顶看星星去了。

戴子同他们更有了兴致，立马就要去楼顶。

刘克洲挡在楼梯前，说道："回去睡觉吧，大哥们。"

戴子同不明所以地说："楼顶多有意境……"

刘克洲重重地点了两下头："非常有意境，所以你会和徐灿阳一起去楼顶看星星吗？"

客栈的楼顶是个小平台，被老板做了一个内嵌式的茶室。陈河和苏唐就坐在沙发里，看着晴朗夜空中清晰明亮的星星。

"过了十二点了吗？"苏唐问道。

"差不多了。"陈河摁亮手机，零点过几分。从法律角度上来讲，他是个成年人了。

"生日快乐，"苏唐说着，从身侧拿起一个小木盒，这是他从家带过来的，一路上也不让陈河看，"这是生日礼物。"

陈河接过来，按着苏唐的提示，从正面提拉起一块木板，里面的灯光亮起，从层层叠叠的纸张缝隙中洒落出来。

小木盒里，是苏唐用纸雕做的一处小天地。陈河能分辨出里面的山河草木，苏唐推动盒子下面的机关，两个小人从两侧显现，然后两个小人就一点点地向对方走去，最后相遇。

"感谢遇见，陈河，生日快乐。"

感谢我们那么坚定地走向彼此。

他们在大理游完了几天，把那些名胜景点都玩了个遍。

陈河没羞没臊地依旧是每天缠着苏唐，也不管自己兄弟死活。

苏唐任由他缠着，但还是留意到刘克洲他们有些不自然，有种说不上来的感觉，比如此时此刻，他们走在古镇的小路上，刘克洲端着相机走在前面，而戴子同和徐灿阳则懒懒散散地跟在后面，永远和陈河、苏唐保持着五米的距离。

苏唐往后看了一眼，停了下来。陈河就也停下脚步。

戴子同和徐灿阳鬼鬼祟祟像是做了什么坏事一样，互相推搡着来到陈河跟前。徐灿阳被戴子同一巴掌推得差点儿没撞上陈河，他紧张地后退两步，小声道："陈河，我、我问你个事！"

"我没写暑假作业，没得借你抄。"陈河干脆道。

徐灿阳支支吾吾地说："不是这个……"

陈河摆摆手："苏唐的也不借你。"

徐灿阳突然抬起头，大声说道："我是想问你，你过生日那天零点，为什么单独和苏唐一起去看星星啊？"

声音大得连走在最前面的刘克洲都听得一清二楚，刘克洲抬手扶额，心里默默为徐灿阳祈祷。

陈河眉头抬起，上下打量一番徐灿阳，又看向戴子同，然后皮笑肉不笑地问："怎么，你也喜欢看星星？"

徐灿阳挠挠头，吐出两个字："还行。"

陈河被呛到，一边骂着街，一边俯下身子剧烈咳嗽起来。

不远处的刘克洲捂着自己的嘴巴，笑得身子止不住地颤抖。

苏唐看着他们，深深吸了一口气，对徐灿阳说："下次再看星星叫你。"

下次、下下次、下一百次他们看星星看月亮都不会叫徐灿阳，这次陈河和苏唐是凌晨两点多从房间里溜出来的，生怕再被那仨人撞见，硬生生地熬到这时候。

他们轻手轻脚地踩着木楼梯上到顶楼，而后坐到茶桌旁。

"真后悔带他们出来。"陈河笑着感慨道，他虽然嘴上嫌弃这帮朋友，可大家能一起出来玩还挺难得的。

苏唐趴在桌子上，闷声道："他们看出来了。"

陈河愣了一下，想想："刘克洲肯定看出来了，他虽然是直男，但是乱七八糟的什么书都看，为了跟蓝多多有共同语言，他有一段时间还捧着那个言情小说看来着。"

苏唐听着，嘴角轻轻扬起。

陈河见他笑了，也趴过去："他们其实也没有很烦人吧。"

"我没觉得他们烦人，"苏唐道，"我就是……"

"害怕他们觉得这种东西奇怪，不正常？"陈河说道。

苏唐沉默一下，才点点头："我就是，很想和他们一样。"

如果不是遇到陈河，可能苏唐就会和戴子同他们没什么区别。可陈河太特别了，有他在，苏唐的眼睛就看不到其他。

陈河炙热的灵魂点燃了苏唐黯淡无光的生活，在他的心上放了把火。

因为陈河，他才觉得自己并不是异类，他不孤独，有归处。

他同样也珍惜因为陈河而拥有的这些难得的情谊。

"你们没什么不一样的，你只是比戴子同和徐灿阳都更勇敢，更有担当，"陈河笑笑，抱着脑袋靠进沙发里，"要是非说差异，你比他们学习好算吗？"

苏唐怔怔地看着陈河，那人眼里满是温柔的笑意。

就好像他曾经肖想夜幕之上的月亮星辰，现在它们通通奔向他。

陈河降落在他身边，他就是这世界上最最幸运的小孩。

"去集训了也别想太多，我的手机二十四小时开机，有空就给我打电话。"两人无言地坐了许久，陈河开口道。

"什么时候都可以吗？"苏唐问道。

"什么时候都可以。"陈河坚定道。

"你睡觉的时候呢？"

"可以。"

"写作业的时候？"

"可以。"

"那你吃饭看书打游戏……"苏唐把脸别过去，在陈河看不到的地方，鼻子泛酸，眼泪在眼眶打转。

"都可以。"陈河说着，抬手揉了揉苏唐的头。

"我以前没什么目标，没有想去的城市，没有想读的大学、专业，遇见你之后，你的目标就是我的目标。我们只是分开半年，其实半年很快就过去了，等你回来。"陈河轻声说道。

"你真的要考那个艺术管理啊？"苏唐抽抽鼻子，问道。

陈河点着头，说道："真的。"

"我现在都后悔自己当初怎么就没学美术。"陈河苦笑道。

他们是坐飞机回的港城，下飞机后，陈河把登机牌和行李托运的编号给了苏唐，自己去洗手间。洗手的时候，陈河的手机一直在振动。

陈河胡乱地在裤子上擦了两下才接起来，是荀六。

"喂……"

"陈河，你在哪儿呢？"荀六的语气严肃得不像话，陈河心里下意识地咯噔一下。

"刚才我给你打了那么多电话你都没接！"荀六急道。

陈河靠在洗手台上，说道："我刚才在飞机上，这会儿下飞机了……六哥，出什么事了？"

陈河从洗手间出来的时候，神情有些不自然，脸色也发白。

苏唐看看陈河，从包里掏出一块巧克力，撕了包装递到陈河嘴边，问道："你是不是低血糖了？"

陈河摇摇头，咬住巧克力含在嘴里，涩涩开口："没事。"

苏唐心里也有些不舒服的感觉，又说不上来是因为什么，取了托运行李，走到出口处，他才知道那股莫名的心悸是因为什么了。

唐轩横就站在那里。

高大的男人在大夏天也是相当得体的打扮，在接机大厅里还戴着墨镜，他的身边还跟着几个杨家的保镖。

见苏唐出来，保镖先迎了上来，要从苏唐手里把行李接过去。

苏唐警惕地后退一步，眯着眼睛看向他们。

刘克洲他们的家长都来接他们了，临走前他们还有些担心地往这边看了看，接收到陈河示意后，才跟父母离开。剩下苏唐和陈河面对着唐轩横和他带来的保镖。

"你来做什么？"苏唐心里不舒服，面对唐轩横也没有好脾气。

唐轩横比苏唐还要冷漠，说道："来接你。"

"不需要，"苏唐躲开保镖伸过来的手，"离我远点，我要回家。"

"这一年你都是租房住，哪有什么家，"唐轩横摘了墨镜，有些疲惫地掐着自己眉心，不耐烦地朝保镖抬抬手，"带他上车。"

苏唐看了身边的陈河一眼，而后迎向那几个保镖，说："你们试试？"大有要在人来人往的接机大厅跟这些保镖动手的架势。

场面一时间剑拔弩张起来。

站在一旁的陈河面无表情地看了看唐轩横，而后伸手握住苏唐手腕，说道："你……先和他回去吧。"

陈河嗓子里像是卡了东西一样难受，连说话都带着胸腔一起酸疼。

苏唐不解地看向陈河，他的眉头紧紧地皱在一起，像是在无声地质问陈河。

陈河咬了咬牙，而后把苏唐头发往上撩了撩，又亲昵地揉了两下，说："我有点事，你先和他回去，等我忙完就去接你。"

苏唐还拧着不想走。

明明说好的不分开啊，为什么现在就要让他跟着唐轩横离开了呢？苏唐看着陈河，费尽气力想要从这人眼里探究出他这样做到底是为什么，可苏唐看不出来。

"乖。"他听到陈河哑着嗓子哄道。

苏唐咬了咬牙："你……记得去接我。"

陈河松了手，冲他笑笑："记得了。"

保镖上前从苏唐手里接了行李，苏唐又深深地看了陈河一眼，才跟着唐轩横往外面走去。

走出几步，他又回头看了一眼，陈河站在原地冲他挥手。

苏唐不知道陈河要去忙什么，就算是陈河说了会回去接他他也好生气。陈河自己说的话，没有做到，他好失望。在云南那么多开心幸福的时光，都要被苏唐浓浓的失望掩盖。

他气鼓鼓地坐在唐轩横旁边，脑海里一直在想陈河什么时候来接他，以至于唐轩横问了第二遍他才听到。

唐轩横问他："你和那个叫陈河的男生是什么关系？"

苏唐皱起眉头看着唐轩横。

他们父子俩从来没有离得这么近过，也没有对视过这么长时间，长到苏唐仔仔细细打量着唐轩横的长相，觉得自己还是更像苏萤一点儿。

苏唐开口道："房东，同学，朋友，家人。"

第十五章
不顾一切奔向你

苏唐从车里出来，又来到了没有给他留下什么好印象的杨家小别墅。

家里阿姨刚从里面拉开门，唐嘉昕就从自己房间跑出来，站在二楼走廊上问道：“是我哥哥来了吗？”

苏唐脸色有些不好看，但他又不想让自己和唐轩横影响到唐嘉昕，于是勉强地扯扯嘴角，冲唐嘉昕笑了笑。

唐嘉昕惊喜地叫着从楼上冲下来，先是轻轻抱了苏唐一下，又退后两步，打量着苏唐，然后皱着眉头，噘起小嘴说道：“哥哥，你黑了很多。”

苏唐下意识地抬手摸摸自己脸颊，云南的紫外线太过厉害，他和陈河都没有打伞的习惯，抹防晒霜也是想起来就涂，忘了这回事的时候居多……

他又不受控制地想到陈河，神情一时间不自然起来。

唐嘉昕看苏唐这副模样，虽然疑惑，但也没多说什么，和后面进来的唐轩横打过招呼后，就拉着苏唐去自己房间，让苏唐把他们在云南拍的照片给她看看。

苏唐跟着唐嘉昕上楼，走了两步，回头看了唐轩横一眼。那个男人还面无表情地站在那里，好像他和苏唐一样，都是这个房子的外来客一般。

晚饭时，杨婕匆匆赶回来，虽然在饭桌上没有说什么，但是饭后，她还是拉着苏唐去小院坐了一下，向他表示直接派人把他强行带到这里的做法过分，觉得有些歉意。

"您不用这样，"苏唐摇摇头，"又不是您做的。"

小院里栽着一片竹子，只有零星的光能从其中传过来。苏唐望着幽暗的竹林，心控制不住地发慌。

他根本不在乎杨婕为唐轩横的行为道歉，他在等陈河的电话。陈河说要来接他的，就一定会来。

可直到夜深，这一片别墅区都陷入寂静了，陈河还是没有来。

苏唐拿着手机坐在二楼客房的阳台边上，他轻轻捏着手机，摁亮，然后看着手机屏幕一点点熄灭，再摁亮。

每到一个整点，苏唐都想，要是陈河现在来接他，他就原谅陈河，可过了好几个小时，陈河都没有出现。

折腾了一天的苏唐从阳台上爬了下来，他又一次摁亮手机，23:57。

陈河还有三分钟的时间。

他不知道自己在阳台上又站了多久，但一定比三分钟要漫长。他没有再去看时间，而是回到房间里，拽着窗帘，狠狠地拉上。

陈河按照苟六通知他的地址，一路跑到医院。住院部在十四楼，陈河赶到电梯间时，一部电梯已经缓缓合上，他看了看其他电梯缓慢地去往各个楼层，咬了咬牙，推开了消防通道的门。

夏天，楼梯间里闷热无光，陈河硬生生地爬楼梯上来，冲到了十四楼。

原本燥热的身体一下子遍布寒意，脚下也发沉。

他看着病床号来到了病房门口，一时间竟不敢进去。

护士来给病人换药的时候，看到这个蹲在病房门口拿 T 恤蒙着头哭得身子剧烈颤抖的男孩，又看了看病床号，问道："你是病人家属？"

陈河听到有人问自己，连忙拿 T 恤把脸胡乱地擦了，双眼通红地看向护士。

"他要换药了，你怎么还不进去？"护士说道。

陈河张着嘴一句话都说不出来，他又低下头去狠狠地搓了搓自己的脸，上前把病房门拉开，方便护士推车进去。

他跟在护士后面走了进去。

这是间单人病房，就只有一个床位，床上的人盖着薄被，露在外面的胳膊好像比他们走之前又瘦了好多。

陈天游靠坐在病床上，用手机支架看着电视剧，浑身上下都透着虚弱无力。见陈河跟着护士进来，他吃了一惊，扭头瞪向苟六。

陈河一步一步地走过去，苟六见他来，马上从沙发上站了起来。病房里没人说话，只有护士动作迅速地换药的声音。

护士把新的输液瓶挂上去之后，嘱咐他们看着点，有事摁铃，说完就出去了。

苟六见护士出去，他又看了看病房里这父子俩，咬了咬牙，也出了病房，留下陈天游和陈河。

陈天游用没有扎针的那只手在手机屏幕上摁了暂停，而后看向陈河，故作平静地问道："怎么样啊，玩得好不好？"

陈河没有回答，他慢慢地走到陈天游病床边，蹲下，盯着陈天游插着输液针的手，看着这只本来宽厚的手背遍布针孔，还有青紫痕迹……

"什么时候的事？"陈河的嗓子哑得不像话。

陈天游一脸病态，全然没有往日意气风发的模样，可就算躺在病床上，他也是一副满不在意的样子，摆了摆手，说道："这我哪知道……"

"爸，"陈河仰头看向陈天游，"如果不是你这次发烧到四十度，你打算什么时候告诉我啊？

"我现在才知道为什么你那么早就回家，又等我开学才走，这次又让我们去旅游……

"爸，你这心眼儿全用在这上面了？"

陈河眼泪滚落下来，又被他狠狠地擦去，这动作重复很多次，最后陈河干脆把脸埋在病床上，号啕大哭起来。

"连苏唐都能看出来你瘦了，我却跟个傻子似的，我什么都想不到，为什么啊？"陈河揪着自己的头发，低声哭喊道。

"爸，我真想不到……"陈河红着眼抬起头，看向陈天游。

在陈河的心目中，陈天游永远都是那个能把他扛在脖子上看升旗的英雄，他不愿意相信英雄迟暮，不愿意相信从前高大健壮的父亲就这么轻易地病倒了。

当在机场接到荀六电话的那一瞬间，陈河第一反应是不相信的。荀六告诉他，陈天游高烧四十度住院了，检查后疑似是胃癌，还要进一步确诊。

当时他什么也顾不上了，看到唐轩横来带走苏唐，他下意识地想让苏唐跟着唐轩横离开，他一个人去医院就可以。苏唐如果知道陈天游的事，一定也会难受，到时候集训也受影响，陈河不想这样。

陈天游说得对，他已经成年了，他可以一个人去面对这些在他生命中不曾去设想过的可怕事情。

"你还让荀六瞒着我，"陈河深吸一口气，拿陈天游的被子擦擦脸，"没想到吧，荀六扭头就给我打了电话。"

陈天游见儿子情绪稳定下来，一直死死揪着的心才稍稍放松一些。他咧嘴笑笑："我是没想到啊，小陈哥现在说话也很有分量了。"

"那是，"陈河扶着床起身，他看着陈天游，故作轻松地笑笑，"苏唐跟他爸回去了，小陈哥这几天就在你这儿陪床了。"

苏唐手里的手机都快捏碎了。

这几天，他留在杨家的小别墅里，虽然有自己的房间，想做什么也都可以，但是如果想出门，一是唐嘉昕想跟着，二是唐嘉昕跟着的话，保镖会当司机接送他们。

唐轩横应该是特意吩咐过不让他们去市区。

虽然唐轩横没有没收苏唐的手机等通信工具，也没有言辞激烈地表示不同意苏唐和陈河做朋友，但他就是在防着苏唐跑回市区见陈河。

其实唐轩横多心了。

苏唐躺在床上，看着几天都没有动静的手机，心里已经气得都疲倦了。

陈河从来没有很长时间不联系他的时候。

哪怕刚认识的时候，陈河也会天天因为一些小事骚扰他，例如出门记得关窗户、今天有雨记得拿伞、吃晚饭了吗……都是很没有营养的一些小事，可等苏唐慢慢地适应后，到后面陈河随便给他发一条信息，他都会有一点儿小开心。

苏唐手指敲开陈河的头像，那是陈河举着他的 CIA 比赛奖杯的背影。

他苦笑一声，抬手遮住眼睛。

第二名好像一个魔咒笼罩着他，无论是学习还是专业。但这些都还好，因为他变得很厉害是需要时间的，只要给他时间，他就可以争得第一。

但在和陈河的这段情谊里，他好像过于被动，永远都在做第二名。

无论他如何努力，陈河都是第一。

这几天晚上唐轩横和杨婕都各自在外面应酬，如果晚饭时见不到唐轩横，那基本上这一天就见不到了，要等到第二天早上吃早饭的时候。

苏唐今天没在晚饭后就回房间去休息，而是坐在客厅等着唐轩横。

快十点的时候，唐轩横和杨婕前后脚回来，苏唐起身，在沙发旁边站着。

唐轩横放了包，扯了扯领口才看到苏唐，脸上也没有什么多余的表情，只是淡淡说了句："没去休息？"

"我在等你。"苏唐道。

唐轩横有些意外，他看了杨婕一眼，然后走向客厅，在苏唐对面的沙发上坐下来。

杨婕笑笑，说道："那我先上楼去？"

苏唐抬抬手："没关系的，您也可以在这儿，我只是要告个别。"

"你要走？"唐轩横眯起眼睛。

苏唐在猜唐轩横下一句会说什么，他在心里学着唐轩横的语气：你又要去找那个不三不四的人？

一想到陈河，他刚刚因为气到唐轩横开心了一点的心情瞬间低落下来，他快速地换了口气，抬起头看向唐轩横，坚定地说："是的，我要去集训了。"

"不可能，我不同意。"唐轩横拒绝道。

苏唐看出来了，他学美术，以及他和陈河做朋友，哪一样唐轩横都不同意。

你不同意，又怎样？

苏唐退后一步："我想做什么，应该不用你同意吧。"

"你……"唐轩横气得说不出话来。

一旁的杨婕也皱起眉头。

"从小到大我妈妈从没有干涉过我的想法，她希望我做我自己喜欢的事，"苏唐顿了一下，"连养育我十七年的人都没管我，你凭什么管？"

"小苏……"杨婕皱着眉头小声劝道。

唐轩横被气得从沙发上站起来，脸涨得通红，他来回走了两步后指着苏唐，说："好，你好得很！

"我是你爸爸！你怎么能什么事都和我对着干呢？我不让你画画你要画，我不让你和那种人来往你偏要和他出去玩！苏唐，你怎么能……"

唐轩横一脸的难以接受，气得脸都在抖。

"画画是我一直以来的梦想，是我要坚持一生的事业和爱好，有本事你砍了我的手，否则没有任何事情能阻挡我。"

"至于陈河，"苏唐目光比刚才还要坚定许多，"生死都不能把我们分开，更何况是你？"

唐轩横听着瞪大了眼睛，像是被深深震撼到了一般，过了好久才开口："你和你妈妈还真像……"

苏唐反应了一会儿，嘴角勾起一抹嘲讽意味的笑："是啊，还好陈河不是你。"

两人不欢而散，在夜深人静的时候，苏唐拎起打包好的行李，悄悄地推开自己房间的阳台门。

正当他准备把行李扔到楼下草坪上时，旁边突然传来一个女孩的小声呼唤："哥哥！"

苏唐偏头，看到黑夜中，唐嘉昕的眼睛亮晶晶的，小女孩穿着睡裙在隔壁阳台跟他打着招呼。

"你怎么还不睡？"苏唐皱了皱眉头，又观察了一下周围，怕唐嘉昕把唐轩横他们吵醒。

　　唐嘉昕会意，凑近苏唐，隔着两个阳台之间的距离，小声说："我听到你和他们在楼下说的话啦，你收拾东西的时候我就已经在这儿等你了。"

　　苏唐无声地叹了口气："太晚了，快回去睡觉。"

　　"你是要去找陈河哥哥吗？"唐嘉昕完全无视苏唐的话，眨眨眼睛问道。

　　苏唐快速地点了点头。

　　唐嘉昕笑起来："那你快去吧。"

　　"我猜你应该不想带着我，真遗憾，我也好久没有见到陈河哥哥了，你看到他记得告诉他我想他了。"唐嘉昕说道。

　　苏唐点点头："好。"

　　"那我就去睡觉了，"没有等苏唐再催，唐嘉昕主动道，她又看了看苏唐，眼神中带着不舍，"哥哥，一路顺风。"

　　今年那位很厉害的美术艺考老师就在北京，离他们这里很近，苏唐买的早上的高铁票，在离开前，他还是想再看看陈河。

　　走到陈河家楼下，望着上面黑洞洞的窗口，苏唐咬了咬牙，还是掏出手机给他打电话。

　　医院走廊里灯光明亮，护士站还时不时地响起铃声。陈天游身体弱不能吹空调，陈河热得不行，就不时来走廊里吹一会儿空调再回病房去。

　　陈河正靠着墙喘气的时候，手机振动起来。

　　他有些无力地掏出来，看到来电人后，一时有些慌乱。他不知道该怎么面对苏唐，不知道该怎么解释为什么这几天没有联系，他第一次这么手足无措。

　　电话响了一会儿就挂断了，陈河松了一口气，但很快，手机又振动起来。

　　就这样，拨打、挂断、拨打、挂断……在苏唐几乎要哭出来喊着陈河接电话的时候，那边才接起来。

　　"你在哪儿？"苏唐轻声问道。

电话那边沉默了一会儿，才听陈河沙哑着嗓子开口："我……在县里，我爸这边的亲戚有点事，我和我爸一块过来了。"

"嗓子怎么哑了，感冒了？"苏唐又问。

"嗯，这边没空调，有点热伤风。"陈河道。

"好，"苏唐吸吸鼻子，"那你注意身体，好好吃药。"

"嗯，你在你爸那里也别和他太拧着来，他说什么你别当回事，等……"

苏唐没有让陈河再承诺什么，直接打断他："我困了，要睡了，你也早点休息。"

很快，那边忙音响起，陈河举着手机的手僵住了，听着忙音出神。

过了好一会儿，他才把手机放下来，看了看日期。

病房里传来动静，他连忙起身，脚蹲麻了还绊了一下。他急匆匆地进到病房里，陈天游醒了，正在看手机。

"苏唐给我发消息，说他要去集训了，和我告别，还让我监督你吃药。"陈天游看着儿子，有些无奈地笑起来。

"嗯，那你记得，别说漏嘴了。"陈河点点头。

"去送送他吧。"陈天游道。

陈河把陈天游的病床摇起来一点儿，又把被子往上拽了拽，然后开始收拾，给陈天游准备温水、毛巾，好像让自己忙起来就能不去想那些。

"去送送他。"陈天游看着儿子忙活，说道。

"我在县里呢。"陈河道。

"什么县里，开车三小时也回来了。"陈天游道。

陈河抬起头看着陈天游。

陈天游不满地啧了一声："别这副表情看着我，我是生病，又不是废了，你送完苏唐回来不就得了！"

"你真是我儿子吗，怎么这么怂？"陈天游道。

陈河知道陈天游是在激他，没吱声。

苏唐买的最早一班的高铁，他从家里赶到高铁站，拖着行李箱在车站广场上走着。这时广场上没什么人，苏唐慢慢地向车站入口走去。

远处响起一阵奔跑的声音，苏唐下意识回身，看到远处那个穿着白T恤的身影向自己狂奔而来。那动作他再熟悉不过，就像每一次陈河狂奔向自己时一样。

可这次苏唐没有再等在原地，他松开行李箱，毅然迎着陈河跑过去。

双向奔赴才有成就感。

凭什么我总是第二。

在空旷无人的车站广场上，两个男孩奔跑起来衣角飞扬，横穿整个广场。

陈河张开手臂接住苏唐，两个人的胸膛剧烈地碰在一起。

"我好想你。"

在海青一中高三补课前夕，苏唐离开生活了一年的港城，来到不远的大都市进行美术艺考集训。

因为是名校的考前冲刺班组，分到的老师资历最深，也最严苛，而且苏唐已经落下别人半年的进度，所以集训一开始他的压力就很大。

集训学校是八个人一个宿舍，除了苏唐，其他七个人都是当地的，而且在一起集训了半年，已经相当熟络，每天凑在一起都热热闹闹的。苏唐一个人就显得有些孤寂冷清。

每天集训画到晚上十点多，室友们一回到宿舍就开始打游戏，十分吵闹。苏唐佩服他们的好精力，只好一个人又回到画室，安安静静地继续画画。

凌晨时，他手机响了一下，是陈河，问他睡没睡。

从分别那天开始，他们两个就很少聊天了，不是不想说话，而是没有时间。他们的时间总是对不上，陈河早上给苏唐发一条消息，苏唐可能中午或是更晚才看到，回复过去后消息就像是石沉大海，有时候陈河再回复可能就是第二天早上了。

苏唐看着陈河的消息，放了笔，拨了视频过去。

那边很久才接起来，光线昏暗，屏幕里只有陈河映着屏幕荧光的脸庞。

"你没在家？"虽然陈河把屏幕怼在自己脸上，可苏唐还是一眼看出来陈河不在家。

"啊，睡不着，在楼道里坐一会儿。"陈河含糊其词道。

苏唐皱了皱眉头，还想说什么，陈河就问道："你怎么还不回宿舍，还在画画？"

苏唐点了点头，说："宿舍太吵，我等他们都睡着了再回去。"

陈河听苏唐说过宿舍里有七个北京男生，叽叽喳喳的就跟说相声似的。等他们睡着了，又是呼噜声震天响，陈河看着苏唐眼下渐渐显现的乌青，心疼死了。

"好，"陈河强忍着心里的泛酸，深吸一口气，"你多吃点，都瘦了。"

苏唐听着，微笑地点了点头。

不用苏唐说陈河也知道，食堂的饭菜不好吃。苏唐嘴刁，肯定宁可天天啃面包都不想吃食堂的大锅饭。

"你呢，上学累吗？"苏唐问道。

他看着陈河好像也瘦了很多。

"还行吧，我上课什么样，你还不清楚吗？"陈河咧嘴笑道。

苏唐听着，眼前就浮现出之前和陈河同桌时的场景，那人没有一天是会好好听课的，不是玩手机就是睡觉。

"高三了……"苏唐嘴里衔着笑，提醒道。

"记着呢，"陈河眼睛亮着光，"要和你一起考美院，放心吧，我比之前多用心一点儿就够了。"

"多用心一点儿？那其他的心思放在哪里？"苏唐问道。

陈河那边像是静止了一样，过了好一会儿才低声道："其他的心思都放在你身上。要照顾好自己，别让我担心。"

事实上，无论苏唐如何照顾自己，陈河都控制不住对苏唐的担心。

这是他们相识以来第一次分开，而且陈河有预感，他们还会分开很久，这种预感还越来越强烈。

"知道了，你该去睡觉了，"苏唐又看了眼时间，"你以前不是都不熬夜吗？"

陈河抹了把脸，然后点点头，说道："你说得对，这不是想你想得睡不着嘛。"他说得轻描淡写，带着点玩味的口吻，可他们都知道陈河不是在开玩笑。

"去睡吧，我再画一会儿也回去了。"苏唐道。

陈河应着，轻声道："那，晚安。"

"晚安。"苏唐又匆匆看了陈河一眼，摁了挂断。

翌日清晨，陈天游还没醒，陈河又像往常一样蹲在走廊里吹空调。

苟六又拎着大包小包的水果、补品过来，看陈河蹲在门口，知道陈天游没起，也跟着在门口蹲下。

"下回别带东西来了，他又吃不了。"陈河看了眼苟六带来的东西，皱皱眉头。陈天游现在胃里有穿孔，几乎吃不了什么东西。

"这补品是给你的。"苟六抬眼看了陈河一眼，说道。

"给我的？"陈河乐了，"我还用补啊？"

苟六上下打量陈河一番，然后掏出手机点开自拍摄像头，放在陈河面前问道："你最近是不是忙得没工夫照镜子啊？"

陈河看了眼手机里的自己，很快就挪开目光，嘴硬道："还是一样的玉树临风。"

苟六干笑两声，他实在没有办法形容陈河现在的样子，整个人瘦了一大圈不说，每天没日没夜地熬着，陈天游渴了或者想上厕所都要他立马照顾，身体上累点倒还好说，但陈河心里肯定比谁都难受。

"你们学校是不是开学了？"苟六问道。

陈河点点头："开学快两周了。"

"你什么时候回去上课？"苟六看了眼日历，算着时间。

陈河没说话。

苟六收了手机，转向陈河，正色道："我知道你担心你爸，但是也不是非得你一个人在这儿陪着啊，我和蔡财，还有那么多兄弟，哪个不比你闲？大不了你晚上陪床，白天好好上课去！"

闻言，陈河轻轻摇了摇头。

"六哥，我知道你们都特别愿意来照顾我爸，但是不行，这事就得我来。他就我一个儿子，从小他怎么把我带大的，我就得怎么陪着他。更何况他现在到底什么情况都还不知道，万一……现在没有任何事比陪着我爸更重要。"

"那高考呢，不考了？"苟六瞪着眼睛，低吼道。

陈河深吸一口气，语气平缓道："高考又不是只有一次，等他稳定下来，我再回学校也不迟。"

荀六阴沉着脸没说话。

陈河笑着拍了拍荀六："对我有点信心嘛，六哥。"

荀六还想说什么时，房间里传来动静，荀六就看到陈河条件反射一样地从地上弹起来，回到病房。荀六愣在原地，过了一会儿才摇了摇头，拎起地上的东西也跟了进去。

陈天游醒了，正准备自己把床摇起来。陈河见了，马上过去扶住陈天游的身子，另一只手帮陈天游把床摇起来。

"吃饭了吗？"陈天游问陈河。

"不饿。"陈河说着，从窗台上拿起陈天游的洗漱用品，示意荀六把热水壶拿过来。

"行了行了，刷牙我自己来，我还没病到那种地步呢，"陈天游握住陈河举着牙刷的手，然后看了荀六一眼，"六子，吃了吗？带陈河下楼吃点饭去。"

"我真不饿，"陈河把牙刷递给陈天游，又回过身去用保温杯给他晾温水，"一会儿医生来查房我不在这儿，正好医生有事要嘱咐怎么办？"

"我还听不明白吗？我听不明白你就能听明白了？"陈天游翻了个白眼，把嘴里的泡沫吐在盆里。

"我听不明白可以学，"陈河从沙发上举起自己这几天做的笔记，"还挺有意思的，以后可以考个医学院。"

"你之前还说考美院呢。"陈天游吐槽道。

陈河愣了愣，过来把毛巾沾了水后递给陈天游擦脸，然后低着头，小声说道："我可能，不参加今年的高考了。"

陈天游把毛巾摔在脸盆里，抬头瞪着陈河："你说什么？"

"陈哥……"荀六想劝，也被陈天游一个眼神瞪在原地。

陈河喉头滚动，低着头说着："医生说你的穿孔至少还要观察一个多月，只有做了切片才能确定是不是癌症……"

陈天游气得又躺回床上，无论陈河说什么，陈天游都侧着身不看他。

陈河闭着眼睛深吸了一口气："我去给你打份小米粥。"

那天之后，他们再也没有讨论过关于陈河高考的事情，因为陈天游知道自己劝不走陈河，也没有力气动手。陈河也知道陈天游无论如何都不会同意。

他们就这么耗着，耗到陈河耽误很多课之后，陈天游也就会放弃。

病房热，陈河躺在床上热得睡不着，索性扯了床单铺在地上，直接打地铺。尽管这样，他也睡得晚醒得早，早上六点多就醒来了，拿手机看时间的时候，看到了苏唐给他发的消息。

酥糖：早。

酥糖：【给你糖果 .jpg】

陈河笑笑，也回了一个早，然后把手机揣进兜里。

苏唐等了一天，也没再等来陈河的一条消息。

吃过晚饭后，他刚来到画室外面透透气，手机的微信提示音就响了。苏唐有些惊喜地拿起来看，然后脸色又暗下去。

不是陈河发来的，而是郭曙梁。

郭曙梁祝苏唐生日快乐。

今天是苏唐的十八岁生日。

苏唐回了个"谢谢"，那边很快就打来电话。

郭曙梁问道："陈河在陪你过生日吗？"

提到陈河，苏唐就有些不爽，冷冷地回道："没有，我在集训。"

"我知道啊，他这几天都没来学校，我以为他今天会去找你呢！"郭曙梁道。

苏唐眉头紧紧皱起："他没去学校？"

郭曙梁大大咧咧地说道："对啊，开学你去集训后，他也没有出现过，我还以为他陪你集训去了呢……"

深夜，陈河躺在地上正准备睡觉的时候，看到苏唐的语音通话邀请，他才想起来自己忘了什么，立马从地上坐了起来。

快步走进安全通道，陈河把电话接起，刚要祝苏唐生日快乐，苏唐先开口道："马上告诉我你现在在哪儿，如果你敢骗我，我就立刻回来。"

第十六章
我好想你

苏唐还是在周末赶了回来。

虽然是周末，但他们的假期严格来说只有半天，所以苏唐在请假的时候，老师让他填表，他想了一会儿，在请假原因那里写下了"家人生病"。

苏唐回来的时候没有任何人接他，就像他第一次来港城的时候一样。

他到医院的时候病房里只有陈天游一个人，问过护士说是陈河去别的楼层拿化验结果了，他就留在门口等陈河回来。透过狭小的玻璃窗看向病房里面，陈天游没什么气力地躺在床上，苏唐心里有说不出来的难受。

一是难受原本高大健壮的男人一下子病成这样，二是想到陈河。陈河该多难受啊……

病房里的陈天游并没有看到苏唐，他想拿水杯，手上一下没了力气，保温杯重重地落在地上。

苏唐看到陈天游要弯腰去捡，立马冲了进去。

他把水杯捡起来放到桌子上，又转了一圈找到陈河给陈天游另外晾好的温水，倒在杯子里。

地上洒的水不多，苏唐抽了两张纸巾俯身下去擦干净。

"陈河告诉你了？"陈天游对于苏唐的突然出现并没有很意外，

他扶住自己的杯子，冲苏唐笑笑。

"我问的。"苏唐垂着双眸说道。

他呆呆地站在陈天游床边，过了一会儿才开口："您就没想过要告诉我吗？"

陈天游和陈河不是因为觉得和苏唐没关系才瞒着他，而是心疼他，怕影响他学习才不告诉他……

苏唐难过得撇撇嘴角，自从遇到陈河之后，他就总被人用心地保护着。

"陈河这小笨蛋，一点儿也不随我，"陈天游干笑道，"我也没什么事，是他弄得我好像很严重一样，其实你真没必要跑回来。"

"叔叔……"苏唐眉头皱起来，红着眼打断陈天游。

"哎，怎么还哭了，你别哭啊，陈河三岁后再哭我都没哄过他了！"陈天游看着苏唐不知道该说什么。

"我不哭，我不哭，"苏唐捂着自己的眼睛拼命地摇着头，他知道自己这个时候在这里哭特别不懂事，可他就是忍不住，"我……我去外面哭……"

陈天游连忙叫住他："行了行了，就在这儿哭会儿吧，你去外面哭陈河回来看到了还以为我欺负你了呢！"

"怎么会……"苏唐擦着脸说道。

陈河从楼下拿了化验结果，上来后又去了医生办公室，把化验结果拿给陈天游的主治医生看。医生说的话他也不是特别能听懂，好在记性好，转头写在笔记本上可以慢慢查那些专业性特别强的字眼是什么意思。

路过护士站的时候，熟识的护士姐姐和陈河打招呼："你弟弟来了，正陪你爸爸说话呢！"

弟弟？

陈河反应了一下。

是苏唐，苏唐回来了！

他大步跑向病房，在门口看到坐在陈天游身边陪着陈天游说话的苏唐，鼻子有些发酸。

他们分开了一个多月，这期间运气好碰上了还能发个视频，可大多数时候他们的时间都对不上。有时候陈河想在苏唐休息的时间和他说两句话，可一忙起来就记不得了。他甚至错过了苏唐十八岁的生日。

只是一个生日，看起来好像也没什么，但陈河知道自己错过了什么。

他成全了自己的担当和孝顺，但辜负了苏唐的满心期盼。

也许前者在任何人看来都是最重要的，可对于陈河来说，他没有兼顾，所以就十分愧疚。

他隔着玻璃窗，看着苏唐强忍难过和陈天游聊天的样子，看着苏唐倾尽全身的力气表现得自然一点儿，他特别想冲进去抱抱苏唐。

苏唐感受到一道炙热的视线落在自己身上，他抬起头，看到了门口的陈河。

好奇怪，他们只分开了一个多月，却像过了一年多那么漫长。

原本他们以为的离别相当轻易，现在再见，才回想起往日种种难熬。

陈河出了口气，推门进来，也故作镇定地道："聊什么呢？"

"苏唐给我讲他们画室的老师考了三年都没考上美院的故事呢。"陈天游道。

陈河点点头："那可能就是跟美院没什么缘分吧。苏唐不一样，苏唐缘分够够的，肯定能考上。"

苏唐看了陈河一眼，没说话。

过了一会儿，护士来给陈天游换输液瓶，陈天游就把他们两个都赶出病房，让陈河带苏唐去吃点东西，说苏唐过年好不容易胖了点又瘦回去了。

陈河领命带着苏唐出去，不过苏唐走进电梯间并没有摁电梯，而是拐向一旁的消防通道。

"你之前就是在这里和我视频的？"苏唐推门进去看了看里面，扭头问陈河。

陈河点了点头。

苏唐笑了笑，像是随口一提般说道："刚才叔叔和我说你想考医大？"

"我就那么一说。"陈河也笑着，抓抓头发。

"你说我和美院有缘，那你呢？"苏唐盯住陈河的眼睛，质问道。

陈河怔怔地看着他，过了好一会儿，才有些颓然地别开头，坐在了楼梯上。

"苏唐，你知道吗，从小到大我总是轻易就能达到一些看起来很困难的小目标，比如考试考第一名。后来我就总是给自己加难度，比如经营酒吧、网吧，比如让那些混混远离我，其实这些我也都做得还可以。我甚至觉得自己这辈子就这样了，顺风顺水的也挺好。

"结果，因为我爸生病住院，我的这些美好愿望也就幻灭了。我每天在医院里，听医生说着我从来都没听到过的字眼，努力地想看清病历上面的字，护士说如何照顾病人时，我一个字都不敢落下的全都记在心里，每天都在脑袋里来回地过，比高考词汇记得还熟，可我还是觉得自己没用。

"特别没用，就像当初失去秦玉时那种没用的感觉。我现在又有这种感觉了。"

陈河头扎得很低，声音也一点点降下来。

苏唐抬手搭在陈河肩上，陈河开始止不住地颤抖。

苏唐知道，陈河在害怕，怕有一天会像失去秦玉一样失去自己的父亲。

"我说我想去学医，就想以后再听医生说话时我都可以听懂，心里才能有数。"陈河哑声道。

苏唐闭着眼，轻轻地点着头，手上一下一下地拍着陈河的背，安抚着他。

苏唐的假只有两天，去车站之前，苏唐在病房外面问陈河打算什么时候回学校。

"快了，应该是过完国庆节吧！到时候给陈哥请个护工，我晚上过来陪着就行。"陈河说道。

苏唐点了点头，推开病房门，去和陈天游告别。

"嗯？要走啦？"陈天游把文件放下，看向苏唐，嘴角颤了颤，像是想笑但没什么力气笑。

"是，我要回去了……"苏唐顿住了，不知道接下来该说什么。

"回去安心集训，我没什么事，"陈天游看向苏唐，目光柔和，"倒是你，瘦得好像比我还多似的，集训那么累，你多吃点，快换季了，你免疫力低是要生病的。"

"我知道了……叔叔。"苏唐点点头，身体两侧的手死死地攥着。

"好孩子，去吧，不忙的时候咱们可以群聊！"陈天游道。

苏唐在原地又站了一会儿，抬起头来看向陈天游："我能……抱你一下吗？"

"我没抱过我父亲，我就是很想抱您一下……"苏唐有些语无伦次地说道。

陈天游张开手臂，苏唐俯身轻轻地抱了陈天游一下。

陈天游真的瘦了好多，感觉像是皮包着骨头一样，苏唐不敢用力，可陈天游却用力地抱了抱他。

"你要是我儿子，我估计会少操很多心，"陈天游在他耳畔轻声说道，"在外面一个人要照顾好自己，叔叔在家等你回来。"

苏唐重重地点了点头。

从病房出来，陈河送苏唐离开，走到电梯间时，苏唐让陈河停下。

"别送我了，我自己去车站。"苏唐说道。

"苏唐，走吧，路上注意安全。"

两个多月的时间飞快过去，苏唐单衣外面套上了羽绒服，这件衣服还是去年冬天陈河非要给他买的。

画室白天有暖气，晚上就停了，苏唐一个人坐在冰冷的大教室里，削笔的手都冻得发僵。他吸吸鼻子，突然觉得自己有些凄惨，然后又被自己这种想法逗笑了。

这时，放在画袋上的手机亮起来，是陈河。

苏唐连忙在裤子上擦擦手，接起陈河打来的视频电话。

陈天游上个月就已经出院了，陈河现在在家里，他举着手机，先让陈天游和苏唐打了个招呼。

"苏唐，考试加油啊！"陈天游躺在自家床上，鼻子里插着根管子，冲苏唐笑笑。

陈河帮陈天游把被子盖好，然后拿着手机出来，把房间门虚掩上，放轻动作坐到沙发上。

苏唐默默地等着，把手机放到了画板支架上，学着陈河之前教他的，把两只手对着伸进另一只袖子里，陈河说这叫"老太太揣手"。

陈河看着苏唐揣着手，鼻头冻得红红的，问道："你还在画室呢？"

苏唐点头："和你打完电话就回去。"

之前在知道他们画室晚上没暖气之后，陈河就十分严肃地和苏唐强调过不许在画室熬夜了。

"你过两天就考试了，也不差这么一会儿了，"陈河皱着眉头，"你万一就这两天再冻出个好歹了，耽误考试就得不偿失了。"

"我知道啦。"苏唐拖着尾音应着。

陈河拱拱鼻子："不听陈河言，吃亏在眼前。"

苏唐偏过头去笑了一下。

"我上次给你买的暖贴还有吗？"陈河问道。

"有的，"苏唐把手从袖子里伸出来，然后拉开羽绒服拉链，给陈河显示了一下自己上半身贴的两个暖贴，"后背也有，裤子里面也贴了。"

陈河看着苏唐面无表情地扯开自己的外套，笑起来，说道："你拉开衣服让我看暖贴的样子，好像是以前卖小黄书的不法商贩！"

陈河拉开自己的外套，模仿着苏唐刚刚的样子，冲屏幕里的苏唐挤眉弄眼："兄弟，书要吗？碟也有！"

苏唐笑起来，每次和陈河视频的时候他都很快乐。

"你真是……你最近在好好上学吗？"苏唐笑了一会儿，也有些严肃地问道。

陈河不着痕迹地抽了下嘴角，然后看向苏唐："当然了，这学期我还能考第一，他们太菜了！"

嗯，还是原来的味道，苏唐点点头，表示认可了陈河"狂妄"的回答。

"今天这边下雪了，"陈河说道，"去年第一场雪咱们还在一起呢，今年就只能让你一个人去考试了。"

"去年是因为我手臂骨折，所以需要一个助理。"苏唐说道。

苏唐看了看窗外，没有下雪。他错过了和陈河一起看今年的第一场雪。苏唐想想如果陈河在他身边会是什么样子呢，那人怀里一定会捧着热饮和吃的，帮他削笔背画袋，在他去考场前热热闹闹地给他加个油。

总之不会像现在这样，让他一个人坐在冰冷的房间里，浑身贴满暖贴也暖和不起来，手僵到削个笔差点儿削到自己的手指头。

"怎么了？"陈河看出苏唐情绪一下子低落，轻声问道。

苏唐摇摇头："没什么，就是想赶紧考完试，早点回去。"

考试当天，大雪纷飞，苏唐穿着篮球鞋，一脚踩进雪里，脚趾都冻得发疼。不知道为什么，他看着前面背着厚重画袋在大雪中缓缓前行的考生们，突然有一种很壮烈的感觉。

每一场考试都像一场战斗，美术生们以笔为矛，以纸为盾，在这场没有战友、全是对手的战争中，杀出一条血路。

苏唐这么想着，感觉好像每个人之间又多了几分惺惺相惜。

风雪来袭，考场里的暖气烧得也不够旺。苏唐沉下心来，摒除杂念，除了当前的考试和在家等他的陈河之外，什么都不想。

苏唐在春节前参加了好几场考试，每天都是坐着各种交通工具来回奔波，以至于后面忘了抢回家的车票。

春节前又下了一场大雪，雪夜里学校一片寂静。

室友都是当地的，放了假就一哄而散，这次寝室里倒是清静下来。苏唐难得地躺在一片安静中，看着手机屏幕上全都标着"无票"的时间点出神。

陈河的电话打了进来，苏唐回过神，却迟迟没接。

他如果和陈河说自己没有抢到票，陈河应该也会着急吧，每天除了上课还要想办法帮他抢票……

陈河连着打了三个电话，苏唐都没接。

就在他反复纠结准备给陈河打回去的时候，楼下突然响起鸣笛声，在安静的夜晚显得格外突兀。

苏唐皱着眉头从床上下去，走到窗边向下看。

夜幕深沉，两道暖白的灯光照亮了一片天地。有一个人顶着鹅毛大雪，逆着光站在车前面，正抬头往宿舍楼这边看。

那个人双手在嘴边张开，用力地喊道："苏唐——"

苏唐来不及多想，胡乱地抓起几件衣服塞进包里，夺门而出，狂奔下楼。

在陈河缓口气准备喊第二声的时候，苏唐从宿舍楼里冲出来，扑向陈河。

"别叫了，我来了。"

陈河是自己开车过来的，回去的路上，苏唐坐在副驾驶，车里暖气开得十足，他手里还捧着一个烤红薯。

"你怎么进来的？"苏唐问道。

"我和门卫大爷唠嗑了一会儿，他就特别痛快地帮我把门打开了。"陈河握着方向盘说道。

苏唐眯眯眼睛，满意地哼了哼。

其实是陈河从后备厢拿了两盒陈天游的烟给大爷，然后大爷才特别痛快地放陈河进来接苏唐。

"你怎么知道我没有抢到票？"苏唐又问。

陈河歪歪头，说道："我怎么不知道我家小神仙还会干抢票这么接地气的活呢？"

苏唐笑着撇撇嘴："那我要是抢到了呢？"

"退了啊，"陈河理所当然道，"你总不能让我空车回家吧。把票退了，给没有人来接的朋友们一点儿机会。"

苏唐以为只是因为自己去集训了所以很久没见到杜春晓，到了家才知道，陈河他们也很久没有见到她了。

"春晓姐不知道叔叔的病？"

在陈河的卧室里，他们两个人盘腿面对面地坐在床上，怕陈天游醒了叫他们，门也没关严，说话都要小声一点儿。

"不知道，"陈河摇摇头，"我也不知道我爸跟杜春晓说了什么，杜春晓现在也就是偶尔和我发个消息。"

"那过年……"苏唐问道。

"想办法呗，咱俩争取这两天学会包饺子，如果实在学不会，就吃速冻的。"陈河说道。

"为什么不告诉她？"苏唐问完，才觉得自己说了句废话。

陈河叹了口气，仰面躺在床上，说："她如果知道了，肯定恨不得把自己绑在她的陈哥身上，什么工作、谈恋爱就都不管了，我爸怎么会同意？"

"他应该自己也挺后悔的。"陈河又喃喃道。

后悔在那么特殊的时间点出现，耽误了杜春晓几年时光。

苏唐理解这种感觉，见过了那么特别的人之后，从此这世界上的人只能分为他和其他人。

杜春晓见过了陈天游，眼里就再也盛不下别人。

"我以前总觉得陈哥畏首畏尾，一点儿也不敢爱敢恨，"陈河像是在自言自语一样，"后来……"

后面的话他只敢在心里说：后来我才知道，原来有些事情就是要满心算计、小心翼翼的。

苏唐也躺下来，过了一会儿才说："医大也很好，我查过，地铁四站就到美院了，很近。"

陈河轻轻应了一声。

大年初四，苏唐又回到画室，继续准备考试。在三月初，温度渐渐回暖的时候，他才回到学校。

苏唐回学校那天陈天游要回医院复查，陈河要陪着，苏唐就自己来了学校。

后来陈河也来了，只不过断断续续的，有时是上午来，有时下午，还有全天都不出现的时候。

苏唐几次想找陈河说这件事，可看到陈河照顾陈天游整个人瘦了一大圈，每天晚上几乎碰枕头就能睡着，他就不好开口了。

这天陈河依旧旷课，苏唐帮老师送资料的时候，在文综办公室里，听到几个老师提到陈河的名字。

他下意识放慢手里的动作。

"李老师，你们班那个陈河是什么情况啊？怎么一个学期都没再看见他考第一啊！"有个老师问道。

文科三班的政治老师道："陈河，他都有一学期没来上学了！"

苏唐手里的卷子差一点儿散落在地上。

"一学期没上学？"有老师吃惊道，"这都高三了，他不高考啦？"

"听说是他家里出了点事，今年就先不考了，明年再说。"

今年不考了，明年再说？！

苏唐几乎是从办公室里逃出来的，他抱着怀里的卷子，死死地咬着牙，浑身都在颤抖。

陈河骗他，一直都在骗他，说什么白天上学晚上陪床，其实陈河根本没有来过学校？他也根本不打算参加今年的高考了！

陈河不能和他一起考大学了。

第十七章
在等你

一模过去之后，海青一中的考试越发密集起来，苏唐的成绩也从艺考完回学校时的十名开外一点点地爬到了前三名。

他一直试图让自己学得昏天黑地，这样他就没有时间再一遍一遍地惦记陈河的事了。

为了不想着这事，他报了晚自习，每天都留在学校自习到十一点半。算起来，苏唐已经三天没有和陈河见面了。

成绩单再一次发下来，苏唐考了年级第一。可这一次，是他一个人走向杜明，听着杜明鼓励他保持住，他的目光死死地盯在那张成绩单上。

他好像已经适应了自己的名次在陈河后面，如果第一是陈河，那他得第二也可以；可如果这张成绩单上没有陈河的名字了呢，他一个人在第一的位置上孤零零的又有什么意义。

下晚自习的时候，有许多家长等在学校门口，他们心疼自己的孩子，一见面就接过孩子手里沉甸甸的书包，搂着孩子去车上。

苏唐在门口愣了一会儿神，看着和他一起出来的同学都被接走了，他才缓缓往家走。

他还没走几步，就看到前面路灯下站着个高瘦的男生，正靠在路灯杆上笑着看他。

苏唐愣在原地。

陈河朝苏唐走过来，手伸向苏唐的书包。

苏唐下意识地避开了。

陈河的手悬在半空中，不收不落。

"我……不沉，我自己背就行。"苏唐说道。

陈河听了，还是伸着手说："我来吧。"

苏唐咬了咬嘴唇，卸下书包递给陈河。

陈河背书包的工夫，苏唐就快步往前走了一段。

陈河看出苏唐不对劲，也大概想到是因为什么，但是苏唐不问，他也没有说，只是背着苏唐的书包，默默地跟在苏唐身后。

"我今天考了第一。"走在前面的苏唐突然开口。

"很棒啊，"陈河说道，"我看到老杜发在群里的成绩单了，你的弱科也赶上来了，比你去集训之前的成绩有进步。"

"是吗，"苏唐轻声应了一声，然后回头看向陈河，"那你呢，你多久没参加过考试了？一模没有来，这几次周测你也没来，你觉得你还可以考第一吗？"

陈河听了，轻轻笑了一下，说道："只是几次考试没参加而已，我这么厉害，只是让你考两回第一开心开心而已，等我回来，你再考第二可别闹气。"

苏唐直直地看着他，半晌才点了点头："好，我等着。"

回家的这条路不长，他们没什么交流，两个人一起默默地走着，谁都没再说话，但都希望这条路再长一点儿。

"行了，就到这儿吧，"走到陈河家楼下，苏唐停了脚步，抬手朝陈河要自己的书包，"我回去了，你上楼吧。"

陈河说："我送你回去，今天在家待了一天，趁这会儿活动活动。"

"你真的在家待了一天吗？"苏唐问道。

陈河有些不明白地看向苏唐。

苏唐直视着陈河，从兜里掏出自己的手机，点开购票软件。黑暗中，苏唐手机屏幕的光芒格外刺眼，陈河避开屏幕，他不用看就知道那里有他的购票记录。

之前一起去云南旅游的时候，他们用一个账号买票，所有的记录都是关联着的。

苏唐看着瘦了一大圈的陈河，所有的埋怨责怪都堵在胸口说不出来，他只是想请陈河别再骗他瞒他，别再一个人扛得太多。

"陈河，你累吗？"苏唐问道。

"今天去北京找专家看片子，赶最早的高铁要起很早吧，地铁上人多不多、挤不挤，医院里也排了很久的队吧，是不是站了很久？回家要照顾陈叔叔，要自己消化北京的专家说的话，还要来接我下晚自习。陈河，你累吗？

"你可不可以别再骗我，说实话，你累吗，陈河？"

苏唐的语气很轻，却需要他用尽全身的力气来说，他心疼得几乎喘不上来气。

"不骗你了，"他听到陈河说，"我好累啊。"

小区的儿童乐园里，陈河和苏唐坐在秋千上，显得和周围的滑梯、跷跷板有些格格不入，他们要弯着腿才能让秋千荡起来。

"这种感觉太诡异了，大半夜的不睡觉在这儿荡秋千。"陈河说着，还踩了一下地面把自己荡起来，秋千发出吱呀吱呀的声音。

苏唐低着头，说："我觉得，还挺浪漫的。"

陈河看了看身旁的苏唐，感觉他也变了很多，好像他们都在悄悄地长大。苏唐这么恨别人骗他，要是放在以前自己这么瞒着苏唐，苏唐估计还会狠狠地揍自己一顿。

陈河突然有一种孩子长大了，会疼人了的感觉。

陈河这次去北京，是去挂号安排陈天游的手术的，手术之后需不需要进行化疗还要看手术情况。陈河要和陈天游谈谈手术的事情，然后和北京医院那边把日期定下来。

"其实，没有我之前想的那么严重。"陈河说道。

苏唐应了一声。

"还生气呢？"陈河看看他。

苏唐冲陈河扯了扯嘴角，没说话。

又不只是今天这一件事，陈河只不过是丢车保帅罢了，更过分的事还在瞒着他。

不过苏唐今天忍了，陈河奔波一天，他舍不得再和陈河在儿童乐园里吵架。

见苏唐没说话，陈河就从自己的秋千上下来，过来拉住苏唐的秋千，把苏唐抱住。

苏唐听着这人的心跳声，头顶被人轻轻地揉着。

"抱抱你，别生气了。"

苏唐半天才闷声应了一下。心里骂着自己没出息，这么好哄！

这天，苏唐下午放学时没胃口就没吃晚饭，晚自习上到一半，他的肚子却开始叫了。

郭曙梁从习题册上抬起头，往四周张望了一下，最后目光落在苏唐身上，问道："苏唐，你刚才有没有听到什么声音？"

"没有。"苏唐果断道，然而他的肚子又响了一声。

郭曙梁皱皱眉头："你听到了吗？"

"什么？"苏唐继续装傻。

"就是你！"郭曙梁压低声音指着苏唐，"就是你的肚子叫了，你还不承认！"

苏唐翻了个白眼，今天也是想掐死郭曙梁的一天。

不过很快他就决定放郭曙梁一条生路，因为这人把自己晚自习之前买的饼干面包都偷偷地从桌子下面塞给他。苏唐把零食放在自己的书堆后面，准备等巡视教室的年级主任从窗口过去再吃。

结果，苏唐没有等到年级主任，却等到了陈河。

只见，陈河跟做贼似的在窗口观察了一会儿，看到教室里盯晚自习的老师正戴着耳机闭目养神后，他就蹑手蹑脚地从教室后门溜了进来。

苏唐早就看到他了，见他进来，帮他把椅子拉开，又把书堆推到陈河那里，挡着他。

陈河手上还拎了一个保温壶，看到苏唐桌面上的饼干面包，有些不满地问："你每天就吃这么没有营养的东西？"

苏唐冲他比了个小点儿声的手势后，说道："这都是郭曙梁给的，食堂的饭有营养，但是很难吃。"

陈河认同地点点头，然后拍了拍保温壶，说："我这不是给你送有营养又好吃的来了嘛！"

　　苏唐看着他。

　　陈河挑起眉毛，得意地笑起来，拧开了保温壶的盖子。

　　瞬间一股香气从保温壶里飘出来，教室后面都是这个味道。

　　"鸡汤？"苏唐道。

　　"参鸡汤小馄饨，"陈河说着，把勺子递给苏唐，"快尝尝，我下午没事的时候学的，小心烫啊！"

　　苏唐尝了一个小馄饨，味道还不错，正当他缩在书堆后面准备继续吃的时候，教室里一起上自习的同学闻到了香气，有人小声嘀咕着："什么味啊……"

　　陈河这鸡汤的味实在太大了，坐在教室前面的老师都闻到了，从讲台后面抬起头，往下看了看。

　　"谁吃方便面呢？一股小鸡炖蘑菇的味！"老师说着，就要往教室下面走，走了两步，就发现了教室后面多出来的陈河，"那个同学，你哪个班的，怎么不穿校服？"

　　陈河倒吸一口气，刚要跑，教室里的灯瞬间灭了。

　　有人号道："我看书看得眼都瞎了！"

　　"停电了傻子！"

　　整栋楼都爆发出了骚动声，像是高考前压抑太久终于可以在黑灯瞎火中找到一个释放的机会。

　　"停电了。"陈河在苏唐耳边说道。

　　苏唐趁着停电，大口吃了好几个小馄饨，十分满足，根本没有时间搭理陈河。

　　要不是陈河离得近，能清楚地听到苏唐嚼东西的声音，不然都不敢相信苏唐之前那么讲究的一个人竟然会趁着停电猛吃起来。

　　"你也不怕吃鼻子里去。"陈河笑着，揉了揉苏唐的头发。

　　"不会，"苏唐歇了一下才有空理陈河，"好吃。"

　　陈河嗯了一声："包了很多，够你吃一阵的了。"

　　海青一中的高三有个传统，就是在高考最后三十天冲刺之前，会举办一个开放日，邀请家长来学校，给家长和学生准备一个单独的房间，让他们可以好好地沟通沟通。一来让家长了解一下孩子的情况，二来也是让压抑已久的高三考生们宣泄一下情绪。

当天下午，家长们凭自己孩子的学生证可出入校门，家长进来学校就忙着找教室找自家孩子，吵吵嚷嚷的，让本来安静压抑的高三教学楼一下子热闹起来。

文科三班的学生家长来了三分之二，杜明忙着招待家长，匆匆嘱咐家长有事来不了的学生留在教室里自习。

苏唐手里的笔就没停下过，外面再热闹也和他没有关系。

但是，苏唐还是想看一眼，就看看他一直期盼的那种生活是什么样的。

他悄悄地把头从后门探出去，目送着家长们揽着自己的孩子去交流谈心的教室。

苏唐突然看到有个女人在逆着人群行走，她中途还停顿了一下像是在问其他家长文科三班在哪里。苏唐正想直起身子坐回去，已经来不及了，杨婕看到了他，笑着快步向他走来。

教室里还有其他同学在自习，所以杨婕进来的动作十分轻缓，她坐在陈河的座位上，长出了一口气，笑着问苏唐："我没有来太晚吧？"

苏唐怔怔地摇了摇头。

杨婕笑笑："我是听我同事说的，他们家孩子也在海青一中读高三，他说今天学校有活动，家长要来和孩子谈谈心。我也想过来看看你，但有个会一直开到刚才，所以就来晚了。"

苏唐默默地听着，过了一会儿才说："没……没关系。"

"那我们是不是也该去那个教室了，在这里谈心会影响到其他同学吧。"杨婕小声道。

苏唐点了点头，起身和杨婕一起跟上了去往谈心室的队伍。

因为高三的家长开放日，高一高二可以提前半天放假，把教室空出来给高三的学生和他们的家长。

苏唐排到的是高二的文科三班。

"这是我高二时候的教室……"他进教室时说着。

教室靠窗的位置摆放了两把沙发椅，学校把它们安排成背对着的，可能是为了学生和家长不用面对面的那么尴尬。

　　杨婕走过去，坐到了椅子上。

　　苏唐深呼吸一下，也坐了过去。

　　"刚来这里的时候是不是很困难？没想过要回家吗？"两个人沉默半天，最后杨婕先开口问道。

　　"是的。"苏唐说道。

　　"我刚来这里的时候，被人骗钱，然后又得罪了这里的混混，我从来没有想过那样的事情会发生在我身上，我当时，很害怕。"

　　杨婕听着，轻声问道："后来呢？"

　　"后来，有个人帮我解决了这些问题，他还带我融入了这个班级，和我成了最好的朋友，让我觉得，我不是那么的孤独。"

　　"是陈河吧。"杨婕说道。

　　"嗯。"苏唐应了一声。

　　杨婕说道："他是个很好的孩子。我该为之前你爸爸那么说他而向他道歉。"

　　"那是他的错，"苏唐道，"和你没关系。"

　　苏唐不会因为唐轩横而迁怒于杨婕、唐嘉昕，她们给了他很多从前不曾感受过的温暖，他喜欢她们。

　　"我觉得我们之间就不必说那么多客气话了，"杨婕说道，"你可以把我当作你的长辈，宣泄一下你的压力，也可以把我当一个知心阿姨，你所有的事情都可以随便和我聊聊。"

　　因为是背对着对方的，他们看不到彼此的神情，可苏唐相信，杨婕会认真温柔地听他说每一句话。

　　他组织了一下语言，将自己艺考集训开始到现在这段时间里的事讲了出来，有关于自己集训时的事，有关于陈叔叔的病的，还有关于陈河的。

　　杨婕默默地听着，有时会轻轻嗯一声，表示自己还在听，但没有打断过苏唐。

　　苏唐一个人讲了很久，久到他停下来的时候都震惊于原来他也可以一个人喋喋不休讲这么久。

　　见他不再说话了，杨婕才开口，她第一句话竟然也是感慨："原来，你也有很多话要讲啊。"

在她看不见的地方，苏唐的脸有些红。

"这才像个孩子嘛，很可爱。"杨婕说道。

"首先，要恭喜你考过了美院的专业录取分数线。昕昕一直特别关注这件事，你和她分享这个好消息的那天，她激动到十一点多了都睡不着觉，问我可不可以来找你，想当面祝贺你。不过后来她在准备竞赛了，也就没有来见你。她一直都很崇拜你。

"在学习美术这条路上，你很有天赋，又努力，你未来会有很好的发展的。你爸爸反对这件事，也不过是他自己的执念罢了，你不用在意，你只管大步向前走就好，以后会更好。

"关于陈河同学不参加今年高考的问题，我觉得你纠结的点并不在于他不能和你一起上大学，相反你很支持、理解他的决定，你只是在气他瞒着你。这就很好解决了，找一个合适的时间和他讲清楚，告诉他你已经什么都知道了，让他安心，不要再有任何顾虑。我想，他一直瞒着你就是怕你伤心，如果你告诉他你的想法，他应该会轻松很多。

"你在我们面前讲起他时，是很坚定你们的友情的，所以你们之间不应该让这种问题来消耗精力。"

苏唐听着，轻轻地出了一口气："好。"

"我也很感慨，昕昕有时就像个小大人一样，懂得很多事情，但想法还是很幼稚。你和陈河现在处于一个很尴尬的年龄上，说你们是成人了，但还做不到像成年人那样思考问题；说你们是孩子，你们又已经可以扛起家庭责任。我很心疼你们的经历，但我也庆幸未来到社会上去，你们会比其他同龄人更加优秀。"杨婕道。

"陈河爸爸去的那家医院确实是国内顶尖水平了，恰好我家和那位主治医生家里算世交，我会去给他打个招呼。你也要安抚好陈河，他虽然嘴上不说，心里一定比谁都慌。"

苏唐有些惊喜地坐直身子："那太好了！阿姨，谢谢你。"

杨婕笑道："既然是家长和孩子互相谈心，那我也该和你谈谈心。"

苏唐点点头："你说。"

"阿姨知道，你对我和你爸爸依然有芥蒂，这很正常，阿姨很理解。

但是昕昕年纪小，没经历过什么，她想法很单纯，她一直为自己有个哥哥而开心。所以，阿姨恳请你，试着接受昕昕这个妹妹。"

"我会的。"

杨婕没有想到苏唐会不假思索地应下。

"我其实也很喜欢她，也很喜欢你，我只是不太知道该怎么去和你们相处……我以后会学的。"苏唐有些不好意思道。

杨婕也有些意外，毕竟他们之前相处时间并不多，她笑了笑，说道："等高考完、陈河爸爸手术结束之后，你们可以带着昕昕一起出去玩，放松一下。"

苏唐点了点头，不过他想着唐轩横不会同意。

他们又坐了一会儿，突然听到杨婕呀了一声。

"怎么了？"苏唐问道。

杨婕的角度刚好能看到门口，陈河正站在那里向她打招呼。

"你的小伙伴来了。"杨婕说道。

苏唐起身，看到陈河走了进来。

"既然他来了，那我就先走了，"杨婕说着也站起来，她冲苏唐眨眨眼，"我觉得，你应该不用我去和你的班主任谈学习问题吧，那些分数我看着都眼晕。"

"不用，"苏唐摇摇头，然后看着杨婕，"谢谢你今天过来，我……很开心。"

"不客气，"杨婕笑笑，"你们聊吧，这个时机就刚刚好。"

他们目送杨婕离开，而后陈河扭头问苏唐："什么时机？"

苏唐没有回答他，而是动手将两把椅子面对面地摆好，然后坐在其中一把上，指了指对面的椅子，示意陈河坐下。

陈河坐下，他们两个人的膝盖碰在一起。

"这是什么意思？"陈河问道。

"坦白局。"苏唐说道。

"坦白？"陈河开始装傻，"你要坦白什么，做了什么对不起我的事了？"

"陈河——"苏唐突然用腿夹住陈河的腿，用力收紧，让猝不及防的陈河疼得倒吸一口凉气，"今天，是你的坦白局，劝你坦白从宽，抗拒从严，别惹我。"

陈河听到了苏唐的拳头捏得咯咯响。

"不知道从哪里说起是吗？"苏唐冷笑着，"那我给你开个头吧，从你决定今年不参加高考开始，一件件的都给我交代清楚。"

这一天还是来了，陈河忍着腿上的痛，仰头望天。

"仰什么头！快说！"苏唐又用力夹了一下腿，"你是垃圾桶吗，那么能装？骗我白天上课晚上照顾陈叔叔，还说你还能考第一！哪个要高考的人还会在家研究怎么包馄饨啊，你是要考新东方吗？"

陈河被苏唐吼愣了，过了好一会儿才张张嘴巴，有些委屈地说道："我腿麻了。"

苏唐气得翻白眼，他松开陈河，带着自己的椅子往后退了一点。

陈河放松一点，看向苏唐，小声说道："对不起。对不起让你这么担心，对不起一直骗你，对不起不能和你一起去上大学了。"

苏唐听了，别开头去捂着眼睛："你这是在写诗呢？还用排比句……"

"苏唐，你在大学等我。"

高考前三天，一中高三放了假，让考生们在家备考。苏唐在家看了会儿书，中午吃饭的时候被陈河拉了过去。

"哟，又来个试毒的啊，"荀六嘴里正叼着个鸡腿，说话含含糊糊的，"陈河，让人家高考生吃你这菜不太合适吧！"

因为陈河天天在家除了照顾陈天游，就是给苏唐研究好吃的，前一阵还给自己买了个新"玩具"——烤箱。那之后，小蛋糕、蛋挞、比萨……几乎每天陈河都要用那个烤箱做点什么。

今天是看着教程做了只烤鸡。

"一只鸡就俩鸡腿你怎么那么不懂事！"陈河踹了荀六椅子一脚，连忙把剩下的那个鸡腿递到苏唐嘴边，哄道，"快吃，哥这是虎口夺食。"

苏唐笑着咬住鸡腿，很香，酱料香甜咸淡适中，肉质鲜嫩多汁，外焦里嫩。

陈河要不是能考年级第一，其实当个厨子也是个不错的选择。

"好吃吗？"陈天游披着薄被从卧室出来，整个人看着精神了许多，他冲苏唐笑笑，"陈河天天在厨房鼓捣这些，怎么也没把你喂胖啊？"

苏唐咬着鸡腿，点了点头。

陈河把沙发上的抱枕摆好，让陈天游坐下，又把煮好的粥过滤出的米汤端过来，这是陈天游的午饭。

"唉，我看着我哥喝汤咱们吃肉，心里怪难受的。"苟六说道。

陈天游冷哼一声："给你狂的，等我手术完，照样能收拾你。"

陈天游的手术已经安排好了，就高考这几天。杨婕帮忙打过招呼，请专家过来手术，而且之前会诊的时候医生也表示，病人术后很大可能完全医治，不需要再进行化疗，只要后续观察休养就可以。

陈河一直悬着的心才算落地，投喂高考生这几天，苏唐虽然没胖几斤，但他天天做了自己试吃，自己倒是已经胖了不少。

他拍了拍自己的肚子，说道："等陈哥手术完，我要一边健身，一边复习。"

陈河进厨房做饭，苏唐在沙发上和陈天游聊天，苟六就在厨房客厅之间来回地晃悠。过了一会儿，蔡财也过来了，风尘仆仆地进门，换了鞋就奔客厅来，从包里掏出来两个福袋。

"这是我上午去山上请的，一个是给陈哥的，手术顺利、早日康复；一个是苏唐的，这个，高考加油，金榜题名！"

陈天游捏着福袋，大笑两声，道："好好，这是咱家的两件大事啊！"

苏唐接过福袋，说："谢谢。"

陈河从厨房出来，又给了苟六一脚："你看看人家多懂事，你再看看你，来了就吃个鸡腿，你跟老蔡的差距也就是猪跟人的差距那么大。"

客厅的人都笑起来。

自从陈天游住院开始，每个人心里都有一种说不出来的压抑，特别是陈河，一个人扛着所有的事。如今两件大事都要尘埃落定，可在还没有完全结束之前，陈河还是紧紧绷着心里的弦。

吃过饭后苏唐回家复习，陈河送他。走到楼下时，苏唐停下，问道："你有话要说？"

这么近的距离，陈河非要送他。

"我没什么事，就是……"陈河啧了一声，抓抓头发，"也不知道为什么，你要高考，我比你还紧张！"

苏唐有些意外地挑起眉毛："你还有考试紧张的时候？"

"我自己考试我当然不紧张，"陈河道，"我就紧张你！"

他说完，竟然有些不太好意思。

陈河看向一边，有些不自然地说道："也是，你肯定不紧张，毕竟我不考，没人跟你抢第一啊，你就随便考考就行……"

他话音未落，苏唐就伸手抱住了他。

陈河愣住了。

"我知道你在想什么，明年的这个时候我也会像你一样这么紧张的。"苏唐在他耳边说道。

半晌，陈河抬起手紧紧地抱住苏唐，轻轻地嗯了一声。

高考当天，陈河过来叫苏唐起床，带着在家煮好的清汤面，里面还有两个荷包蛋。

"这是一百分的意思，"陈河把筷子递给苏唐，"我就遗憾我是个男的，要不我也穿个旗袍给你送考去了，旗开得胜嘛。"

苏唐憋着笑，竟然开始想象陈河穿旗袍的样子。

陈河看苏唐目光往上飘着，抬手拍了苏唐一下，说道："我猜你没在想考试的事，而是在意淫我穿旗袍的样子。"

见苏唐没反驳，陈河有些夸张道，"不会吧苏唐，真的在想那些事了？"

苏唐在桌子下面踢了陈河一脚，不过也没急于否认，吃了两口面条才幽幽开口："近朱者赤，近墨者黑罢了。"

陈河开车送苏唐去考场，陈天游也坚持跟着，到了考场，陈天游下车用力地抱了苏唐一下："儿子，好好考啊！"

苏唐听陈天游这样叫他，瞬间瞪大了眼睛。

"别太激动啊，要当我们老陈家的儿子，学历要求可高啦，985、211那都不用说，就这高考不考个全市第一说不过去吧？"陈河在一旁笑道。

"我、我知道了……"苏唐脸都红得快冒烟了。

等他转身小跑进考场，陈天游有些担心地对陈河说："我刚才不会把孩子吓到了吧？"

"改个口而已，我们家苏小糖是见过世面的人，"陈河目送着苏唐清瘦的背影，校服随着他跑动被风带起来，"倒是您，上车吧，我也该送你去'考场'了。"

考场里，苏唐有些兴奋。陈天游的手术安排在了他高考后，高考这两天他要提前住院做检查。等他高考结束，就可以去医院陪着陈河一起照顾陈天游了。

但他也并没有兴奋太久，当卷子发下来的时候，他整个人又沉浸下来，手握住水笔，眼神坚定带着锋芒。他逐字逐句地读题，而后工整地写下自己的答案。

陈河说过，苏唐平时做题和考试的时候完全不一样，考试时的苏唐，身上有一股杀气。

高考对于苏唐来说，没什么可紧张的，艺考时经历了无数次考试，最后冲刺时更是大量密集的考试。说得难听一些就是有些麻木了，没有陈河的考试，就没有什么不一样的。

最起码，是没什么悬念的。

关于第一这件事，陈河在时他还能和陈河争一争，还会固执地坚持这件事情是有悬念的。但是陈河不在，那就没什么可纠结的了。不是他们对高考态度随便，而是经过三年的学习积累、考试总结，高考只是一场大型的期末考试而已。

从陈河的身上苏唐也学到不少，比如耍酷这件事——在写完作文的最后一个标点的时候，放下笔的姿势一定要帅。

出考场的时候，班主任杜明就等在大门口，就像从前在走廊里拿着成绩单鼓励每一个学生一样，他站在太阳底下，笑着拍拍自己的学生，嘱咐他们中午吃清淡点，下午数学考试加油。

"老师，打把伞吧。"同考场的付轻轻从妈妈手里拿过一把太阳伞递给晒得拿手遮挡着阳光的杜明。

杜明摆摆手，道："不用不用，打了伞咱们班同学出来该看不到我了。"

之前班里的同学都在忙着备考，好像没人过分地在意毕业、分别。可他们确实一路走到高考，考试结束后，就要散伙了，之后再想见一面、聚一聚就难了。

苏唐在杜明身边站了一会儿才离开。

他该感谢两年前自己的叛逆和勇敢，才让他来到这里，遇到了这样一群可爱的人。

高考结束的那天下午，陈河拿着陈天游的片子在医院走廊里快步走着，他看着时间，心里有些着急，可陈天游还有两个化验结果没出来。

陈河回到病房，见荀六和蔡财都过来了。陈天游问道："苏唐几点考完？"

"快了。"陈河又看了一眼时间。

"那你还不快去，等什么呢？"荀六说着，从陈河手里拿过片子，"我跟蔡财在呢，这儿不用你了。"

陈河看了陈天游一眼。

陈天游瞪了他一眼，大声说："快去！"

陈河立马转身跑出了病房，速度快到带起了一阵风。

苏唐从考场出来，周围全都是接孩子的家长，有的妈妈手上抱着花束，见自己孩子出来，激动得都快哭了。人声鼎沸，闹闹哄哄的，苏唐好想陈河啊。

他选了一处有阴凉的花坛，站在上面，看着来来往往的家长和孩子，也在找着陈河的身影。

陈河是还在医院照顾陈天游呢，还是在来的路上？他没有联系陈河，陈河也没有给他发消息，苏唐就这么安安静静地等着。

在人群快散去的时候，苏唐从远处街角看到一个身影向这边跑过来，就像陈河曾经无数次奔向自己一样，这一次那个人依然坚定，带着满心的欢喜。

陈河怀里还抱着一捧向日葵。

今天花店的生意好得很，陈河去了几家花店才买到这么一捧向日葵。到了考场附近，接孩子的车都堵了两个街区，他把车停在那里跑过来的。

陈河跑到苏唐近前停下脚步，喘息了一会儿，抬头看向苏唐，笑着问道："这位同学，在等什么？"

六月暖风拂过，陈河的笑脸比阳光还耀眼。

"在等我的花。"

番外一
记得想我

　　陈天游术后恢复得很好，出院以后在家好好调养就可以了。陈河回学校开始复习的时间一拖再拖，拖到苏唐忍无可忍了，连赶带哄地把陈河弄回学校。

　　陈河照顾陈天游时，苏唐一直在旁边看着，默默记下陈天游平时的作息习惯，还有饮食忌口。为了让陈河安心复习，苏唐必须尽快上手。

　　刚开始时，苏唐并不是很熟练，陈天游也有些不好意思使唤苏唐。

　　一天下来，苏唐累，陈天游也累。

　　出去买菜的工夫，苏唐在外面的夕阳余晖中站了一会儿，再回到家，又燃起了斗志。要想像陈河那样照顾陈天游，就得让陈天游把他当陈河样。

　　苏唐搬了个凳子坐在陈天游床边，抬头看着正在处理文件的陈天游。

　　陈天游滚动两下鼠标，习惯性地以为是陈河坐在自己身边撒娇，无意中瞥了两眼，猛地抬头，才反应过来坐在身边的是苏唐。

　　"怎么了？"陈天游问道。

　　在他眼里，苏唐本性内敛，脸皮薄，陈天游就不太好让苏唐去做这做那，二来陈河毕竟是亲儿子，揉搓摔打都不心疼，对苏唐还是心疼、怕累到苏唐。

　　苏唐深吸一口气，问道："您是把我当外人吗？"

陈天游愣了愣，说道："没有啊，怎么会！"

苏唐仰着头，有些倔强道："那您怎么不使唤我呢？平时陈河是怎么照顾您的，我做的不会比他差，可要是您什么都不说，不叫我照顾您，那就是把我当外人了。"

陈天游哑然，他没想到苏唐还有这么伶牙俐齿的时候。

"以后，陈河怎么照顾您的，我会比他做得更好，"苏唐看着陈天游，"叔叔，你说咱们是一家人的。"

一家人，就不该有所顾忌。

半晌，陈天游重重地点了点头："好。"

晚上，陈河下了晚自习回家，客厅和自己的卧室都空荡荡的，也没人理他。他换了鞋往陈天游的房间去，看到苏唐正给陈天游整理床铺，陈天游则躺在一边和苏唐说话。

苏唐动作算不上多熟练，但他感觉陈天游和苏唐又亲近了很多。

陈河跟空气似的在门口站了很久，苏唐才抬头看到陈河，有些惊喜道："你回来了！"

"我都回来好久了，你们也没人理我啊。"陈河笑笑，想要走过来问陈哥今天感觉怎么样，好点没有，就被苏唐抬手拦下。

"你换个衣服再过来，"苏唐看着他，"你在外面待了一天，校服脏，叔叔抵抗力差。"

陈河愣了一下才反应过来。他也刚回学校没几天，还没适应自己和苏唐的角色转换，他笑起来，说："那我这就去换个衣服。"

夜里，陈天游已经睡熟，苏唐又去他的房间看了一眼，然后动作极轻地掩上门，回到陈河房间，陈河正在做题。

"你现在算什么，复健？"刚刚高考完解放了的苏唐抬手点了点刚刚步入高三冲刺苦海的陈河的卷子，轻笑道。

"算是吧，"陈河拿着笔头敲了敲手边的一堆卷子，"王姐说她不会放过我的。"

他们的班主任杜明又回到高一等着开学带新生，给陈河安排的文科重点班班主任姓王，是位让历届从她手下摸爬滚打过来的学生又爱又恨的女老师。她德高望重，心狠手辣，尤其是听说陈河之前的成绩后，立志要把陈河送进清北。

苏唐扬扬眉毛："这不是很好吗？"

陈河笔下不停，用余光看了苏唐一眼，说："感觉你今天心情还不错。"

"当然了！"苏唐难得地有些小得意，"我和陈叔叔说好了，让他把我当你一样使唤！"

闻言，陈河笑起来："就是让他把你当儿子呗？"

苏唐目光看向别处，哼哼两声。

"我有点饿了。"陈河说道。

苏唐立马道："我去给你煮面。"他急于在陈河面前表现一下他现在照顾人得心应手，做饭也不在话下。

他进了厨房煮开了水下面，陈河过了一会儿去看，正好到苏唐放调料那一步。

只见苏唐端起调料架最里面那瓶白色晶体，舀了一小勺。

"苏唐——"陈河叫住他。

苏唐被他吓到，手一抖，白色晶体就落入锅里。

"唐哥，那是糖……"陈河有些无奈地笑道。

苏唐愣了愣，连忙舀出一勺汤舔了舔，甜的。

"那我今天打的米糊放的是盐？"苏唐也才反应过来，他错把盐当糖放进米糊里，可陈天游还是喝得干干净净，喝完还夸苏唐米糊做得比陈河好。

苏唐有些气馁地叹了口气。

"慢慢来。"陈河抬手给苏唐捏捏后脖颈。

那之后，陈河总是打电话回来，嘱咐东嘱咐西的，明明苏唐已经上手了，陈河也还不放心。

一天内第四次接到陈河的电话听他嘱咐了两句后，苏唐忍无可忍，发作了。

第二天，陈河一直到下午都没打电话过来。

陈天游有些意外，毕竟之前陈河都是抽空就打电话回来的，今天竟然都快放学了陈河还没有动静。

"陈河今天没给你打电话？"陈天游问苏唐。

苏唐正倒水的动作顿了一下："没……"

"真是奇怪，他今天怎么转性了，你和他吵架了？"陈天游纳闷道。

苏唐咬了咬嘴唇，说道："我把他手机没收了。"

陈天游听了，愣了一下，然后哈哈大笑起来："真有你的，你这么整治他，他今天非憋死不可！"

苏唐道："谁让他总打电话回来，我又不是不会做。"

陈天游点头认同道："确实，他才十九，怎么絮絮叨叨得跟四十九的似的。"

苏唐看了陈天游一眼。

翌日，就在苏唐帮陈天游晾好温水准备看一会儿书的时候，手机又振动起来。他看过去，是一个未知号码，苏唐下意识觉得不太对劲。

他接起来，那边传来熟悉的声音："唐儿！你中午给陈哥做什么吃啊？"

"我做个鬼！你哪儿来的手机啊！"苏唐气道。

"我借的我同桌的……"陈河后面的话被苏唐无情地挂断。

晚自习前的休息时间，教室里饭香四溢，陈河一边做题，一边等着苏唐给他送吃的。

不一会儿，一个保温包就放在陈河的桌子上，突兀地出现在他和他新同桌之间。陈河抬起头，见苏唐穿着黑色 T 恤衫和牛仔裤，说不上来哪儿不一样，就感觉今天苏唐一身煞气，气场相当强大。

"你来啦！"陈河道。

苏唐看也没看他，而是看向陈河的同桌——一个戴眼镜的男生。

男生感受到苏唐的目光，抬起头来，有些怯懦地缩了缩脖子："学长好。"

这个男生见过苏唐，苏唐在升旗仪式上做过国旗下的讲话。他对苏唐的认识也不只是见过那么简单，自从苏唐把一中扛把子摁倒以后就在学校里威名远扬了。后来高考出分后，苏唐又以市探花、美术联考全省第一的优异成绩回学校进行优秀毕业生发言。

苏唐在他们眼里就是神仙一样的人物，他们这届高三的学生没人不认识苏唐。

"这是六科的名校真题，"苏唐把一枚 U 盘放到陈河同桌的桌子上，"以后不许把手机借给陈河。"

最后一句话他音量拔高，确保教室里的每一个人都能听清。

苏唐开学的日子一天天临近，陈河做题越发拼命起来。陈河也不是一个人往死里写，他在家做题的时候，都要让苏唐坐在他屋里陪他。他们可以一句话不说，但苏唐要在。

苏唐一开始不明白陈河为什么这么拼命，整个人劲头足得不像话。后来陈天游悄悄给苏唐讲，是陈河想送苏唐去大学，和班主任请假，他们班主任要他在保证正确率的情况下刷完两本题，才考虑批假。

这倒不是什么题海战术，应该是王姐为了让休学一年的陈河快点进入高三状态的策略。

"还有多少啊？"苏唐看陈河不言不语连水都不喝地在那里做了一下午题，有些心疼地给陈河倒了杯水。

陈河没有回答，直到把数学真题卷最后一道大题答完，才抬起头来。

"不多了。"他说。

"喝点水吧，"苏唐拍拍他，"我出去买点吃的，叔叔想吃黄桃，你想吃什么？"

"我什么也不想吃，"陈河撇撇嘴，"我就想让你陪着我。"

"做题也要喝水吃饭，就算你没全部写完，但王老师看到你的态度，还是会同意你请假的。"苏唐安慰道。

陈河皱着眉头，并不认同："态度有什么用，你知道离你们学校最近的那所医学院有多难考吗？"

"你还会为分数发愁？"苏唐笑起来。

"也没那么发愁，"陈河别开目光，"就是想确保万无一失，确保我离你只有三公里的距离，确保你不用再等我。"

"我知道了，"苏唐轻叹道，"我等你一年。"

陈河最后提前两天完成了王姐布置的任务，然后欢天喜地地回家开始帮苏唐收拾行李。

"衣服不用带太多，你军训十五天都要穿军训服，等军训结束我就去接你了。"陈河一边说着，一边把苏唐装进箱子的衣服拿了几件出来。

"鞋子也不用带太多，过几天就回来了，带这么多还占地方……

日用品还有画材去了再买吧，这些就放在家里，你放假回来也可以用……这么厚的书别带了……"

苏唐倚在门口，看着陈河把箱子里的东西一件一件拿出来，整理到最后就剩三套换洗衣服和一双鞋。

"你想干吗？"苏唐问道。

陈河愣了一会儿，一屁股坐进苏唐的行李箱里，仰起头说："苏小糖，你把我带走吧。"

"醒醒吧你……"苏唐扶额。

去美院报到的那天，苏唐拉着被陈河卸货卸到几乎不剩什么了的行李箱，看着一身社会人打扮、戴着墨镜的陈河，不由得皱了皱眉头。

之前在家，陈河也不是那么注意形象，头发留长了他懒得去剪，开学几周了他也一直没时间去。这次王姐给他放了两天假，也给他的头发下了最后通牒。

借着送苏唐来学校的机会，陈河又把自己的头发修成了他们初次见面时那种狼尾。

苏唐也不知道他图什么，两天之后回学校就得剪了。

看着陈河拿着手机东拍西拍的兴奋模样，苏唐无奈地叹了口气。

到了宿舍，已经有一个男生在那里整理自己的床铺了，见有人来，还是个白净少年，身边还跟了个戴墨镜的瘦高男人，他连忙过来打招呼，说道："你好，我是蒋优。叔叔好。"

苏唐和陈河愣了一下，陈河回头看了一眼，哪有叔叔？

蒋优一边迎他们进来，一边说："真好，你爸爸还送你来。"

陈河这才反应过来，他为占了苏唐这么大的便宜得意扬扬，抬手揽住苏唐脖子："大儿子，爸爸送你来的，开不开心？"

"我开心你个大脑袋开心，"苏唐一把扯下陈河的墨镜扔到床上，向蒋优介绍，"这是我朋友，不是我爸。"

苏唐把行李放下后和陈河一起走到阳台，陈河往远处看了看，抬手指道："那里就是我以后要去的大学。"

陈河说完放下手，有些泄气地垂下眼皮，说："我还没走就开始想你了。"

这一年来他们总是在不断地分别重逢，许多的安排都不由他们。

为了要成为更好的自己，他们只能兵分两路。

　　"苏唐，如果你生病难受的时候我没及时出现、心情不好需要人陪的时候我不在、吃饭睡觉上厕所时候孤单又找不到我，你就把我欠你的都记着，别轻易原谅我，别放过我。

　　"你拿个笔记本，想我的时候，就给我记上一笔。"

番外二
春晓

　　傍晚，杜春晓从影棚里出来，一边打理着还残留着发胶的头发，一边看着手机准备打车。

　　这时，一辆红色跑车飞驰而来，在她身前停下。

　　车窗放下，一个打扮得花枝招展、头发梳得锃亮的男人从里面探出头来，勾下自己的墨镜，露出挺有碍观瞻的面孔，冲她抬抬下巴："春晓！"

　　杜春晓眉头立马皱了起来。

　　这人是个拆二代，俗不可耐不说还天天来影棚骚扰她，就连她出差去拍摄这人也能跟过去。

　　"你没完了？"杜春晓瞪了拆二代一眼，准备过马路。

　　拆二代立马从车上下来，拦在杜春晓身前，把墨镜扯下来别在自己领口。

　　"春晓，咱一块吃个晚饭吧！"

　　"不好意思，减肥。"杜春晓看也不看他。

　　"那就早饭！明天早上我去你家楼下接你！"

　　杜春晓凉凉地说道："早上起不来。"

　　"那就午饭……"

　　"你烦人吗？"杜春晓侧头看着拆二代，"我凭什么和你吃饭？"

　　这人平时就愿意往她的影棚送花、送蛋糕奶茶，杜春晓也不是没见过世面的小姑娘，笑呵呵地给大家分了也不觉得欠这人什么人情。但这哥们儿自己倒是挺把自己当回事的。

"我对你那么好，你跟我吃个饭都不行？"拆二代眼睛瞪得大大的，"杜春晓，你也太不知好歹了，你知不知道想和小爷吃饭的人从这儿排到了海滨浴场！"

"那你去和她们吃啊，缠着我干吗？"杜春晓冷哼道，"你当自己是人民币啊，谁都稀罕你。"

"那你说，你为什么不接受我！"拆二代在大马路上歇斯底里地喊道，说着还想上手去拉杜春晓。

杜春晓还没反应过来，就被一只温暖宽厚的手拉住，拽到身后护着。

杜春晓猛然抬头，看到来人的背影，就像几年前那人像天神下凡出现在自己身前一样，他的身姿还是那么挺拔潇洒，让她往后眼里再也容不下别人。

"你谁啊？"拆二代见这个男人突然出现，还挡在杜春晓前面，故作凶狠道。

杜春晓望着男人背影出神，突然听到这个男人答道："来接她回家的人。"

谁要和你回家！杜春晓眼眶发烫，泪珠在眼眶中打转，许久不见，这老男人怎么一出现还是这么霸道！

深秋时节，陈天游身上的大衣被风带起，他高出那个拆二代一头，低头睨着那人，顿时给人说不出来的威压。

"再让我看到你缠着她，我就替王大全管教管教你。"

王大全是拆二代的亲爹，在他们那儿大小算个人物，可从这男人嘴里说出来，感觉王大全算个屁似的……

拆二代咽了咽口水，不论这人跟自己亲爹有什么关系，单从体格上看，三个他都打不过这男人。

那辆红色跑车开走的时候很狼狈。

等车没影了，杜春晓才意识到陈天游还拉着自己，她立马把陈天游的手甩开，往后退了一步。

陈天游回身打量杜春晓，抬手把自己的大衣脱下来披在杜春晓的露肩毛衣上，温和地说："十一月了，多穿点，省得以后落病。"

杜春晓想躲开，可日落后的冷风吹得她打了个寒战，她下意识地扯住大衣，过了一会儿才说道："关你屁事。"

陈天游笑笑："晚上去吃火锅吧。"

"不去，"杜春晓拒绝道，"我晚上不吃饭。"

"你上个月连着三天晚上都去吃了那家新开的重庆火锅。"陈天游说道。

杜春晓愣住了。

上次见陈天游，已经是快两年前的事了，在这将近两年的时间里，两个人在微信上也没有说过话。可杜春晓不知道的是，在陈天游那段因为病痛难熬的日子里，她随便发的一条朋友圈，都能让陈天游读上百十回。

陈天游甚至还清楚地记得几月几日杜春晓因为什么不高兴了，几月几日杜春晓和哪个朋友一起去新开的火锅店了。

一年多过去，他大病痊愈，不能说完全保持着当年风范，但依旧意气风发，就这样，陈天游才敢再出现在杜春晓的世界里。

"你……"杜春晓捂住嘴，眼泪大颗大颗地落下来，原本荒芜的心为陈天游的出现又开出了花。

"别哭了，"陈天游把杜春晓拉到自己怀里抱着，手指轻轻给她刮着眼泪，"迎着风哭脸该不好看了。"

"我不是小孩！"杜春晓气道。

陈天游宠溺地笑笑，捏了捏杜春晓的脸颊："乖。"

晚饭后，他们在街头散步，杜春晓缩在陈天游的大衣里，紧紧地搂着陈天游。她瘦高纤细的身子依偎在陈天游高大身躯旁，两个人的影子也紧紧地靠在一起，不分彼此。

"不用抱这么紧，我又不会跑了。"陈天游失笑道。

杜春晓眼眶这会儿还是红红的，方才席间陈天游和她讲述了这一年多以来她所不知道的事，她哭得稀里哗啦的，把过来加汤的服务员都吓了一跳。

从火锅店出来，杜春晓说什么也不松开陈天游了。

"不，我没安全感。"杜春晓说道。

"那怎么才能给你安全感？"陈天游问道。

杜春晓看着他，目光飘走，思绪有些发散道："你胃才养好，吃火锅会不舒服吗？"

　　陈天游摇摇头，说道："不会了，我恢复得很好，起码可以再陪你折腾四十年吧。"

　　杜春晓有些激动地叫了一声。

　　"这么好哄吗？"陈天游笑笑，"我本来还准备了别的……"

　　"什么？"杜春晓眨眨眼睛。

　　"我让苏唐帮忙选的一对钻戒，"陈天游手伸到杜春晓腰侧，从他大衣口袋里掏出一个小盒子，"打开看看，喜不喜欢？"

　　"我是结过婚的人，但你没有，所以咱们结婚还是该设宴设宴，该蜜月蜜月，没有别的讲究，一切全照你的意思来。"

　　杜春晓打开盒子，里面静静地躺着两枚戒指，她轻轻摩挲着，破涕为笑："你怎么想得这么好，只约会一次就想让我嫁给你？"

　　"那你说，还要几次？"陈天游真诚地问道。

　　杜春晓笑弯了眼："一次就好。"

　　她把稍大一些的戒指拿起，又抬起陈天游的左手，将戒指戴上去，激动地说："以后，你就是我的人了。"

番外三
关于成长

　　灯光明亮、装潢简约的回廊展厅中，一位身穿休闲衬衫的高瘦青年正站在一个展台后面，神情有些烦躁地盯着自己的手机。

　　很快，手机拨出的视频通话被人接起，青年紧绷着的面孔一下子放松下来。

　　"糖儿！"那边的人清脆地打了个响舌，欢快地叫着他。

　　苏唐笑起来，浑身的倦意都因为看到了陈河而褪去。

　　"我给你订的蛋糕和奶茶你吃了吗，怎么样？我挑着好看的买的，毕竟是要送进艺术展馆的外卖，样子多少也得有点艺术性嘛。"陈河说道。

　　苏唐闻言，下意识看向一旁尝了两口就装回包装盒里的红丝绒蛋糕，还有那杯插了吸管但还近乎满杯的宇治抹茶加芝士奶盖。

　　艺术性，视觉冲击上的吗？红配绿，陈河冒傻气。

　　苏唐冷笑一声，用眼神向陈河表达着自己对下午茶的不满意。

　　"不好吃啊，"陈河有些失望，"哎，我这不是看小苏老师上午累得都睡着了嘛，想着给你补充补充热量。"

　　"你怎么知道我睡着了？"苏唐问道。

　　苏唐现在在外地参展，本来只是送作品过来就行，人不用来，但主办方极力邀请苏唐一起来。

　　苏唐这几年在圈内小有名气，是设计新锐，在大学时就凭借设计作品斩获中外大小奖项无数，毕业后成立了个人工作室，创作出来的作品也越发具有深度和批判性。

这次的参展作品是苏唐参考港城沿海的老城区与改造后的新城设计出来的立体纸雕，开展一天下来，大家对苏唐的作品评价很高。

只是前一天苏唐没休息好，开展后不久，苏唐倚在墙边的椅子上，旁边挨着的是自己的作品，不知不觉就睡着了。

展馆内温度适宜，大家交谈的动静也不大，苏唐就一直昏昏沉沉地睡着，直到助理发现他。

在叫醒苏唐之前，助理小姑娘还拍了一张照片发给了陈河。

陈河正在查房，又嘱咐了几句之后从病房出来，就看到苏唐助理给他发过来的图片。

苏唐倚在墙和玻璃展台之间的椅子上睡着了，冷色调的灯光映得苏唐皮肤更加白皙，长长的睫毛在眼睑下投下阴影。

他与自己的作品在一处，一时间都分不清究竟哪件才是艺术品。

苏唐大学毕业两年了，越长越显小，上次去医院接陈河下班，还有人问陈河弟弟在哪儿上高中。

"我当然知道你睡着了，我还打算拿你睡着了的照片下回和你一起参展呢，我这作品就叫睡美人。"陈河笑起来，露出一口白牙。

"别贫了。"苏唐憋着笑，瞪了他一眼。他早晚得整顿一下自己手下的纪律问题，别陈河几杯奶茶就都被收买了，什么丢人的事都和陈河说。

"你什么时候回来？"陈河问道。

苏唐想了想："后天吧，后天这边有国外的设计师来开交流会，主办方邀请我也参加，结束后我就回去。"

"行，我也不着急。"陈河口是心非地补上一句。

挂了电话，陈河专心整理起病历来。

傍晚，办公室的同事们陆陆续续离开，陈河等到夜班医生来，也准备收拾东西、换衣服下班。

他微微松了松自己的衬衫，将白大褂扣子解开，去水池旁洗了把手。镜子里的陈河发型清爽利落，眉眼间也少了几分当年偏要留长头发的不羁戾气。

他甩了甩手上的水，准备离开时，值班护士从门口探进头来，说道："小陈大夫，有人找！"

陈河有些意外，他走出办公室，看到走廊里站着的那个男人，微怔一下，最后还是硬着头皮迎上去："叔叔，您来了……"

来人是唐轩横，苏唐的父亲。

唐轩横面容已见老态，发间白发交错，精神状态也大不如前，只是还是一身黑衣，在楼道中，和穿着白大褂的陈河相向而立，有一种说不出来的感觉。

唐轩横抬眼看了看陈河，嗯了一声。

"您稍等一下，我去换下衣服。"陈河说道。

陈河从医院出来坐进唐轩横的车里，他和唐轩横之间的距离是这么多年以来离得最近的一次。

"苏唐……最近在忙什么？"唐轩横沉声道。

陈河愣了愣："他最近……比较忙，一直在外地出差，等他回来，我会让他去看看您的。"

这么多年过来，很多事情都和从前不一样了，可苏唐和唐轩横的关系还是没什么改变。

他每次送苏唐去杨家的小洋楼，都是挑唐轩横不在家的时候，如果唐轩横中途回去了，苏唐就很快离开。这么多年，苏唐和唐轩横说过的话不超过十句。

杨婕和唐嘉昕都无奈地做着传话筒，把唐轩横一些强硬的要求比较委婉地告诉苏唐，再把苏唐冷漠的拒绝委婉地转告唐轩横。

陈河没想到有一天自己也要加入传话筒小分队。

唐轩横"嗯"了一声后，车里就陷入死一般的寂静。

直到陈河的肚子突兀地叫起来才打破了平静。

陈河抬头看到唐轩横要开口，他立马抢在唐轩横之前说道："那个，苏唐回来我让他去家里看你，时候也不早了，我爸等我回家吃饭呢！"

他说完，就身手灵敏地从车里钻了出去，小跑两步离开唐轩横的车。

坐进自己的车里，陈河才长出了一口气。胃里空荡荡的，他抬手从旁边的储物箱里翻出来两包好丽友。这种东西他不爱吃，可是苏唐喜欢，他就经常去超市买几袋给苏唐备着。

车上也没别的吃的，陈河只好撕开了好丽友的包装袋，咬了一口。

这个点陈天游和杜春晓应该在家吃饭呢，陈河也不想去打扰人家的二人世界，自己一个人回苏唐那里再自己一个人吃饭未免太过凄凉……

第二天是周六，陈河想了想，发动了车子。

苏唐在展馆尽力维持全天不臭着脸，十分疲惫。洗过澡躺在床上，他给陈河打电话，系统里平静的女声告诉他陈河关机了。

怎么回事？苏唐皱起眉头，现在十一点多了，陈河就算是睡觉了也会和他说一声的，怎么会什么都不说就关机了呢？

他给茍六打了电话，问他知不知道陈河在哪儿。那边的茍六应该是在金花酒吧里，音乐声震天响，苏唐每说一句话，茍六都要扯着嗓子问一句"什么"。

苏唐翻了个白眼："算了，没事了。"

茍六这句听清了："好嘞，有空过来玩！"

苏唐深吸一口气，挂了电话呆坐在床上，都这么晚了也不能给陈天游打电话，不能让他担心得睡不好觉……虽然他们不一定会担心得睡不着。

他在床上来回翻着身，过几分钟就给陈河打个电话，过几分钟就拨一个，但一直是关机。

他忍不住了，从床上翻身坐起，准备换衣服。他刚解开浴衣带子，门口就响起"滴"的一声，紧接着门把手转动。

苏唐连忙裹紧浴巾，警惕地问道："谁？"

"我。"

房门打开，陈河就站在门口。

苏唐看着突然出现的陈河，心里的石头终于落了地。

"你这是？"陈河看了看苏唐松散的衣带。

苏唐瞪了他一眼，把浴衣整理好，而后仰起头拽住陈河的衣领，凶狠地问道："为什么关机？你知道我给你打了多少个电话吗？"

"没电了。"陈河眨眨眼睛，从兜里掏出手机用苏唐插在床头的充电器充上电。

"为什么突然过来？"苏唐站在陈河身后，抱着手臂问道。

陈河偏头看他，笑着反问："你说呢？"

苏唐扬扬眉毛，嘴角微微扬起，算是满意陈河的表现。

"今天……唐叔去找我了。"陈河说道。

比起"你爸"，"唐叔"这个称呼苏唐听得更顺耳一点儿，陈河也就一直这么叫着。

苏唐刚舒展开的眉头顿时皱起："他和你说什么了？"

这些年，唐轩横不止一次地想要干涉苏唐的工作和理想，哪怕苏唐年纪轻轻就已经小有成就，他还是不死心。杨婕和唐嘉昕被迫在中间传话，现在唐轩横把陈河也牵扯进来。

"你是不是很久没有去过小洋楼了？"陈河问道。

苏唐默认了。

每次他前脚去，后脚唐轩横就不知道从哪儿得到风声跑回来，他一去唐轩横就回家，十次有七八次能碰上。后来苏唐索性就不去了，杨婕和唐嘉昕要想见他，去工作室找他或者约到外面玩也是一样的。

"他没有和我说什么，"陈河说道，"他只是，想你了。"

闻言，苏唐张了张嘴，不知说什么。

他因为寻找唐轩横来到这座城市，却意外遇到了陈河，他要求的圆满，陈河给了他。而他苦苦找寻的那个人，偏偏和他美好想象中的差距甚远。苏唐做不到和唐轩横断绝关系，但一直都是疏离的。

唐轩横不了解他，他也不了解唐轩横。

血浓于水的父子关系却还不如路边擦肩而过的陌生人。

陈河有时觉得他们父子俩也挺像的，都在这件事上过于执拗，谁都不愿意先低头。

"明天周末，杨阿姨带唐嘉昕来玩。"苏唐深吸一口气，把关于唐轩横的话题跳过。

第二天，苏唐先去展厅，陈河在门口等着杨婕和唐嘉昕。

在检票口，陈河看到了那对母女，唐嘉昕已经上大学了，身材高挑，脸蛋漂亮，遗传了她母亲杨婕的所有优点。她远远地就看见了陈河，还抬起手向陈河打招呼。

陈河也冲她挥挥手，看到杨婕和唐嘉昕后面站着的那个人时，陈河愣了愣。

杨婕和唐嘉昕挽着手走进展馆，陈河则与唐轩横并排走在后面。苏唐从自己的展台后绕出来，微笑着迎接他们，看到陈河身边的人时，笑容僵在脸上。

"本来就我和昕昕两个人来的，你爸爸非要跟着来，"杨婕笑眯眯地同苏唐说道，"你的作品很不错。"说完还用手碰了碰唐轩横。

唐轩横皱着眉头嗯了一声。

陈河和唐嘉昕凑到一起，远离苏唐和唐轩横，这对父子站在一起，周围的空气都是肃杀的。

"大剧院的工作你要不想去就不去了，不过也可以和他们的负责人坐下来聊一聊，他对你的纸雕设计很感兴趣，你如果愿意帮他们看看舞台设计，也可以去那里做顾问。"杨婕说道。

这是唐轩横的意思，要苏唐去做港城大剧院的舞台美术设计，但从杨婕这儿说出来，就让人好接受很多。

苏唐抬头看了看唐轩横，看他还黑着一张脸，不知道的还以为谁逼他来的。

有那么一瞬间，苏唐觉得唐轩横也没有那么陌生了，这个男人开始尝试着了解自己的工作和生活了。

唐轩横都能做出改变，那他为什么不能？

"可以，"苏唐冲杨婕点点头，"这次活动结束我就没什么事了，您可以安排个时间。"

"那没事了就来家里多住两天吧？"杨婕笑着看他。

苏唐看了眼唐轩横，然后道："好。"

与唐轩横和解可能是一场持久战，但苏唐无所畏惧。成长本来就是一场与过往的大和解，了解从前不愿了解的，接纳从前不愿接纳的。

和父亲相处这件事本身，也并没有什么可怕的。

苏唐应下，然后看向不远处的陈河，那人正指着一幅画逗唐嘉昕笑呢。陈河感觉到有人在看自己，便扭过头，对上了苏唐的目光，两个人同时笑了起来。

时光兴风作浪，我们还依然赤诚坚定。